죽을 만큼 아프진 않아

제16회 문학동네작가상 수상작

죽을 만큼 아프진 않아

황현진 장편소설

문학동네

차례

_아메리카? 애메리카!

아메리카라 불리는 거대하고 광활한 땅이 있다. 지구본을 보면 코리아의 바로 동쪽에 몸집 좋은 육식공룡처럼 버티고 서 있는 곳이다. 지구본 위의 그 망망한 대륙을 바라보고 있노라면, 어쩐지 멀지 않은 곳일 것만 같다. 고작 두어 걸음이나 될까? 아마도 그 때문인 듯하다. 내 부모가 돌연 아메리카 행을 선언한 이유는.

몇몇 유학파 사이에서는 어메리카로 불리기도 하고, 조기영어 교육의 수혜를 누리고 있는 영유아 및 아동 들에게는 애메리카로 명명되는 그곳. 하지만 나에겐 초등학교 육학년 때 방문학습지 교사가 코리아, 차이나, 저팬 다음에 가르쳤던 나라 '아메리카'. 줄임말로 USA라 불리기도 하는 뭐, 그런 땅으로 내 부모는 돌연 이사를 가겠다고 선언했다.

금지옥엽 키워야 할 태씨 가문의 26대손 태만생(太滿生)을 금치산자로 만들겠다는 불순한 의도가 숨어 있는 선언이었다. 학교 내에서의 내 이름이야 학습태도가 태만한 학생의 줄임말 정도로 쓰이고 있긴 하지만 아버지마저 내 존재가치를 왕따의 책가방처럼 함부로 취급하는 상황에까지 이르게 될 줄이야. 하, 세상은 정말 오래 살 게 못 된다.

나는 공고생이다. 공고생에게도 삼학년은 매우 중요한 시기이다. 내 부모 역시 그 사실을 모를 리 없다. 아버지의 말에 따르면, 그 땅은 달러의 자유가 아주 명백하게 보장되는 곳이라고 한다. 달러를 벌 수 있는 자유, 달러를 쓸 수 있는 자유, 달러를 버릴 수 있는 자유, 심지어 달러를 만들 자유도 있는 나라. 곧 고3이 되는 외아들을 버젓이 혼자 내버려두고 달러의, 달러에 의해, 달러를 위한 아메리카 행이라니. 차라리 내 이름이 달러였다면 상황은 조금 달라졌을까.

아, 이럴 줄 알았으면 상고를 갈걸 그랬다.

_아메리카에는 있지만 코리아에는 없는 것

학교 근처에 옥탑방을 얻어놨다.

당장 오늘부터 나가 살라는 말로 들렸다. 엄마가 일찌감치 차려놓은 밥상 앞에 아버지와 내가 마주 앉은 지 삼 초도 지나지 않았다. 출국 날짜는 아직 삼 일이나 남았는데, 왜 이리 서두르실까. 아침부터 입맛 떨어지는 말만 골라하는 내 아버지, 태평대(太平代)님이시다.

당장 내일모레부터 네가 들어가 살 집이니 더 늦기 전에 가봐야지. 겸사겸사 짐도 옮기고.

나는 대답 대신 구운 김을 입안에 우적우적 구겨넣었다. 동그란 밥상에 오른 콩나물국, 계란찜, 마른 멸치와 고추장, 배추김치, 구운 김이 오늘의 아침 메뉴이다. 도무지 어제와 다를 게 없는 밥상이다. 계란찜은 차갑게 식어 있고, 국은 너무 자주 데워서 콩나물이 흐물흐물하다. 그래도 학기중에는 엄마가 차려주는 밥을 하루에 한 번씩만 먹으면 됐는데 지금은 겨울방학중이라 세 끼를 모두 엄마의 손맛에 의존해야만 한다. 저절로 살이 쪽쪽 빠졌다. 하긴, 이제 엄마의 식단에 따른 식생활도 내일모레까지일 뿐이다.

엄마는 심각할 정도로 아침잠이 많다. 게다가 날이 갈수록 기상시간이 점점 늦어지고 있다. 요즘은 아예 한낮에 자고 한밤에 일어난다. 매일 밤마다 엄마는 다음날 아버지와 내가 먹을 반찬들을 만드느라 분주한 시간을 보낸다. 어젯밤이었다. 냉장고 청소를 하는 엄마에게 내가 근심 어린 투로 말했다.

엄마, 미국은 우리나라보다 열여섯 시간이나 늦대. 그나마 가까운 LA가 말이야.

말 끝나기 무섭게 엄마의 안색이 환해졌다.

그럼 그 땅에서는 밤에 잘 수 있겠구나. 진작 갈걸 그랬어. 내가 서구형 인간인지도 모르고 여태 살았다니. 너무 억울해.

우리 식구들은 모두 이기적인 족속이라는 게 분명해지는 순간이었다. 나는 방문을 소리나게 닫고 씩씩거리며 잠을 청했다. 꿈에서 엄마가 나를 마이클, 이라고 불렀다가 찰스, 라고 했다가, 밥이라고도 했다가 제임스, 리처드, 잭, 존 등등 온갖 영어 이름으로 쉴새없이 불러댔다. 뭐라고, 뭐라고. 난 모처럼 잠꼬대를 심하게 하고야 말았다.

아무래도 반지하보다 옥탑이 낫겠지.

아버지의 혼잣말에 나는 국을 그릇째 마시다 말고 고개를 쳐들었다. 아버지도 국그릇을 손에 든 채 나를 흘깃 쳐다보았다. 혼잣말이 아니었나보다. 안 그러냐? 재차 묻는 아버지의 벌어진 잇새에 멸치 꼬리가 끼여 있었다. 아버지는 매 끼니마다 마른 멸치를 고추장에 콕 찍어 먹어야 소화가 된다는 멸치박멸주의자이다. 싫은 것은 뭐든지 다 먹어서 없애버리겠다는 아주 단순한 삶의 철학을 고집하는 내 아버지 태평대씨는 멸치박멸주의, 오이박멸주의, 개미박멸주의 등등 과격하고 급진적이지만 안타깝게도 히키코모리를 의심케 하는 다소 불행한 기질을 지녔다.

미국인들은 고추장을 안 먹어. 당연히 고추장도 팔지 않을걸.

국그릇을 상 위에 내려놓으며 내가 말하자 아버지는 별 쓸데없는 걱정을 다 한다는 투로 무심히 답했다.

그게 네가 할 일이다.

이게 무슨 소리인가?

뭐?

네가 매달 고추장을 소포로 부치라는 말이다. 누가 뭐래도 난 태양초가 제일 좋다.

꼭 고추장 불모지인 아메리카까지 태양초 고추장을 조달시키기 위해 나를 코리아의 서울, 한강 이남의 용화공업고등학교, 교문 앞, 옥탑방에 남겨둔다는 의미로밖에 들리지 않았다.

고추장만이 아니다. 멸치는 세 달에 한 번씩 보내야 한다. 너도 꼬박꼬박 멸치를 먹도록 해.

나는 기가 막혀 도저히 밥을 삼킬 수가 없을 지경에 이르렀지만 최대한 혼자 살아가야 하는 것쯤이야 아무렇지 않다는 듯이 되물었다. 무엇보다 내 진심을 들켜서는 안 된다.

돈은?

네가 나 대신 집세를 받아라. 월 삼십오만원씩이다.

뭐랄까, 갑자기 링 위에 선 기분이 들었다. 나는 젓가락으로 턱을 받치고 한껏 입술을 일그러뜨리며 말했다.

그걸로 어떻게 살아?

삼십만원 받으려다 너 때문에 오만원 더 받은 거다.

삼십만원이나 삼십오만원이나.

그 이상 뭘 더 원하는 게냐?

쌀이랑 김치만 있다고 사람이 살 수 있어?

살 수 없을 것 같으냐? 네 엄마랑 내가 미국에서 떵떵거리며 살 거라고 생각하진 마라.

아버지는 나의 도전을 받아들이겠다는 듯이 갑자기 멸치를 세 마리씩 먹기 시작했다. 덩달아 나의 용기도 샘솟아 한껏 시크한 목소리로 화답했다.

좋아, 아버지 말대로 멸치랑 고추장 보내줄게. 대신 아버지도 나한테 소포 보내.

순간 멸치를 씹던 아버지의 턱이 딱 멈췄다. 내게 얼굴을 바짝 들이밀더니, 아주 동그란 눈으로 내 눈을 쳐다보았다. 아버지의 흰자위는 누런데다가 핏발까지 서 있어서 오래 마주 보기가 곤혹스러웠다.

너 선물받고 싶으냐?

실수, 했다는 느낌이 퍼뜩 머리를 스쳐 지나갔다. 망할. 나도 모르게 어린아이의 투정 같은 소리를 내뱉고야 말았다. 열아홉 살이나 돼가지고 아직까지 외동아들 티를 내다니. 후회도 잠깐, 아버지의 일시 정지된 입술 사이로 멸치들이 튀어나왔다. 내 얼굴에 달라붙으려나 싶었는데 상 위에 놓인 반찬접시 위로 어여삐 흩날렸다. 고추장과 함께 아버지의 어금니에 마구 짓이겨진 멸치는 이미 빨간색이었다. 하필이면 노란 계란말이 위로 점점이 낙하. 아버지의 웃음은 그치지 않았다. 배를 잡고, 목을 뒤로 확 젖힌 채 꺼억꺼억. 그 와중에 혼잣말까지 했다.

케에에에에차차찹, <u>흐흐흐흐</u>. 마아아아욜네에에에즈으으. <u>흐흐흐흐흐</u>. 치치치치치치치칠리. <u>흐흐흐흐흐흐흐</u>, 를 부쳐주마. 크<u>크크크크크크크으으으으으</u>큭큭.

아버지. 그건 동네 마트만 가도 다 있는 거거든. 아메리카에는 있지만 코리아에는 없는 걸로 보내줘. 안 그러면 멸치랑 고추장은 구경도 못할 줄 알라고.

웃거나 말거나. 정말로 해외우편 소인이 찍힌 소포를 바란 것은 아니었다. 하지만 막상 그렇게 말을 뱉고 나니 곧 닥칠 반강제적 독립생활이 마냥 두렵지만은 않게 되었다. 유나이티드 항공을 타고 날아온 페덱스 소포를 매달 전해받을 생각을 하자 빌 게이츠 못지않은 아메리카인 부모를 둔 것 같은 기분이 들었다. 기다렸다는 듯이, 드넓은 미대륙을 장악한 브랜드의 로고들이 머릿속을 자막처럼 훑고 지나갔다. 애플, 나이키, 아베크롬비, 랄프 로렌. 오, 마이 갓. 조만간 난 패셔니스타 공고생에 어울리는 얼리어답터로 살 수 있을지도 모른다. 키득키득 웃음이 새어 나왔다. 더불어 아버지의 젓가락질 또한 눈에 띄게 빨라졌다. 잘 먹어야 오래 살아남는다, 가난한 선대로부터 세습된 아버지의 생존본능이 막 발동하기 시작했다.

_하나의 질문에 두 가지 대답을 준비하라

그러니까, 내게도 기회라는 게 있긴 했다. 비교적 금슬 좋은 부모님과 함께 사흘 뒤 아메리카 행 직항 비행기에 사이좋게 올라탈 수 있는 기회, 말이다.

그 기회는 이런 물음으로 시작된다.

고등학교를 졸업하면 뭘 하고 싶냐?

혹은

뭐가 되고 싶냐?

처음 내게 그 질문을 한 사람은 담탱이였다. 물론 담임이 내게 어떤 기회를 가져다줄 리는 만무했다. 삼학년 진급을 앞두고 행해지는 진학상담은 딱히 중요하지 않았다. 어차피 담임과 나는 앞으로 몇 달도 채 안 볼 사이였으니 서로에게 건성이긴 피차 마찬가지였다. 솔직히 누가 삼학년 담임이 될지 따위는 아무 상관이 없었다. 어차피 서로 이름조차 기억하지 못할 테니까.

취업할 거냐?

담임이 물었다. 꼭 잘잘못이라도 따지려고 무작정 덤비는 사람 같은 말투였다. 사실 상담실은 취조실처럼 생겨서 누구라도 저절로 예와 아니오로만 대답하게 되지만.

네.

내가 네, 라고 대답한 이유는 오직 한 가지뿐이다. 취업 준비생만이 반드시 출석하지 않아도 되기 때문이다. 의무출석일수 역시 대학진학반 애들보다 훨씬 적다. 중간고사와 기말고사 기간에만 출석해도 빛나는 졸업장을 득템할 수 있는 이 소중한 기회를 놓칠 수는 없지. 게다가 취업증명서 한 장 받아오는 것쯤이야 식은 죽 먹기보다 쉬운 일. 친구 태화에게 말 한마디만 하면 단번에 해결할 수 있는 일이다.

태화 아버지는 파주에서 고무장갑 공장을 한다. 나와 같은 위장 취업생이 많을수록 태화 아버지도 4대보험과 전혀 상관없는 불법 이주노동자들을 한 명이라도 더 부릴 수 있다. 일타삼피란 바로 이럴 때 쓰라고 있는 말이 아닌가 싶다. 이제 나는 삼학년이 되는 그 순간부터 학교에 가지 않아도 될뿐더러 공장에 취업할 필요도 없이 하고 싶은 대로 마음껏 살 수 있다. 물론 딱 일년, 시한부 자유이긴 하다. 그런데 원 플러스 원, 내 부모마저

나와 굿바이라니. 자유를 넘어 방종의 황금시대가 내게 납실 모양이다.

오, 지저스. 할렐루야!

담임과 아주 간단한 대화를 나누고 며칠 지나지 않은 어느 날이었다.

아버지는 담임과 같은 질문을 내게 던졌다.

고등학교 졸업하면 뭘 하고 싶냐?

갑자기 거실 겸 부엌이자 현관과 맞붙은 좁은 공간이 상담실처럼 느껴졌다. 아버지는 담임보다 상대하기 쉬운 사람이 절대로 아니다. 왜냐하면 아버지는 내게 적정 수준의 관심을 항상 유지하는 사람이기 때문이다. 관심은 곧 기대심을 유발한다. 기대는 희망의 범주에 속하는 단어이다. 아버지가 내게 갖는 기대심은 결국 나의 미래를 통해 당신의 희망을 보고 있다는 뜻이다. 내가 아버지를 코리아의 전형적인 아버지상으로 평가하는 것은 다 그러한 연유에서 기인했다. 가끔 이런 질문을 내게 던져본다. 만약 내게 다른 형제가 있었더라도, 아버지는 나를 통해 절망 아닌 희망을 보았을까? 글쎄, 나는 아직 대답할 준비가 되어 있질 않다.

잠자코 장판을 긁자 아버지가 재차 물었다.

취업할 거냐?

예, 라고 대답하는 순간 아버지는 나를 용화공업고등학교의 유례없이 착실한 취업 준비생으로 만들기 위해 갖은 계략을 도모할 게 분명했다. 아마 가까운 중소기업의 기숙사에 나를 처박겠지. 생각만 해도 온몸에 소름이 돋고, 피가 거꾸로 도는 것만 같다. 거의 재난 수준에 육박하는 일이 아닐 수 없어 나는 사뭇 비장하고 결의에 찬 어조로 되도록 짧게 대답했다.

아니.

휴, 일단 기숙사 행은 피했다.

그럼?

곧바로 이어지는 물음에 나는 또 장판을 긁을 수밖에 없었다. 비닐 장판 위에 아무도 볼 수 없는 별을 수십 개 그리고 나서야 나는 마지못해 더듬더듬 답했다.

대학에 갈래.

물론 그 말은 진심이 아니었다. 최선을 다해 기숙사 행을 피하려다가 불시에 튀어나온 일종의 미봉책이었다. 아버지는 잠시 내 눈을 쳐다보며 내 말의 진위를 가늠하는 눈치였다. 아버지의 처진 눈꺼풀 아래 검은 눈동자가 좌우로, 아래위로 천천히 움직이다 내 입술에서 멈췄다. 입술이 바들바들 떨렸다. 아버지의 시선이 내 눈으로 옮겨가자 눈 밑까지 파들파들 떨리기 시작했다. 빌어먹을. 나는 생각보다 청순한 데가 있는 녀석이다.

그렇다면 넌 남아 있어야 하겠다.

뭔가 되물어야 했지만 무슨 말부터 꺼내야 할지 갈피를 잡을 수 없었다.

그게 무슨 소리야?

내가 할 수 있는 말은 고작 그 정도가 다였다.

네 엄마와 난 이민을 가기로 결심했다.

마른하늘에 날벼락이었다.

그럼 나는?

대학에 가겠다며? 대학 졸업하면 그때 건너와. 군대도 일찌감치 다녀오고.

하나뿐인 아들을 이토록 프리하게 양육하려 들다니. 이제 보니 누리끼리한 얼굴의 내 아버지는 코리아의 전형적 아버지가 아니라 아메리카의 전형적 아버지상에 속하는 자였다. 속았다. 정신이 혼미했다.

왜? 왜 그래야 하는데?

안타깝게도 나는 전혀 쿨하지 못하게 굴고 있었다.

네가 영미권 대학에 다닐 수 있는 수준이라고 생각하는 건 아니겠지.

반면 아버지는 쏘 쿨했다. 마음 같아선 보란 듯이 영어로 대꾸하고 싶었으나, 그 순간 내겐 한국어도 어렵기만 했다.

그래도 대학 졸업하고 건너오면 미국에서도 취직하기가 쉽지 않겠냐. 뭘 해도 고졸보다야 낫겠지.

칫, 자기는 중졸이면서. 속에서 그런 말이 솟구쳐올랐지만 억지로 되삼켰다. 나는 끓어오르는 부아를 다스리며 아버지를 노려보았다. 한심하다는 표정을 굳이 숨기려 들지 않고, 아버지는 입술을 비틀며 내게 물어왔다.

그런데 너, 대학에 갈 거면서 공고는 왜 갔냐? 공대 갈려고?

역시, 우리 아버지. 사람 곤란하게 만드는 재주만은 세계 랭킹 톱 텐이다.

_절대로 사랑에 휘둘려선 안 된다

열다섯 살 무렵이었다.

이상형이 공고생이었던 오선을 만난 것은.

안녕, 오선. 넌 음표가 잔뜩 그려진 오선지 악보처럼 보기 좋구나.

아침마다 그런 대사를 화장실의 녹슨 거울 앞에서 읊조렸다. 열다섯 살이었으니, 유치찬란한 대사에 마음을 뺏길 만도 했다. 지금 같아서는 도저히 먹혀들지 않을 대사이긴 하다. 중학생이던 시절, 나는 문학에 심취해 있었다. 장래희망 소설가. 잠시 그런 미래를 꿈꾸기도 했었다. 적어도 오선을 만나기 전까지는.

오선은 나와 같은 반이었다. 인생의 전성기가 언제였느냐고 누군가 내게 묻는다면, 나는 주저하지 않고 중학생 시절이라고 말하겠다. 그 시절 나는 이른바 얼짱, 말짱, 겜짱 등등 모든 짱을 섭렵하고 있었다. 게다가 요즘 애들답지 않게 취미는 독서. 특기는 글쓰기. 짱 중의 짱. 더 말해 무엇하리. 같은 반 여자애들 중 절반이 내게 매일 밤 잘 자라는 둥 좋은 꿈을 꾸라는 둥 답문을 보낼 필요조차 없는 내용의 문자를 쏟아부었다. 오선은 내게 문자를 보내지 않는 나머지 절반에 속하는 여자애였다. 지금 생각해보면 그 또한 나를 꼬드기는 테크닉의 하나에 불과했지만 말이다.

오선은 말수가 적은 편이었다. 교복 치마는 항상 무릎을 덮는 길이였고, 하교할 때까지 한 번도 넥타이를 풀지 않았으며, 머리칼은 한 올도 흘러내리지 않도록 바짝 묶고 다녔다. 공부도 꽤 잘했다. 음악시간에는 늘 피아노 앞에 앉았으며, 영어시간에는 교과서 리딩을 도맡았다. 피부가 하얀 편이라 깔끔한 인상을 주긴 했지만 딱히 예쁜 얼굴은 아니었다. 눈이 가늘고 길어 흘겨볼 땐 정말 매서워 보이는 눈매였다. 눈초리 근처에는 작은 갈색 점이 박혀 있었다. 오선은 거울을 볼 때마다 그 점을 들여다보면서 눈물을 많이 흘려 생긴 점이라는 듣도 보도 못한 말로 나를 뭉클하게 만들기도 했었다. 하지만 그 점에 짧은 털이 자라는 것을 뒤늦게 알고 난 뒤부턴 오선이 눈물 어쩌고저쩌고 할 때마다 나도 모르게 미간이 찌푸려졌다. 털이 풀은 아니잖아. 그런 말이 혀끝에서 맴돌았다.

또하나 특별한 점이 있다면 오선은 유난히 이가 작아서 뭐든지 오래 씹어야만 체하지 않는다는 것이다. 그래서인지 씹어 먹는 음식보다 마시거나 삼키는 음식을 선호했다. 특히 커피나 맥주, 콜라 같은 식음료를 좋아했다. 샷을 추가한 아메리카노를 즐기는 중학생 여자애는 오선이 처음이었다. 맥주를 좋아한다는 것은 훨씬 나중에 알았다. 맥도널드 커피를 마시면 종이컵에 코가 잠겨 반쯤 감긴 눈밖에 보이지 않았다. 안타깝게도 콧대는 무척 낮았지만 대신 콧방울이 유난히 동그래서 귀여웠다. 태화는 오선을 보고 하얀 피부 빼곤 볼 게 하나도 없다며 고개를 설레설레 내저을 때가 많았다. 짱 중의 짱인 내 여자친구로 적합하지 않다는 것이었다. 솔직히 말해서 태화의 참견이 내심 듣기 좋았다. 아주 틀린 말은 아니라고 생각했으니까. 그러니 내가 처음부터 오선을 눈여겨보지 않은 것은 매우 당연한 일이었다.

금요일 오후, 수업을 모두 마친 청소시간이었다. 여자애들은 교실 청소를, 남자애들은 화장실 청소를 맡았다. 나는 복도에서 태화와 잡담을 나누던 중이었다. 드르륵 교실 문이 열리더니 오선과 오선의 짝 유진이 나왔다. 복도는 물에 젖어 있었다. 오선과 유진은 서로 팔짱을 낀 채 나와 태화 쪽으로 다가왔다. 화장실에 가려는 듯했다. 멀쩡하게 잘 걸어오던 둘이 내 쪽으로 가까워질수록 조금씩 비틀거리기 시작했다. 서로가 서로를 미는 탓이었다. 유진이 오선의 어깨를 밀고, 오선은 유진의 가슴을 떠밀었다. 유진은 웃고 있는데 오선은 입술을 꽉 다문 채 애써 표정 없음의 표정을 짓고 있었다. 드디어 둘이 내 곁을 막 스치는 순간, 기다렸다는 듯이 유진이 오선을 확 밀었다. 그럴 줄 알았다. 충분히 예상하고 있던 바였다.

오선이 나를 향해 쓰러졌다. 선심 쓰듯 내가 두 팔을 내밀었으나 오선은 굳이 물이 흥건한 바닥으로 고꾸라졌다. 일부러 내 손을 피한 게 분명했다. 전혀 예상하지 못한 시추에이션이었다. 오선의 교복치마가 검게 젖었다. 하얀 상의에도 시커먼 얼룩이 점점이 생겼다. 나는 오선을 향해 뻗은 팔을 미처 거두지 못하고 엉거주춤 서 있었다. 내 손을 잡고 일어나기라도 하겠지 싶어 내민 손을 더욱 길게 뻗어주었다. 기사도 정신의 완벽한 구현이었다. 요즘 같은 세상에 기사도 정신을 겸비한 청소년을 찾기란 결코 쉬운 일이 아니다. 하지만 오선은 끝내 내 손을 잡지 않았다. 두 손으로 더러운 바닥을 짚고 벌떡 일어서서 치마에 묻은 물을 털어내고는 아무 일도 없었다는 듯 다시 유진의 팔짱을 끼고 화장실로 사라졌다. 바로 그 순간이었다. 내가 오선의 말 한마디에 오락가락 휘둘릴 수밖에 없는 운명에 처해진 것은.

나와의 스킨십을 거부한 여자는 오선, 네가 처음이야.

_함부로 나를 좋아해서는 안 된다

우리는 영혼의 절친.

오선은 우리 사이를 그렇게 정의했다. 이른바 소울메이트라는 말이다. 듣기엔 좋은 소리일지 몰라도 소울메이트는 어불성설, 말 그대로 소울만 남은 상태에서나 가능한 관계이다. 한마디로 죽어서나 이루어질 관계라는 말씀. 게다가 삼학년이 되면서 오선과 나는 반이 갈렸다. 서로 다른 교실에서 온종일 지내다보니 옆 교실에서 수업을 듣고 있을 오선을 그리느라 화이트보드마저 오선지로 보였다. 결국 나는 태화와 진지한 의논 끝에 오선을 덮치기로 했다.

일단 입술부터 차근차근. 모든 일엔 지켜야 할 순서라는 게 있고, 난 그 순서를 웬만하면 지켜내고 싶었다. 입술, 그다음에는 가슴 그리고 약간의 휴지기를 거친 뒤 자연스럽게 팬티 속으로 직진. 중학교를 졸업하기 전에 그 모든 순서를 통과하는 게 내 목표였다. 여러 번 반복할 수 있다면 더욱 좋고. 고추가 반질반질 다 닳아버려도 상관없었다. 오선, 너의 팬티 속에 음표처럼 곧추선 나의 고추를 그려줄게. 행복해하는 오선의 표정이 매일 밤 꿈속에서 나를 자빠뜨렸다. 그해 난 열여섯 살이었고, 내 고추의 길이도 발기시 십이 센티미터에 도달했다. 그 정도의 수치는 평균이라고 네이버 지식인이 가르쳐주었다. 노처녀 생물선생님도 그렇게 말했다. 나는 누구보다 빨리 평균치를 달성했으니 앞으로 평균 이상의 성생활을 누릴 게 아주 분명했다.

화이트데이, 게다가 토요일. 봄이라고 하기엔 날이 꽤 추웠다. 오선은 명동 스타벅스에서 기다리라고 했다. 삼학년이 된 이후로 오선에게 달라진 점이 있다면 맥도널드 대신 스타벅스 커피를 마신다는 거였다. 오선은 소울메이트란 핑계로 툭하면 나를 불러내 커피를 사달라고 졸랐다. 그때마다 눈치 없는 유진이 따라 나왔다. 그즈음 나는 오선과 유진에게 커피를 사주느라 주머니 사정이 좋지 않았다. 피시방은 교무실만큼이나 내게서 멀어져갔다. 스타벅스 커피는 맥도널드보다 약 두 배가량 더 비쌌다. 맛은 더 나빴다. 스타벅스에서 음료 세 잔을 사기 위해 내가 지불하는 돈은 피시방 정액권보다 훨씬 비쌌다. 썩을.

명동은 사람들로 넘쳐났다. 꽃다발을 든 남자들이 숱하게 돌아다녔다. 사내 자식들이 부끄러운 줄도 모르고 말이야, 나는 괜스레 의기양양해져서 두 팔을 크게 흔들며 인파를 헤쳐나갔다. 그 와중에 몇몇 사람들과 어깨를 부딪혔다. 다들 갈 길이 바쁜지 미안하다는 말도 없이 나를 스쳐 지나갔다.

스타벅스도 붐비긴 마찬가지였다. 다들 쉽게 앉을 자리를 찾지 못해 커피를 손에 든 채 두리번거렸다. 나는 이층 창가 근처를 삼십 분 가까이 서성거리다 겨우 이인용 테이블 하나를 차지할 수 있었다. 약속시간보다 일찍 나온 게 천만다행이었다.

핫초코를 테이블 위에 올려두고 오선이 오기만을 기다렸다. 주머니 안에는 커플링이 들어 있었다. 14k이긴 하지만 링 가운데 작은 보석이 박혀 있어서 제법 값이 나갔다. 내가 목표한 오늘의 진도는 오선의 75A컵 가슴이었다. 예정대로라면 오선의 생일인 6월 즈음 나는 DVD방에서 오선의 분홍 팬티를 내리고 있을 게 확실했다.

약속시간은 오후 네시. 오선은 네시 반이 되어서야 교복 차림으로 나타났다. 놀토에 웬 교복? 기가 막혔다. 이럴 거면 명동이 아니라 학교 앞에서 만나자고 했어야지. 오선아, 넌 멍청한 거니, 순진한 거니? 차마 밖으로 꺼내지 못할 말들이 요란하게 소용돌이쳤다.

아메리카노?

내가 몸을 반쯤 일으켜 오선에게 묻자, 오선은 말없이 고개만 끄덕거렸다. 당연한 걸 왜 묻느냐는 투였다. 교복을 입고 커피라니. 꼭 미국 하이틴 드라마의 한 장면 같았다. 이 상황이 미국 하이틴 드라마 속 장면이라면 그다음 내용은 불 보듯 빤한 것. 모든 일들이 내 계획대로 착착 진행되고 있었다.

샷 추가?

역시 고개만 까닥까닥. 아무래도 오선은 영어를 주로 OCN으로 배우는 모양이었다. 커피를 테이블 위에 올려놓으면서 나는 슬쩍 오선의 손을 쥐었다. 오선은 손을 빼지 않았다. 이때다 싶어 나는 의자를 오선의 옆으로 바짝 당겨앉았다. 테이블이 살짝 흔들렸다. 오선이 재빠르게 커피잔을 쥐었다. 그 바람에 나는 오선의 손을 놓쳤다. 다시 잡으려니 귀찮았다. 한 번 잡았으니 됐다, 싶었다. 아직 손도 못 댄 데가 많았다. 오선의 입술, 오선의 귓불, 오선의 목덜미, 오선의 어깨, 오선의 팔꿈치, 오선의 배꼽, 오선의 허벅지, 오선의 무릎. 그리고 오선의 젖꼭지, 그 무엇보다 중요한 오선의 버자이너. 손으로도 만지고, 입으로도 만지면 얼마나 좋을까. 난 넋을 놓은 채 오선의 옆얼굴만 뚫어져라 쳐다보았다.

오선은 커피가 담긴 종이컵을 잘근잘근 씹어댔다. 하긴, 저도 긴장하지 않을 수 없겠지. 화이트데이에 나를 만나러 나온 것만 보아도 나를 향한 오선의 마음은 이제 숨기고 싶어도 숨길 수 없는 것이 되어버렸다. 소울메이트는 개뿔.

잠깐 사이에 창밖에 진눈깨비가 흩날렸다. 오선은 아직 커피를 다 마시지도 못했다. 세상은 금세 거무튀튀하게 변해버렸다. 뭐, 언제는 안 그랬냐마는.

영화 볼래?

오선은 쉽게 입을 열지 않았다. 커피를 한 모금 삼키고, 테이블 위에 컵을 내려두고 나서야 고개를 갸웃하며 글쎄, 라고 말했다. 나보고 알아서 움직이라는 의미로 접수.

영화 보고 밥 먹자. 밥 다 먹고 소화도 시킬 겸 팔각정에 가는 게 어때?

머릿속 내 계획은 이러했다. 팔각정까지 케이블카를 타고 올라가서 남산 아래 펼쳐진 보잘것없는 전경을 감상한 뒤 이태원 쪽으로 빠지는 산책로를 따라 도보로 이동한다. 그때쯤이면 날이 어두워질 무렵이니 마음에 드는 벤치에 앉아 딥키스를 한다. 키스가 무르익을 때쯤 자연스럽게 셔츠 안으로 손을 밀어넣으면 오케이. 아, 오선은 평생 나를 잊지 못할 것이다.

됐어.

슬며시 오선의 어깨에 팔을 두르려던 찰나, 오선이 고개를 홱 돌리며 말했다. 순간 얼음. '됐어'라는 단어의 의미는 예스 혹은 노로 정확히 구별하기 힘들다. 무언가 그만하라는 뜻처럼 들리긴 하는데 뭘 그만두라는 건지 알 수 없다. 내가 휘둥그레진 눈으로 쳐다보자 오선은 휘휘 손을 내저으며 좀 떨어져 앉아줄래, 라고 쏘아붙였다. 엉겁결에 나는 의자에 엉덩이를 딱 붙인 채

어기적어기적 오선의 맞은편으로 자리를 옮겼다.

너 나 좋아하지?

어쭈, 치는 대사마다 필이 살아 있다. 예감이 썩 좋지 않았다.

괜히 돌려서 말 안 할게. 난 중딩 싫어. 오빠들이 좋아. 이왕이면 공고생이 훨씬 좋고.

일진 대가리들보다 한 수 위의 말솜씨. 감탄이 절로 터졌다. 나는 오선의 싸가지 없는 입술을 잘근잘근 깨물고 싶어서 정말 미칠 것만 같았다. 두고 봐, 네가 원하는 대로 공고생이 되어줄 테니까. 나는 오선의 입술 대신 내 아랫입술을 깨물며 단호한 결심을 세우고 있었다. 내가 왜 소설 따위를 읽었을까. 돌아가시기 전 할머니는 툭하면 내게 말씀하셨다. 기술이 밥 먹여주지 글이 밥 먹여주느냐고. 노인네 말이라고 흘려듣지 말고 새겨들을걸 그랬다. 늙으나 젊으나 여자의 마음은 한결같은 것을 나는 왜 미처 알지 못했을까? 진심으로 나의 과오를 후회하려는 찰나, 오선이 한마디 덧붙였다.

참, 유진이가 너 좋아한대.

씨발, 짜증나.

고작 그렇게밖에 나는 대답하지 못했다.

_우리 집 주소는 서울특별시 용산구 한강로 101-9번지이다

결국 아버지를 따라 방을 보러 나서기로 했다. 이왕 가는 김에 당장 입지 않을 옷들도 모두 꺼내 챙겼다. 종이가방 세 개에 나눠 담았더니 딱 맞았다. 곁에서 아버지는 분홍 보자기에 솜이불과 베개를 여며 쌌다. 한데 부려놓으니 더 작고 초라해 보이는 나의 이삿짐들이었다.

눈길이라 위험하니까 지하철을 타고 가자.

이쑤시개로 잇새를 쑤시며 아버지가 서둘렀다. 저러다 잇새가 일 센티미터쯤 벌어져도 몰라, 나는 못 본 체 고개를 돌렸다. 아버지는 까치발로 안방에 들어가 점퍼를 꺼내왔다. 아무리 조심스럽게 열고 닫아도 낡은 문의 경첩은 끼익, 쇳소리를 낸다. 무거운 이불을 덮어쓴, 엄마로 추정되는 덩어리가 잠결에 뒤척거리는 게 보였다. 아버지는 점퍼에 팔을 끼우다 말고 싱크대 아래에 밥상을 내려놓는 나를 보더니 나지막하지만 엄격한 목소리로 명령했다. 쪽쪽, 이쑤시개를 빨면서.

설거지부터 해라.

그럼 엄마가 매우 심심할 텐데?

아버지의 주먹이 머리 위로 올라갔다. 뭐라도 집어던지려나 싶었는데 이내 팔을 내리고 괜한 시비를 걸었다.

그게 하루 종일 노는 인간 입에서 나올 소리냐?

방학 동안 같은 말을 얼마나 들었는지 셀 수도 없다. 딱히 마땅한 대답도 찾을 수 없는, KO패가 예정된 촌철살인의 어퍼컷이다. 내 얼굴의 모든 근육들이 겹겹이 구겨졌다. 별수 없다. 나는 개수대에 빈 그릇들을 쏟아붓고 온수로 대충 헹구어냈다. 그걸로 설거지는 끝이다. 원래부터 엄마는 내 설거지 솜씨를 못 미더워한다. 설거지만이 아니라 매사가 그저 시늉에 불과하다며 내게 윽박지르기 일쑤이다. 전형적인 코리안 마더이다. 오늘도 엄마는 잠에서 깨자마자 내 이름을 껌처럼 씹어대며 설거지를 새로 할 게 뻔하다. 내내 물을 틀어놓은 채로 말이다. 우리 집 수도세가 다른 집보다 많이 나오는 이유는 오로지 엄마 때문이다.

물론 엄마에게 고마운 마음이 들 때도 더러 있다. 엄마는 항상 나에게 신랄한 욕설을 아낌없이 퍼부어준다. 다른 어느 집 아들보다 건강한 삶을 누릴 수 있도록 하기 위해서란다. 심지어 엄마는 애정 표현마저 내 사랑하는 아들 새끼, 깨물어 죽여버리고 싶은 내 새끼, 로 시작할 때가 많다. 도가 지나친 엄마의 사랑에 너무 오래 살면 어쩌지, 걱정이 될 정도다.

탈탈 양말을 털어 신던 아버지가 벌떡 일어나 신을 꿰어신었다. 열린 신발장에서 쿼쿼한 냄새가 스멀스멀 퍼졌다. 콧등을 찡그리며 아버지는 신발장 문을 냅다 발로 걷어찼다. 아버지가 세상에서 유일하게 홀대하는 무언가가 있다면 바로 신발장이다. 이유는 알 수 없다. 아버지는 현관에 서기만 하면 신발장에 들입다 발길질을 했다. 오늘도 어김없이 키 큰 신발장은 아버지의 세찬 발길질에 쓰러질 듯 기우뚱하다가 간신히 버텨냈다.

다 됐으면 나가자.

그새 아버지의 목소리는 조금 너그러워져 있었다. 나는 물기 뚝뚝 떨어지는 손으로 점퍼를 챙겨입고 아버지를 따라 나섰다. 다녀올게. 현관에 선 아버지가 안방에 있는 엄마에게 소리쳤다. 아버지의 말이 들리긴 했을까? 안방에서는 아무 대답도 없었다. 아랑곳하지 않고 아버지는 종이가방 세 개와 이불 보따리를 양손에 들고 현관문을 나섰다. 그 모습이 보기 안쓰러워서 내가 하나만 달랬는데도 아버지는 끝내 손에서 가방을 놓지 않았다. 쓸데없는 일에 고집을 부리는 것은 코리안 파더의 전형적 특징 중 하나이다. 내민 두 손이 머쓱했지만, 나는 그냥 아버지가 하고 싶어하는 대로 내버려두었다.

대문 밖으로 나오니 항상 담벼락에 바짝 붙어 주차되어 있던 아버지의 포터가 보이지 않았다. 나는 주위를 몇 번이나 두리번거리며 아버지에게 물었다.

포터는?

아, 그거. 팔았어.

마치 이제야 생각났다는 듯이 아버지가 대답했다.

아까는 눈길이라서 지하철 타고 간다며?

내가 따지고 들자 아버지는 좁은 어깨를 귀밑까지 바짝 들어올렸다.

택시를 안 탄다는 말이었지. 오늘 같은 날엔 너무 위험하니까.

우리 집 주소는 서울특별시 용산구 한강로 101-9번지다. 이젠 기차가 다니지 않는 단선 철도를 옆에 끼고 서 있는 낮은 집들 중 하나이다. 내가 열아홉 살이니 부모님이 이 집에서 산 햇수도 얼추 스무 해 가까이나 된다. 우리 집에서 큰길 쪽으로 나가려면 101-8번지부터 101-1번지까지 총 여덟 채의 집을 지나야 한다. 뒤로 여섯 채의 집이 더 있다. 제일 끝집은 101-15번지, 앞집은 102번지로 시작하는 주소를 가지고 있다. 그래서인지 이웃사촌이라기보다 이웃팔촌에 가깝다는 느낌이다.

101-8번지는 주황색 슬레이트 지붕에, 대문은 보라색이 감도는 잿빛이다. 양철로 만든 대문은 늘 열려 있어서, 길 잃은 고양이들과 개들이 수시로 드나드는 아지트가 되어버렸다. 아버지는

그 집 앞을 지날 때마다 종종 대문 안으로 고개를 들이밀고, 혼자 사는 할머니를 부른다.

오늘도 여느 날과 다를 바 없이, 아버지는 우렁차게 소리쳤다. 할매, 살아 있능교? 나이 많은 어르신에게 말을 걸 때만 아버지는 사투리를 쓴다. 아버지의 사투리는 높임말 대용이다. 할머니도 질세라 굳게 닫힌 현관문 너머로 냅다 소리를 질렀다. 살아 있다. 개들도 따라 컹컹 짖었다. 놀란 고양이들은 사방팔방 응응 우는 소리를 내며 흩어졌다. 말 못 하는 짐승들도 저들이 살아 있다고 그러는가보다. 아버지가 혼잣말처럼 중얼거리더니 갑자기 몸을 돌리고는 만생아, 하며 쭈뼛쭈뼛 뒤따라가는 나를 불렀다. 나 없으면 네가 할머니한테 한번씩 들러라.

갈수록 시키는 일이 많아진다. 나는 점퍼 주머니에 두 손을 찔러넣고 고개만 끄덕끄덕했다. 어차피 아버지는 내가 정말로 할머니 댁을 들여다보는지 어쩌는지 확인할 수 없는 처지이다. 넙죽넙죽 대답만 잘하면 무탈하게 지나갈 일들이다. 나는 아버지의 말에 무조건 예, 예 대답할 준비가 이미 되어 있었다.

101-7번지로 말하자면 오십대 부부가 사는 집이다. 마흔 살이 넘어 결혼한 그 부부에게 초록색 지붕을 이고 선 101-7번지는 신혼집이었다. 101-7번지 아줌마는 자주 우리 집에 놀러 와 엄마랑 두세 시간씩 수다를 떨다가 돌아가곤 했다. 그때마다 주워들은 이야기를 종합해보면 아저씨는 재혼이고, 아줌마는 초혼

이었다. 아저씨의 첫번째 아내는 유방암으로 죽었다. 결혼한 지 두 해 만에 발병해서 십 년이 넘도록 끙끙 앓다가 꼬챙이처럼 검게 말라서 죽었다고 했다. 당연히 자식도 없었고, 남아 있는 재산도 거의 없었다. 아줌마는 아저씨의 죽은 아내를 두고, 좀더 일찍 죽었으면 좋았을 거라고, 남편 돈 다 쓰고 죽은 나쁜 여자라고 욕했다. 남편의 죽은 마누라 제사상 차리는 여자는 천하에 자기밖에 없을 거라고, 이죽거렸다. 그래도 101-7번지 부부는 절대로 부부싸움을 하지 않는다. 아줌마가 우리 집 텔레비전 앞에 앉아 시간 가는 줄도 모르고 떠들며 놀다가 부리나케 아저씨 퇴근시간이라며 뛰어가는 모습을 볼 때면 엄마는 이상한 언니라고 고개를 저었다.

101-6번지는 보기 드문 기와집이다. 집은 시멘트로 만들어졌는데, 지붕에만 기와를 얹었다. 101-6번지의 벽돌담은 아버지가 올린 것이다. 아버지의 직업은 미장이다. 좋게 말하자면 소형 건물 전담 건축업자. 지금도 그렇지만 내가 말귀를 알아듣기 시작한 그 순간부터 사람들이 내게 가장 많이 한 질문은 '아버지는 뭐하시느냐'였다. 그때마다 나는 아무 거리낌 없이 '건축 사업가'라고 대답했다. 그게 아주 틀린 대답은 아닌 시절도 분명 있었다. 내가 초등학생 때만 해도 아버지는 일꾼 서너 명을 포터에 태우고 서울 곳곳을 누볐다. 포터 짐칸에는 벽돌과 타일, 시멘트 들이 한가득 부려져 있었다. 며칠씩 집을 비우는 일도

예사였다. 짧은 공사를 마치고 집으로 돌아오는 아버지의 주머니에서는 어김없이 지폐가 한 주먹씩 쏟아져나왔다. 다 옛일이다.

지금 101-6번지는 빈집이다. 그전에 살던 사람들은 오 년 전쯤 이사를 갔다. 101-6번지 아줌마가 우리 아버지랑 바람이 났다는 소문이 돌고 얼마 지나지 않아서였다. 소문이 퍼진 건 아버지가 101-6번지의 담장 공사를 시작하면서부터였다. 공사는 이틀밖에 걸리지 않았다. 소문은 이틀 만에 온 동네를 나돌았다. 아버지가 바지춤을 추스르며 101-6번지의 대문을 나서는 모습을 101-5번지 아줌마가 보았다고 했다.

101-5번지 아줌마는 노처녀이다. 집집마다 돌아다니며 화장품을 팔았다. 엄마도 그 화장품을 사서 썼다. 내가 고등학교에 막 입학했을 무렵이었다. 101-5번지 처녀아줌마가 파는 화장품의 수은 함량이 높다는 뉴스가 텔레비전에서 여러 차례 보도되었다. 아줌마는 다이어트 보조제로 품종을 바꾸었지만 우리 동네에서 다이어트를 할 만한 사람은 아무도 없었다. 101-5번지의 식구는 처녀아줌마와 그 어머니 그리고 처녀아줌마의 남동생 부부이다. 원래 남동생 부부는 따로 살았었는데 하던 일이 망하는 바람에 함께 살게 되었다. 짐작건대 처녀아줌마의 남동생도 다이어트 약이나 수은 화장품을 팔았을 확률이 높다.

처녀아줌마의 어머니는 백발 할머니이다. 쉰 살이 되던 해부터 머리가 하얗게 세어버렸다고 했다. 그해 할머니에게는 여러

가지 일이 한꺼번에 닥쳤었는데 그중 가장 큰 일이 처녀아줌마의 아버지가 죽어버린 것이었다. 하필이면 기찻길 맞은편에 있는 정다방의 정마담 방에서. 할아버지의 상여가 집을 아주 빠져나가던 날, 할머니가 곡을 하다 말고 외쳤다. 그년 방에 드나들던 놈들이 몇인데 하필이면 내 서방이 죽어나오나.

처녀아줌마의 집 앞을 지나면서 아버지는 퉤, 침을 뱉었다. 엄마에게 동네에서 가장 보기 싫은 흉물이 101-6번지의 붉은 벽돌담장이라면, 아버지에게 동네에서 가장 빨리 철거해야 할 흉물은 101-5번지다. 잘 알지도 못하면서. 아버지가 눈을 부라리며 101-5번지의 대문을 쏘아보았다. 처녀아줌마네 식구는 기찻길 건너에 주차장만 여섯 층씩이나 있는 씨티찜질방이 생기자 모두 거기에 취직했다. 남동생 부부는 찜질방 내 식당에서 파트타임으로 일하고, 처녀아줌마는 마사지숍에서 실면도와 눈썹문신 해주는 일을 맡았다. 할머니는 새벽 한시에서 세시까지 여탕 청소를 했다. 청소를 핑계로 할머니는 저녁 일곱시쯤부터 목욕을 한다. 온탕에서 아예 나올 생각조차 하지 않는다고 동네 사람들이 자주 우스갯소리를 해댔다. 덕분에 요즘 101-5번지 할머니는 우윳빛깔 할머니로 통하고 있다. 이유야 어찌 되었건 우리 동네에서 씨티찜질방에 가는 사람은 101-5번지 사람들뿐이다.

101-4번지는 그냥 공터이다. 집주인이 이사를 가면서 집을

모두 부수고 떠났다. 어차피 팔릴 일이 없는 집이라는 것을 너무나 잘 알고 있었기 때문이다. 철거하기 전 101-4번지는 우리 집과 제일 비슷하게 생긴 집이었다. 초록색 대문에 파란색 슬레이트 지붕, 회색 시멘트 담장. 금이 간 담장의 틈새에 박힌 쓰레기까지 우리 집과 아주 똑같았다. 누가 보더라도 101-4번지는 101-9번지와 쌍둥이였다. 101-9번지는 쌍둥이 형제를 잃고 난 뒤부터 하루가 다르게 낡고, 색이 바래고, 무너져가는 중이다. 결코 철길 건너에 고층 아파트들이 늘어선 탓이 아니다. 다만 101-4번지를 잃었기 때문이다. 그래서 나는 공터를 지날 때마다 가슴 깊은 곳이 저렸다. 우리 집도 곧 101-4번지처럼 될지 모르기 때문이다.

부러지고 녹슨 철근들을 바라보다 문득 3월부터 우리 집에 세들어 살 사람도 공터에 똑같은 집이 한 채 더 있었다는 사실을 미리 알아야 하지 않을까, 하는 생각이 들었다. 101-4번지의 집이 단 두 시간 만에 폭삭 무너져버린 것도, 고작 포클레인 한 대가 그런 일을 저질렀다는 것도 알려줘야 하지 않을까. 임대인과 임차인 관계에서 반드시 지켜져야 할 계약조항이라는 게 있으니 말이다.

내게 있어 동네의 가장 큰 흉물은 101-3번지이다. 101-3번지야말로 포클레인으로 콱 찍어 없애버려야 할 집이다. 번지수만

들어도 끔찍한 101-3번지에는 유진이 살고 있다. 유진의 부모는 강남대로에서 떡볶이를 판다. 정확한 위치는 모르지만 강남역 부근에 온종일 트럭을 세워놓고 유난히 매운 떡볶이와 부산 오뎅을 판다고 들었다. 종종 '서울 시내에서 맛집으로 유명한 포장마차'나 '반드시 한 번쯤 맛보아야 할 분식 리스트 10'과 같은 제목을 달고 있는 잡지 기사에 유진의 부모가 등장한다. 동네에서 돈을 제일 잘 벌기로 소문났지만, 번 돈의 대부분을 유진의 오빠에게 쓴다고 했다.

유진의 오빠는 가수 지망생이다. 노래를 잘 부르긴 하지만 못생긴 얼굴 탓에 데뷔가 쉽지 않아 고생이라고, 엄마가 하는 말을 들은 적이 있다. 아무래도 성형수술을 시키려나봐. 언젠가 엄마가 텔레비전 앞에 앉아 아버지에게 말했었다. 다행이지 뭐. 우리 만생이는 성형 안 시켜도 되잖아. 그러면서 아버지와 엄마는 나를 보며 굉장히 흡족해했다. 부끄럽게.

때마침 유진이네 집 앞을 지나는데 아버지가 살갑게 물어왔다.

유진인 잘 지내냐?

내가 어떻게 알아?

너희 둘 중학생 때 꽤 친하지 않았냐?

아니, 그런 적 없거든.

아니긴 뭐가 아니야. 유진이 우리 집에도 몇 번 놀러 왔었던 거 나도 다 기억나는데.

나는 유진이라는 이름을 입에 올리기조차 싫어서 한달음에 아버지를 앞질러 101-2번지를 지나쳐갔다. 101-2번지는 세탁소이고, 세탁소 옆집인 101-1번지는 하나슈퍼다. 이름 탓인지 고작 삼사 년 전만 해도 동네에 세 개나 있던 슈퍼가 다 사라지고 이젠 정말 하나슈퍼만 남았다. 101-2번지의 간판은 깔끄미세탁소인데, 하나슈퍼 주인의 큰아들네 집이기도 하다.

원래 하나슈퍼의 간판은 하나가게였다. 집의 한쪽 벽을 터서 유리문만 달아놓고 장사를 했다. 세탁소도 마찬가지였다. 세탁소와 슈퍼는 간판만 다를 뿐 겉모습은 똑같다. 간판의 색만 조금씩 다를 뿐이다. 하나슈퍼는 노란색 간판에 붉은 글씨, 깔끄미세탁소는 하늘색 간판에 하얀 글씨. 하지만 이젠 그마저도 색이 바래 크게 달라 보이지 않는다. 별안간 아버지는 앞서가는 나를 불러세우더니 하나슈퍼의 김 서린 유리문을 열고 이백오십 밀리미터의 작은 발을 가게 안으로 내디뎠다. 유리문을 도로 닫지도 않고 아버지는 씩씩하게 주인 할아버지를 불렀다. 미닫이문이 홱 열리면서 할아버지가 빼죽이 고개를 내밀었다.

아버지는 마치 우리 집 안방인 양 엉덩이를 방 안으로 들이밀며 앉더니, 덥석 할아버지의 손을 잡고는 아버님, 저 곧 이사 갑니데이, 라고 우는 소리를 해댔다. 아무나 보고 아버님, 아버님 하는 것 좀 봐라. 나는 고개를 절레절레 저었다. 할아버지가 그르렁거리는 목소리로 멀리 가느냐고 되묻자, 아버지는 꼭 누가 억지로 떠미는 이민을 가는 것처럼 어쩌다보니 좀 멀리 가게 됐습니다, 라고 덧붙였다. 아니, 그럼 나는 어쩌다보니 혼자 옥탑방에 살게 되는 건가, 아버지의 등을 찔러 꼬치꼬치 캐묻고 싶은 마음이 굴뚝같았다. 저 대신 우리 아들이 종종 놀러 올 겁니다. 그때마다 요구르트 한 병씩 줘야 됩니다, 너털웃음을 지으며 아버지가 말을 이어나갔다. 싱겁기는. 할아버지는 걱정 말라는 듯이 아버지의 손등을 토닥이며 고개를 끄덕였다. 내가 장담하건대 절대로 하나슈퍼 할아버지에게 요구르트 얻어먹을 일은 없을 것이다.

하나슈퍼를 나오자마자 아버지는 길게 한숨을 내쉬었다. 이 집 화장실 타일을 내가 깔아줬는데. 아버지가 점퍼 속주머니에서 에쎄를 꺼내 입에 물었다. 그 모습을 보고 있자니 입안에 끈적한 침이 돌았다. 여태껏 나는 아버지가 피우는 담배와 같은 것만 골라 피웠었다. 혹시라도 가방이나 책상 서랍에 숨겨둔 담뱃갑을 들키게 되면 아버지가 흘려서 챙겨둔 거라고 둘러댈 참이었다. 솔직히 내가 길고 가느다란 담배를 꺼낼 때마다 어이없어하던 태화의 표정을 참아내기란 정말 힘든 일이었다. 우리 반에서 나 말고 에쎄를 피우는 딱 한 사람은 바로 늙다리 담탱이. 그래서인지 담탱이는 툭하면 내 가방을 뒤졌다. 그때마다 내 담배는 모조리 담탱이의 차치였다. 방학 동안 담탱이의 담뱃값이 얼마나 늘었을지 눈에 훤했다.

야호, 이제 나도 말보로 유저!

_중요한 것은 실평수이다

아버지와 나는 용산역에서 지하철을 탔다. 바로 다음 역인 이촌에서 내릴 참이었다. 한 정거장을 이동하는 그 이 분여 동안에도 아버지는 좌석에 앉아 내리는 문 쪽을 멀뚱멀뚱 바라보았다. 문에 기대어 선 젊은 여자가 아버지를 힐끔 쳐다보았다. 모르는 사람인 척하려고 했는데, 어쩔 수 없다. 나는 괜스레 벌게진 얼굴로 아버지 앞에 서서 뜬금없이 말을 건넸다.

다음 역에서 내리는 거 알지?

그러자 아버지가 난데없는 질문을 꺼냈다.

왜 이촌의 이가 엘, 이, 이가 아니냐?

그거야 리촌이 아니라 이촌이니까 그렇지.

그럼 왜 아이를 맨 앞에 썼냐? 저렇게 쓰면 이촌이 아니라 아이촌 아니야?

몰라, 나중에 미국 가서 원어민들에게 물어봐.

지하철 안의 모든 사람들이 나와 아버지만 쳐다보았다. 얼굴이 홧홧해지다 못해 터질 것만 같았다. 괜히 말을 걸었다. 순식간에 학구열에 불타기 시작하는 아버지와 빛의 속도로 얼굴이 시뻘게진 나는 이촌역에서 허둥지둥 내렸다. 거의 뛰다시피 해서 곧장 사호선으로 갈아탔다. 여전히 한 정거장만 가면 되는데, 아버지는 또 자리에 앉아 지하철 문 위에 달린 LED전광판을 뚫어져라 쳐다보고 있다. 신용산역이다.

아버지가 또 쓰잘머리 없는 말들을 퍼붓기 시작했다.

야, 야, 야, 왜 신할 때 시옷은 에스 에이치이고, 산 할 때 시옷은 그냥 에스냐?

미국 가서 물어보래도.

미국 가기 전에 알아놔야 써먹지.

걱정하지 마, 미국엔 이촌역도 없고 신용산역도 없으니까.

야, 이 자식아, 그걸 말이라고 하냐?

읽을 줄만 알면 되지. 쓸 줄 알아서 뭐하게?

아버지의 주먹이 내 이마를 향해 날아왔다. 일단 맞아주었다. 대화는 그렇게 아주 폭력적으로 급 마무리되고 말았다. 때마침 태화에게서 문자가 도착했다. 내일 오후에 시간 나는 대로 이태원. 드디어 기다리고 기다리던 아르바이트 자리가 생겼나보다. 나는 아버지 몰래 음흉하게 웃었다.

아버지가 얻어두었다는 방은 정말로 학교 코앞이었다. 이렇게까지 가까울 필요가 있을까 싶을 정도였다. 이제 학교에 갈 일도 별로 없는데. 하긴 아버지가 내 속사정을 알 턱이 없었다. 나는 군말 없이 아버지의 뒤를 따랐다. 방은 신용산역에서도 그리 멀지 않았다. 그나저나 동네 이름이 신용산이 뭐람? 이 창의성 없는 공무원들 같으니라고. 나는 속으로 혀를 찼다. 유학은 가본 적도 없다던 영어선생님의 말마따나 용산과 신용산은 영국의 요크가 미국의 뉴욕이 되는 것과 다를 게 없다. 굳이 정확하게 구별을 해보자면 용산은 영국의 요크, 신용산은 미국의 뉴욕쯤 되겠다. 그러니까 아버지와 나는 단 십여 분 만에 대영제국에서 미제국으로 이동한 셈이다. 그러니 미국 이민을 계획하고 있는 사람이라면 누구나 New라는 단어를 제일 먼저 배워야 할 것이다. 에스 에이치와 에스, 엘 이 이와 와이 이의 차이 따위는 알아도 소용없다. 문득 영어선생님의 한숨 섞인 푸념이 귓바퀴에 되감겨 들렸다. 내가 영국이든 미국이든 하다못해 필리핀에라도 어학연수를 다녀왔더라면 이까짓 공고에서 영어선생 따윈 하지 않았을 텐데. 오, 자랑스러운 내 아버지. 영어선생도 가보지 못한 미국으로 떠나다니. 정말 판타스틱하고 어메이징한 일이다.

아버지는 이층 벽돌집의 바깥 계단으로 익숙한 듯 올라갔다. 일층을 지나, 이층을 지나 옥상으로 향하는 계단은 유난히 가파르고 길었다. 생각해보니 건물 외벽에 붙어 있는 계단을 밟아보는 경험은 내 생애 최초였다. 왜 옥상방이 아니라 옥탑방이라고 하는지 충분히 알 것 같았다. 옥상에 거의 다다랐을 즈음이었다. 계단 왼쪽으로 서 있는 붉은 벽을 따라 낙서가 길게 이어져 있었다. 아버지의 뒤를 졸졸 따라가면서 나는 속으로 가만가만 그 글귀를 따라 읽었다.

'운명이 나를 안고 살았나 내가 운명을 안고 살았나 굽이굽이 살아온 자욱마다 가시밭길 서러운 내 인생 다시 가라 하면 나는 못 가네 마디마디 서러워서 나는 못 가네 지는 해에 실려보낸 내 사랑아 바람처럼 사라져간 내 인생아 사랑은 다시 오라 나를 부르고 인생은 눈물 되어 나를 떠미네.'

아버지, 이게 뭐지?

앞서가던 아버지가 금세 그 자리에 섰다. 입술을 달싹이며 따라 읽는가 싶더니 이내 흥얼흥얼 노래를 불렀다.

노래. 아주 좋은 노래.

아버지는 노래를 부르며 다시 계단을 오르기 시작했다.

다시 가라 하면 가면 되지, 왜 못 가?

딱히 대답을 바라고 한 질문은 아니었다.

가라는 사람은 많은데 오라는 사람이 없으니 그렇지. 세상에서 제일 무서운 게 뭔 줄 아냐? 싫다 좋다 말없이 그냥 등부터 떠미는 사람들이다.

곰곰이 아버지의 말을 듣고 있자니, 아버지의 등짝에 커다란 손자국이 보일 듯 말 듯했다. 나는 괜스레 내 등을 어루만졌다. 왠지 등이 시렸다.

계단 꼭대기에 도착하자 너른 옥상이 펼쳐졌다. 콘크리트 바닥에 파란 페인트칠이 되어 있어 꼭 바다 같았다. 순간 나는 앞으로 그 바다의 이름을 태평양이라 부르기로 결심했다. 그러고 보니 태평양은 아버지랑 비슷한 이름을 가진 바다이다. 왠지 등기부 등본에도 아버지 명의로 되어 있을 것 같은 나의 바다, 태평양.

내 부모와 나 사이에 가로놓인 푸른 바다의 이름. 그 위에 하얀 가건물 하나가 덩그러니, 부표를 잃은 배처럼 떠 있다. 한쪽 구석에 세워진 두 푯대와 그 둘을 잇고 있는 늘어진 빨랫줄 빼곤 아무것도 없었다. 이 푸르고 단단한 콘크리트 바다가 앞으로 내가 살아야 할 곳이라니. 난 배에 오르기도 전에 멀미가 났다.

아버지, 왜 반지하가 아니라 옥탑방이야?

아버지가 열쇠구멍에 열쇠를 끼우면서 대답했다.

반지하보다 실평수가 더 크니까. 마당까지 합치면 족히 스물다섯 평은 될 거다.

듣고 보니 일리가 있는 말이었다. 평수가 커야 남는 공간에 뉴욕도 만들고 뉴햄프셔도 만들고 뉴멕시코도 만들 수 있다.

그럼 아버지도 미국 가서 옥탑방에 살 거야?

당연하지. 미국에도 이런 옥탑방이 있다면 말이다. 뭐니뭐니 해도 중요한 건 실평수거든.

갑자기 한결 마음이 놓였다. 태평양 너머 아버지의 옥탑방과 이곳 나의 옥탑방을 머릿속에 그려보니 혼자 남겨졌다는 생각이 싹 사라졌다. 태평양 위에 둥둥 떠 있는 두 개의 옥탑방. 비록 너무 멀리 떨어져 있어서 잘 보이지 않더라도 아버지의 옥탑방과 나의 옥탑방은 서로의 부표가 되어줄 것이다. 눈에서 그렁그렁 눈물이 차올랐다. 아, 이 청순하다 못해 청정한 녀석 같으니라고. 나는 속으로 나를 나무랐다. 차오르는 눈물을 거두기 위해 얼른 고개를 젖혀 하늘을 바라보았더니 구름이 빠르게 머리 위를 지나가고 있었다. 아버지와 내가 우뚝 서 있는 하얀 옥탑방이 바다 위를 둥둥 떠가는 듯 기분이 좋았다.

아버지, 나 이 집 마음에 든다.

당연하지. 이 집 벽돌을 내가 쌓았다. 덕분에 아주 싼값으로 방을 얻었어. 집주인이 참 좋은 사람이야. 내 입으로 말하기 남세스러워서 그렇지. 내가 이 집을 얼마나 튼튼하게 지었는데, 비바람에도 끄떡없다. 지진이 나도 이 집은 안 무너질 거다. 여태껏 마흔 넘게 살면서 허투루 돈 번 적 없었다. 나는 미국에서도 그렇게 살 거다.

말이 끝남과 동시에 아버지는 내게 불끈 쥔 주먹을 흔들어 보였다. 보고 있을 수만은 없어서 나도 따라 했다. 그러자 저절로 어금니에까지 힘이 잔뜩 들어갔다. 아주 다부진 결의라도 맺는 듯 아버지와 나는 허리를 꼿꼿이 세우고 옥탑방 문앞에 나란히 서 있었다.

드디어 알루미늄으로 엉성하게 만들어진 문이 떨어질 듯한 소리를 내며 열렸다. 문짝보다 내 고막이 먼저 찢어질 것 같았다. 문 안쪽으로 들어서자마자 바로 부엌이 보였다. 노란 싱크대는 집에 있는 것과 크게 다를 바가 없었다. 화장실은 싱크대 맞은편에 있었다. 간유리로 된 문이 누가 봐도 화장실용이었다. 역시 우리 집과 다르지 않다. 마치 지금 살고 있는 집을 고스란히 들고 와 옥상에 내려놓은 것 같았다. 하지만 막상 신을 벗고 들어서니 더이상 다른 문을 찾을 수 없었다. 심지어 창문도 없었다. 왜 옥탑집이 아니라 옥탑방이라고 하는지 나는 또 쉽사리 깨달을 수 있었다.

가구는 네 마음에 드는 걸로 집에서 몇 개만 가져오자.

아버지가 종이가방과 이불 보따리를 내려놓으며 말을 건넸다. 생각보다 이사는 수월하겠군. 나는 속으로 생각했다. 집에 있는 가구 중에 내 마음에 드는 건 어차피 하나도 없으니까.

옷만 가져올래.

공부하겠다는 놈이 책상도 없이 살겠다는 거냐?

내가 새걸로 살게.

무슨 돈으로?

용돈 모아둔 게 조금 있어.

세상에. 아버지는 감격에 겨운 표정으로 내게 옥탑방의 은빛 열쇠를 건넸다. 용돈을 모았다는 건 물론 거짓말이었다. 하지만 걱정할 필요가 전혀 없다. 돈은 이제부터 모으면 된다.

_딱 일 센티미터가 모자라단 말이야

이태원, 해밀턴호텔 앞 다섯시.

ㅇㅋ

태화의 문자는 짧고 간결했다. 날씨는 어제보다 따뜻했다. 벌써 2월 막바지였다. 추위는 어느덧 서서히 물러나고 있는 중이었다. 나는 해밀턴호텔 앞 화단에서 담배를 피우며 태화를 기다리고 있었다. 추위는 꽤 풀렸다지만, 담배연기인지 입김인지 모를 하얀 김이 내 입에서 끊임없이 뿜어져나왔다. 에쎄, 너를 피울 날도 이제 얼마 남지 않았단다.

오늘 아버지는 집 근처 외환은행에 들러 환전을 한다고 했다. 어제 나와 함께 옥탑방에 다녀온 뒤로 아버지는 방 구석구석을 빗자루로 모조리 쓸더니 아침에 일어나자마자 동전을 한 움큼

들고 은행으로 향했다. 십원짜리 한 개까지 전부 바꿀 작정인 듯했다. 도대체 얼마나 많은 돈을 가져야만 다른 나라에서 집도 구하고, 쌀도 사고, 고기도 사고, 때맞춰 아들 선물도 사면서 살 수 있을지 나는 짐작조차 할 수 없었다. 아마 포터를 팔고, 가진 예금을 모두 출금한다고 해도 돈은 턱없이 부족할 거였다. 과연 아메리카에서 내 부모가 잘 살아남을지 벌써부터 걱정이 앞섰다. 에이씨, 담배 맛도 덩달아 썼다. 나는 반도 피우지 않은 담배를 바닥에 내던졌다.

꽁초는 멀리 날아가지 않고 화단 아래에 툭 떨어졌다. 금발의 키 큰 여자 둘이 내 옆에 서서 나를 흘깃거렸다. 필터가 누런 담배를 입에 물고 있었다. 얼핏 봐도 나보다 키가 컸다. 부츠를 신은 발도 나보다 훨씬 커 보였다. 조금도 매력을 느낄 수 없는 종족이다. 안타깝게도 나는 중학교 삼학년 이후로 더이상 키가 자라지 않았다. 백육십구 센티미터에서 딱 멈춰버린 것이다. 일 센티미터만 더 컸더라도 나는 오선보다 키 큰 남자가 될 수 있었는데, 지금 생각해도 울화통이 치민다. 중학교 졸업식 무렵 오선의 키는 나와 맞먹었다. 그제야 나는, 우리는 영혼의 절친이라는 오선의 말에 마지못해 동의했다. 물론 나와 유진 사이에 있었던 사건을 오선이 알아챈 이유도 컸다.

중학교를 다니던 삼 년 내내 나보다 키가 작던 태화는 고등학교 입학과 동시에 무럭무럭 자라나기 시작했다. 현재 태화의 키는 백칠십팔 센티미터. 백팔십 센티미터까지 크고 싶어 난리를 친다. 매일 아침마다 우유를 1.5리터나 마시는 것도 모자라 우리 아버지처럼 툭하면 마른 멸치를 씹어댄다. 술을 안 마시는 날에도 아스파라긴산 음료를 하루에 두세 병씩 들이켠다. 콩나물 대신 먹는 거라는데, 늘어난 건 태화의 주량뿐이다. 어리석은 태화. 우유와 멸치만으로 키가 클 수 있다면 아마 내 키는 이 미터를 훌쩍 넘겼을 것이다. 이제 우리의 성장판은 영영 닫혔음을 태화도 어서 빨리 깨우치기를.

길 건너 횡단보도에 태화가 서 있는 게 보였다. 나를 보더니 커다란 손을 머리 위로 세차게 흔들었다. 해골 모양 반지가 번쩍였다. 부츠로 담배를 비벼끄던 금발 계집애 둘이 내 얼굴을 더욱 흘끔거리며 웃었다. 뭘 봐? 내가 인상을 찌푸리며 겁을 줘도 연신 싱글벙글했다. 물 건너온 미친년들이 분명했다. 이럴 땐 그저 피하는 게 상책이다. 나는 금발들에게서 두어 걸음 남짓 물러섰다. 내가 뻔히 싫다는 기색을 내비치는데도 파란 눈들은 계속 나를 따라왔다. 나한테 홀딱 반한 게 틀림없었다. 어중이떠중이 태화만 신나겠군. 때맞춰 신호가 바뀌고, 길을 건너는 사람들 사이로 태화가 지그재그 뛰어왔다.

태화!

금발 둘이 동시에 태화의 이름을 불렀다. 잘못 들은 게 아닐까? 나는 둘을 번갈아 바라보며 사태 파악을 위해 눈을 부릅떴다. 아뿔싸! 태화가 그 두 명과 손바닥을 맞부딪치며 하이, 인사를 하고 있었다. 별꼴이다. 태화가 환한 미소를 지으며 내 어깨에 팔을 휘두르더니, 마이 쁘렌드, 라고 말했다. 금발 둘이 내게 하이, 손을 흔들었다. 얼결에 나는 주차요원처럼 양손을 흔들고야 말았다. 어서 오십시오, 고객님. 영락없이 그 꼬락서니다.

둘은 하얀 손가락으로 각자 자신의 얼굴을 가리키며 비키와 제니라고 소개했다. 어디서 들어봄 직한 이름들이어서 그런지 듣는 순간 지겨워졌다. 게다가 비키라는 여자는 머리카락 뿌리 쪽이 검었다. 염색한 블론드가 확실했다. 내가 별 반응을 보이지 않자 답답해진 태화가 내 어깨를 잡은 손에 힘을 꽉 줬다. 태화는 손이 커서 그런지 힘도 세다. 중학생 때는 나보다 작던 놈이었는데, 세월이 무상했다. 점점 태화의 손아귀에 힘이 더해졌다. 그런데도 내가 별 미동을 하지 않자 태화는 누가 봐도 심하게 내 어깨를 흔들어댔다. 에잇, 이번 한 번만 내가 져준다.

하이, 마이 네임 이즈 만생.

나의 잉글리시 스피킹은 완벽한 영국식 발음에 근거한다. 아무래도 난 용산, 즉 요크 출신이라 영국식 발음이 훨씬 자연스럽다.

망생?

비키라는 여자가 눈을 찡그리며 되물었다. 귓밥이라도 파주고 싶었다. 나보고 망생이라니.

마안생.

나는 친절하게 내 이름을 한번 더 되짚어줬다.

오케이, 망생.

도무지 말이 통하지 않는 인간들이다. 나는 입술을 씹었다. 콧잔등에 주름을 만들었다. 계집애들에게 겁을 줄 때마다 짓는 나만의 표정이다. 그럼에도 불구하고 비키와 제니는 담배 필터를 소리나게 빨며 나와 태화의 곁을 떠나려 하지 않았다. 발끝을 까닥까닥 움직이는 걸 봐선 이만저만 흥분한 게 아닌 듯했다. 하는 수 없이 나는 태화의 옆구리를 쿡쿡 찔렀다. 킬킬거리던 태화가 비키와 제니에게 뭐라고 속삭이더니 바이, 손인사를 건넸다.

비키와 제니를 해밀턴호텔 앞에 남겨두고 태화와 나는 다시 횡단보도 앞에 섰다.

누구냐?

우리 가게 단골.

니네 가게에 저런 외국 애들도 와?

당연하지. 쟤들도 명품엔 환장해.

가짜인데?

가짜니까 사는 거야. 진짜는 지들 나라에서 사지, 뭐하려고 우리나라에서 사겠냐?

친해?

그냥 친한 척하는 거야. 손님은 왕이잖아.

너 영어 잘 못하잖아?

대충 하면 돼. 걔네들이 알아서 듣거든.

큰일인데. 나 알바 제대로 할 수나 있을까?

나도 하는데 네가 못하겠냐?

불안하다.

비키는 구찌 빠순이고 제니는 샤넬 빠순이야. 대충 골라서 보여주면 지들이 알아서 사가.

누가 비키고 누가 제니인지도 모르겠다.

야, 비키와 제니는 내 단골이거든. 넘보지 마라.

미친놈. 꼭 네 여자들인 것처럼 군다.

당연히 내 여자들이지.

태화가 붉은 잇몸을 내보이며 큰 소리로 웃어젖혔다. 덩달아 나도 꺼이꺼이 웃었다. 내가 웃는 이유는 오직 하나, 태화가 아직 동정이기 때문이다.

야, 고추도 너무 안 쓰면 줄어든다더라.

내 헛소리에 태화가 발끈했다.

그럼 넌 너무 써서 좆이 좆나 커졌냐?

이번엔 내가 버럭댈 차례이지만, 생각보다 의욕이 앞서질 않았다. 내 고추는 여전히 발기시 십이 센티미터. 키가 자라지 않자 고추도 더 길어지지 않는다. 게다가 날씬하기까지.

대신 난 테크닉이 좋잖아.

기껏 받아친 말이 까짓것이다. 식상하고 재미없는 유머가 남발하는 걸 보니, 나도 퍽 긴장했나보다.

태화가 일하는 가게는 이태원 한가운데 수입의류 전문상가의 이층에 있다. 말이 수입의류 전문이지 실은 가짜 명품을 주로 파는 곳이다. 태화는 이른바 가짜 명품 삐끼다. 겨울방학을 시작하자마자 태화는 삐끼 일에 나섰다. 키가 크고, 인물이 훤칠해서 사람들 눈에 잘 띈다는 게 채용 이유였다고 태화는 한동안 으스댔다. 관광객이나 명품 빠순이들을 골라서 물고 오면 흥정은 사장이 알아서 다 한다고 했다. 월급은 기본급 백오십만원에 인센티브 추가. 물론 인센티브란 일명 삥땅, 사장 몰래 손님들한테 바가지를 씌워서 버는 부수입이다. 지난 한 달 동안 태화가 번 돈은 인센티브 포함 이백만원 남짓이었다. 오전 열한시 출근, 저녁 여덟시 퇴근. 나쁘지 않은 근무조건이었다. 아무래도 외국인 관광객을 주로 상대하는 동네이다보니 남대문이나 동대문시장보다 퇴근시간이 빠르다. 게다가 점심 제공, 간식 제공, 종종 담배도 제공.

태화야, 내가 너보다 잘생기긴 했지만, 키가 작아서 너희 사장이 좋아할까?

야, 쫄지 마. 넌 일본 애들이나 중국 애들이 좋아할 스타일이라서 괜찮아.

일단 태화의 말을 믿어보기로 했다. 주위를 둘러보니 곳곳에 '구제'라고 쓰인 간판이 널려 있었다. 주로 영어 간판이 낡은 건물에 우르르 매달려 있었다. 개중에 국적을 알 수 없는 언어로 된 간판들도 더러 눈에 띄었다. 버스가 다니는 대로를 따라 죽 걸어가자 여행가방만 파는 노점들이 줄을 이었다. 어른 두어 명이 들어가고도 남을 만한 대형 캐리어들이 잔뜩 늘어서 있었다. 그러고 보니 아버지도 엄마도 나도 여행가방을 갖고 있지 않았다. 식구 중 그 누구도 캐리어가 필요한 여행을 해본 적이 없으니 당연하다. 거의 다 왔다는 태화를 붙들고, 나는 유난히 커 보이는 캐리어의 값을 주인에게 물었다. 이십오만원. 노점상이라서 싼 물건만 파는 줄 알았더니 꼭 그런 것만도 아닌가보다.

태화야, 나 면접 통과하면 이십오만원만 빌려줘라. 월급 받으면 바로 갚을게.

태화는 잠자코 나를 응시하더니, 이내 그러겠다고 했다. 턱수염이 덥수룩한 주인은 태화에게 고갯짓을 하곤 곧장 가게 안으로 쏙 들어가버린 뒤였다.

만생, 너희 부모님 진짜 미국에 가?

그래, 어제 내가 살 방도 보고 왔다. 너 심심하면 가출해서 나랑 살자.

미쳤냐. 우리 아빠한테 뒈질 일 있냐.

병신 새끼.

유진이 데리고 살면 되겠네.

야, 너 한 번만 더 그 소리 하면 내 손에 죽는다.

알았다. 그럼 오선이.

이틀 연속 유진의 이름을 연거푸 들었다. 아무래도 재수에 똥물이 튀기려나보다. 이런 날엔 무조건 몸을 사려야 한다.

태화가 데리고 간 상가는 붉은 벽돌로 지어진 삼층 건물이다. 출입구 주위에 내 또래처럼 보이는 남자애들 여럿이 서성거리고 있었다. 날이 풀려 유난히 자욱한 안개 탓인지 그들의 얼굴은 모두 파리했다. 어딘가 모르게 아파 보였다. 심지어 무섭기까지 했다. 그들은 태화를 보자마자 손을 흔들거나 활짝 웃으며 이름을 불렀다. 저승사자의 부름이 따로 없었다. 태화야, 태화야. 겁 없는 태화는 그들을 지나칠 때마다 허리를 굽실거리며 형님 형님, 인사를 해댔다. 나도 덩달아 인사를 해야 하나 망설여졌지만, 입이 잘 떨어지지 않았다. 태화 녀석은 학교에서도 선생들만 보면 허리를 구십 도로 꺾더니, 여기서도 마찬가지였다. 아첨과 아부가 몸에 밴 녀석이 확실하다.

건물 안으로 들어가는 입구는 컴컴했다. 좁은 계단으로 이어진 통로만이 유일한 출입구였다. 엘리베이터도, 에스컬레이터도 없었다. 외형만 낡은 줄 알았더니 건물 안은 더하면 더했지, 덜

하지 않았다. 누군가 잡아끌지 않으면 좀처럼 발도 들여놓기 싫은 곳이다. 삐끼를 고용할 수밖에 없는 까닭이 건물 구조에 있는 듯했다. 간판들을 훑어보니 지하에는 마사지숍이 자리해 있고, 일층엔 구제옷 전문 가게들이 밀집해 있었다. 이층에 올라서자마자 계단 왼편엔 '여성 패션 전문', 오른편엔 '남성 패션 전문'이라 쓰인 유리문이 나타났다. 태화가 일하는 가게는 왼편의 '여성 패션 전문'이라 쓰인 가게였다. 태화가 삼층을 손가락으로 가리키며 전부 빅사이즈 옷을 파는 가게들이라서 주로 미군 애들이 온다고 가르쳐줬다. 상하의 모두 S사이즈만 입는 내가 찾아갈 일은 전혀 없어 보이는 곳이었다.

사장은 예상보다 젊은 축이었다. 키는 백칠십오 센티미터쯤, 태화보다는 작고 나보다는 컸다. 어깨에 닿은 머리칼을 헐겁게 묶고, 검은 사각테 안경을 쓰고 나와 태화를 반겼다. 흰색 나이키 운동화를 신고, 트루릴리전 청바지를 입은 사장의 모습에 나는 침을 삼켜야만 했다. 실내인데도 가게 안은 서늘해서 사장 은 검은 캘빈클라인 점퍼의 지퍼를 목까지 단단히 채운 채였다. 그 모습도 왠지 멋져 보였다. 사장의 양쪽 귓불에는 반짝이는 작은 보석이 박혀 있었다. 자세히 보니 귀걸이의 양쪽 모양이 달랐다. 하나는 작은 원이고, 나머지 하나는 별 모양이다. GQ 매거진에나 나올 법한 워너비 스타일이었다. 사장은 재빨리 나를 아래위로 훑었다. 인터넷 쇼핑몰에서 주문한 스키니진에 주황색 노스

페이스 패딩을 껴입은 내 차림새를 본 사장의 입가에 얄궂은 웃음기가 흘렀다.

어이, 그 잠바 짝퉁이지?

의심할 바 없는 달인이었다. 순간 본능적으로 아니라는 말이 목구멍까지 치밀어올랐으나 나는 곧장 수긍하고야 말았다. 내가 억지를 부려서 속일 수 있는 사람이 아니었다. 괜히 아니라고 뻗대다가 옷을 뒤집어 보여야 할지도 몰랐다. 사장은 마냥 웃기만 했다. 정작 내 대답에 먼저 성질을 부린 사람은 진열대 옆에서서 사장과 나를 번갈아보던 태화였다.

나한텐 진짜라고 했잖아?

미안.

태화가 더 구시렁거릴 틈이 없도록 나는 재빨리 사과했다. 그런데도 태화의 구겨진 인상은 펴지질 않았다. 내 친구지만 어지간히 속 좁은 녀석이다. 보다 못한 사장이 흥분해서 날뛰는 태화를 붙들고 짝퉁 삐끼가 그런 일로 화내면 프로가 아니지, 라고 제법 엄숙한 어조로 타일렀다. 입만 열면 옳은 말 일색. 나는 어떻게 해서라도 사장의 눈에 들고 싶어 안달이 났다.

겨우 태화를 진정시킨 사장이 나에게 가게 한가운데 서보라 했다. 가게는 열 평 정도 크기지만, 진열장과 행어가 많아서 카운터 주변 말고 달리 발 디딜 데가 없었다. 가게의 네 벽이 모두 진열장이었다. 카운터는 가게 유리문 바로 옆에 달려 있었다. 나는 카운터 앞에 서서 사장의 시선을 받아냈다. 잠시 나를 바라보던 사장이 진열대에 전시된 가방을 내 손에 들려보기도 하고 어깨에 걸쳐보기도 하고, 허리에 둘러보기도 했다. 이러다 삐끼가 아니라 마네킹으로 취직하는 것은 아닌가, 혼란스러웠다. 사장은 내 주위를 빙글빙글 돌더니 슬쩍 키가 몇이냐고 물었다. 하필이면 키부터 묻다니, 왠지 악의가 느껴졌다. 역시 첫인상은, 첫인상에 불과하다.

백칠십입니다.

몸에 가방을 열 개도 넘게 멘 채로 나는 원래 내 키에서 일 센티미터를 더해 대답했다. 겨우 일 센티미터쯤 키를 키운들 표도 안 날 것이다. 하지만 내 예상은 보기 좋게 빗나갔다.

백육십구밖에 안 되겠는데.

사장은 짝퉁을 감별하는 눈만 가진 게 아니었다.

이봐 태화 친구. 내 말 고깝게 듣지 말고 잘 들어. 네가 사람들한테 키가 백칠십이라고 말하고 다니면 말이야. 너란 놈은 진짜로 백칠십인 남자들 사이에선 짝퉁밖에 안 돼. 뭐, 고작 일 센티 차이니까 A급 짝퉁이야 되겠지. 하지만 말이야, 어느 날 갑자기 네 키를 백칠십일이라고 속이잖아? 그러면 어떻게 되겠냐. 너는 그 순간부터 바로 B급 짝퉁이 되는 거야. 값이 팍팍 떨어진다고. 무슨 말인지 알겠어?

사장의 느닷없는 훈계에 어리둥절해진 나는 설레설레 고개를 저었다. 답답해진 사장이 한숨을 내쉬었다. 담배 냄새가 훅 끼쳤다. 이럴 줄 알았으면 무조건 고개를 크게 끄덕일걸 그랬다. 졸지에 무슨 죄인이라도 된 것만 같았다. 사장의 한숨이 너무 깊은 탓이다. 괜스레 식은땀이 줄줄 흘러내렸다.

그러니까, 태화 친구. 누가 또 키가 몇이냐고 물으면 그냥 솔직하게 대답하란 말이야. 그래야 진퉁인 거지. 자, 다시 묻겠다. 네 키가 몇이야?

나는 곁눈으로 태화를 슬쩍 쳐다봤다. 태화는 카운터 옆의 파란 플라스틱 의자에 앉아 나와 사장을 무심한 눈길로 바라보았다. 등받이가 없는 의자라 불편했던지 태화는 엉덩이를 들었다 놓았다 하느라 바빴다. 나를 도와줄 짬이 전혀 없어 보였다. 나는 기어들어가는 목소리로 불편한 진실을 대답했다.

제 키는, 백육십구입니다.

사장이 그제야 내 등짝을 후려치며 활짝 웃었다. 어깨에 대롱대롱 매달려 있던 샤넬백처럼 생긴 핸드백의 금색 체인이 발밑으로 툭 떨어졌다.

_별을 갖는다는 것은 곧 개가 된다는 것

건물 밖으로 나온 사장은 태화에게 곧장 일을 시작하라고 채근했다. 태화는 두말없이 내게 손을 흔들고 슬렁슬렁 골목길로 사라졌다. 어둑해진 골목길을 따라 간판들이 불을 밝혔다. 길가에 서 있던 몇몇 남자애들이 태화의 뒤를 졸래졸래 따라갔다. 옆 가게 삐끼들이라고 사장이 말해줬다. 이럴 때 보면 악의라곤 전혀 모르는 사람 같기도 했다. 사장은 건물 앞 의자에 앉아 휴대폰으로 카푸치노 두 잔을 주문했다.

나는 사장 옆에 우두커니 서서 주변을 둘러보는 것 말고 딱히 할 일도, 할 말도 없었다. 양복을 입은 아저씨가 뒷짐을 진 채로 사장과 내 앞을 서성이다가는 나이든 백인 남자가 지나가자 대뜸 나이스 슈트, 라고 소리를 쳤다. 내가 놀라 쳐다보자 사장이 양복집 삐끼라고 또 친절하게 알려주었다. 둘러보니 인도에서 리어카 행상을 하는 아줌마들의 시선도 전부 내게 닿아 있었다. 전부 다 손가락 끝부분이 잘려나간 목장갑을 끼고 있었는데, 삐져나온 손가락들이 한결같이 시커멨다. 오 분쯤 지났을까, 머리숱이 매우 성긴 아저씨가 은색 쟁반에 카푸치노 두 잔을 받쳐들고 사장 곁으로 다가왔다.

어이, 개사장.

대머리 아저씨는 사장을 그렇게 불렀다. 사장 역시 대머리 아저씨를 보고 황마담, 이라고 반겼다. 대머리 황마담 아저씨는 오천원을 건네받고, 나를 잠깐 노려봤다. 눈이 부리부리해서 꼭 동남아시아인처럼 보였다. 그는 나와 눈이 마주치자 윙크를 했다. 그리고 빈 쟁반을 머리 위로 흔들며 뒤돌아갔다. 쟁반엔 커피전문점이라는 검은 글자가 매직으로 큼직하게 적혀 있었다. 은색 쟁반이 아저씨의 머리 위에서 유난히 반짝였다. 검은 글자가 아저씨의 머리 위에 어렴풋이 되비치는 것도 같았다. 사장이 내게 카푸치노 한 잔을 내밀었다. 온기가 손바닥을 타고 온몸으로 전해지자 긴장이 싹 풀렸다.

사장의 성은 주씨이다. 그 바람에 상가 사람들 사이에서 사장의 원래 별명은 주차장이었다. 물론 같은 사장들끼리의 호칭이다. 기껏 해봐야 서른두셋 정도일 줄 알았던 사장의 나이는 마흔여섯. 내 아버지보다 고작 세 살 어리다. 중학교에 다니는 딸이 둘씩이나 있다고 했다. 뿐만 아니라 호적에 달린 별도 벌써 두 개라고 한다. 물론 이태원을 돌아다니는 자영업자 중에 사장처럼 별 한두 개쯤 달고 있는 사람은 흔하다. 아마 그래서 더 이태원을 떠날 수 없는 게 그들일지도 모른다. 미국 국기에도 박혀 있는 별. 미군의 거대한 PX인 이태원에서 별이란 계급장이자 멤버십카드와 같은 의미일 테니까.

태화 말에 따르면 요즘 사장은 매일 가게를 비우고 건물 옆 편의점에서 얻어온 의자에 종일 앉아 있다고 한다. 그 모습이 꼭 유료 주차장의 직원처럼 보이긴 하지만, 사장이 망연히 시간만 때우려고 건물 옆을 지키고 앉아 있는 것은 아니라는 게 태화의 설명이었다. 태화의 말이 틀리지 않는지 사장은 퍽 추운 날씨인데도 불구하고 쉽게 일어설 기미를 비치지 않았다.

요즘 사장의 별명은 개사장이다. 하지만 그 개사장이라는 말에 실려 있는 것은 비아냥이나 조롱이 아니라 오히려 신의와 의리였다. 사장은 자기 가게뿐만 아니라 삼층 건물의 모든 가게를 지키는 문지기나 다름없기 때문이다. 사장의 죄목은 관세법과 상표법 위반이었다. 별을 하나만 더 달면 사업자 등록증이 말소될 위기에 처해 있는 상황이었다. 좀 찝찝하더라도 온종일 가게를 비우는 게 사장에겐 더 안전했다. 그 바람에 사장은 아르바이트생을 한 명 더 고용할 필요를 느꼈고, 태화는 고민하지 않고 나를 추천했다. 당장 내일부터 출근하라며 사장이 내게 건넨

것은 단속반 직원들의 차량 번호가 적힌 A4용지 두 장이었다. 종이에는 단속반 직원들의 소속기관과 그들이 주로 타고 다니는 차종과 차량 넘버가 빼곡하게 적혀 있었다. 죽는 한이 있더라도 내일까지 달달 외워오라는 게 사장의 첫번째 하명이었다.

차종은 대개 봉고와 스타렉스, 간간이 카니발. 그리고 마티즈 한 대. 소속기관은 동부지검과 서부지검이 대부분. 그중 사장이 빨간 볼펜으로 밑줄을 박박 그은 것들은, 항상 조심하고 유의해야 하며 촉각을 곤두세워야 할 악질들의 명단이었다. 사장은 그 붉은 글씨들을 가리켜, 아침부터 가게 주위에 숨어 있다가 셔터가 차르르 경쾌한 소리를 내며 올라가는 순간 뒤에서 곰처럼 훅 덮쳐오는 사냥꾼들이라고 했다. 말을 하는 내내 사장은 코끝에 대고 손부채질을 멈추지 않았다. 정말 짐승의 악취라도 나는 모양이었다.

사장이 두번째로 구속된 것은 바로 그 사냥꾼들 때문이었다. 하필이면 그날 사장이 제일 먼저 상가에 도착했다. 셔터를 올리고, 단속반 직원에게 목덜미를 잡히는 동안 상가 사람들 그 누구도 나타나지 않았다. 이상하지 않습니까? 왜 다들 늦게 출근했을까요? 내가 의심 어린 물음을 던지자 사장은 도리어 내게 나지막한 목소리로 물었다.

태화 친구, 살면서 나쁜 일을 많이 겪었나?

아니요. 꼭 그렇진 않습니다만……

무엇 때문인지 몰라도 말을 끝까지 맺기가 어려운 질문이었다. 나는 지나치다 싶을 정도로 오래 고개를 내저었다.

사장의 차는 1998년식 쥐색 카니발이다. 사장이 두번째로 포획된 날, 사냥꾼들은 앞으로 고꾸라진 사장을 일으켜세운 뒤 그대로 건물 뒤쪽으로 끌고 나가 사장의 자동차를 샅샅이 뒤졌다. 뒷좌석을 모두 떼어낸 차의 내부가 고스란히 드러나자 가장 먼저 눈에 들어온 것은 차곡차곡 쟁여놓은 누런 상자들이었다. 상자 안에는 가게의 진열대에서는 절대로 찾아볼 수 없는 SA급 짝퉁 가방과 지갑 들이 들어 있었다. 못 받아도 가방 하나당 시가 백만원에서 삼백만원까지 받을 수 있는 짝퉁계의 명품들이었다. 그 순간 사장은 있지도 않은 처녀성을 빼앗기는 것만 같았다고 내게 고백했다.

아직 테이프도 떼어내지 못한, 사장의 말마따나 처녀성을 그대로 간직한 상자들은 사냥꾼들의 손에 들려 2009년식 검은색 스타렉스의 뒷좌석으로 차례차례 옮겨졌다. 그 상자들 사이에 사장도 실렸다. 물론 사장은 유치장에서 열흘을 보낸 뒤 보석으로 풀려났다. 하필이면 그사이에 크리스마스가 지나고 12월 31일도, 1월 1일도 지나가버렸다. 사장은 대목을 놓쳤을 뿐만 아니라 사랑스러운 두 딸과 어여쁜 아내와 함께 보신각 타종 소리도 듣지 못했다. 게다가 사냥꾼들은 성급하게 사장의 자동차 뒷문을 열려다 손잡이까지 망가뜨렸다.

유치장에서 막 풀려난 사장은 망가진 손잡이를 붙잡고 간신히 차의 뒷문을 열었다. 뒷좌석은 텅 비어 있었다. 한겨울의 냉기가 사장의 꺼칠한 얼굴을 잡아 비틀었다. 사장은 구겨진 트루릴리전 청바지의 먼지를 털어내고 운전석에 올라탔다. 차문을 다시 닫고, 시동도 켜지 않은 1998년식 쥐색 카니발에 혼자 앉아 동부지검의 불 켜진 창문들을 바라보았다. 창문 너머 흰 와이셔츠를 입은 사람들이 스쳐 지나갔다. 절대로 사장과 친해질 수 없는 부류의 검은 대가리들이 사장의 눈앞에 휙휙 나타났다가 이내 사라졌다. 그 사람들과 친해지면 좋을 텐데요. 내가 사장에게 그런 말을 건넸을 때 사장은 나를 보고 뜨악한 표정으로, 우리가 그들과 가까워질 수 없는 이유는 짝퉁과 진퉁이 결코 같은 진열대에 오를 수 없는 것과 같은 논리라고 가르쳐주었다.

사장은 상자에서 떨어진 종이먼지가 흩날리고 스테이플러 심들이 콕콕 박힌 차 안에 한참을 앉아 있었다. 얼추 점심 무렵이었다. 사장의 배에서 꼬르륵, 소리가 났다. 사장은 요동치는 배를 끌어안고 핸들에 이마를 붙인 채 하얀 입김을 뿜어내며 별 두 개짜리 인생에 대해서 곰곰이 생각했다. 한숨밖에 새어나오지 않았다. 어디 한숨뿐이었을까, 말을 하진 않았지만 그는 아마 진득한 눈물을 훔쳐내기도 했을 거였다.

무기력해진 사장이 운전석의 등받이를 뒤로 넘어뜨린 뒤, 길고 뜨거운 한숨을 내뱉었을 때, 그의 발끝에 차인 것은 에르메스의 S/S 신상 블랙 벌킨백이었다. 백은 가속페달 아래 구겨진 채 처박혀 있었다. 아무리 짝퉁이지만 이백만원은 족히 받을 수 있는 물건이었다. 사장은 간신히 백을 꺼내 자신의 무릎 위에 올려놓았다. 목동에 서른네 평짜리 아파트를 사고, 아내에게 2500CC의 승용차를 사줄 수 있었던 재력은 모두 가짜 상표를 달고 있는 백에서 비롯한 거였다. 이제 와서 그 백들을 한데 폐기처분할 수는 없는 노릇이었다. 그 순간 사장은 한숨을 거두고, 사냥꾼들을 내쫓는 개가 되기로 결심했다. 구정물이 줄줄 흘러내리는 칙칙한 건물의 외벽 옆에 빨간 플라스틱 의자를 두고 사장이 하루도 빠짐없이 앉아 있기 시작한 것은 바로 그 다음날부터였다.

사장은 셔터문을 열고 닫는 일과 손님과의 흥정까지 모두 태화에게 맡겼다. 손님은 태화가 삐끼짓을 해서 물고 오는 사람들과 전화로 예약해서 찾아오는 사람들만 받았다. 덕분에 태화의 부수입이 훌쩍 늘었다는 것을 사장 역시 알고 있는 듯했다. 남 밑에서 일하면서 그 정도 재미는 있어야지, 안 그래? 사장이 농담조로 그런 말을 하자 당황한 쪽은 오히려 나였다. 정말 알고 하는 소리인지 일부러 떠보는 소리인지 종잡을 수 없었다.

뭐, 양심껏.

내가 얼버무리며 대답하자 사장이 나를 빤히 쳐다보더니 물었다.

말솜씨가 그래가지고 삐끼짓 제대로 할 수 있겠어?

제가 원래 여자들하고 더 잘 통하거든요.

그제야 사장이 웃었다. 나도 덩달아 웃었다.

사장이 일러준 대로라면 내가 할 일은 태화와 크게 다르지 않았다. 태화와 내가 건물 앞뒤를 각각 맡아 지나가는 관광객과 젊은 여자 들에게 수작을 걸고, 오가는 자동차들의 번호를 훔쳐보는 동안 사장은 종일토록 다리를 꼬고 앉아 동서남북을 살펴보고 있을 터였다.

이봐, 태화 친구. 넌 이제 나의 에르메스야.

사장이 인사를 하고 돌아서려는 내게 눈을 찡긋하며 말했다. 하지만 사장의 에르메스는 단 하나의 예외 없이 가짜이지 않은가? 나는 사장의 말에 담긴 진의가 무엇인지 아리송했지만 끄덕끄덕 고개를 수그렸다.

감사합니다. 내일 뵐게요.

머리를 긁적이며 대충 인사를 하고 돌아서는데, 뒤에서 사장이 뭐라 외치는 소리가 들렸다. 늦지 말라는 말 같기도 하고, 다 못 외우면 죽여버리겠다는 말 같기도 했다. 나는 뒤돌아보지 않고 예, 예 소리지르며 곧장 태화가 사라진 골목 쪽으로 뛰어갔다. 좀 전에 봐두었던 대형 캐리어를 사려면, 우선 태화에게 이십오만 원부터 빌려야 했다. 어라, 그런데 가만히 생각해보니 사장은 내 이름조차 묻지 않았다. 이 무심한 개사장 같으니라고.

_만생의 생활필수품목 리스트

엄마가 대형 캐리어 안에 제일 먼저 넣은 것은 바로 자기 자신이었다.

만생아, 너도 들어와봐. 여기서 너랑 나랑 둘이 살아도 되겠다.

과연 그래도 될 만한 크기였다. 다만 허리를 세울 수 없고, 다리를 펼 수 없다는 게 단점이다. 엄마는 검은 캐리어 안에서 무릎을 가슴팍에 딱 붙인 채로 누워 까르르 웃었다. 몸에 쥐가 날 만도 했지만 캐리어 밖으로 나올 생각은 전혀 없는 듯 보였다. 급기야 내게 가방의 지퍼를 올려보라는 말까지 했다. 농담이 아니었다. 그 소리에 안방에 있던 아버지가 문을 열고 나왔다. 출국 전 마지막 저녁식사를 기념하기 위해 삼겹살을 오 인분이나 구워먹은 뒤라 고기 냄새가 집 안에 빼곡하게 들어차 있었다. 아버지가 움직일 때마다 잠잠하던 고기 냄새가 다시 활개를 쳤다.

아버지는 옷장을 정리하던 중이었다. 버려야 할 물건과 반드시 가지고 가야 할 물건을 꼼꼼하게 나누느라 아버지는 저녁 내내 바빴다. 벌써 오늘 해도 저물었으니 출국이 당장 몇 시간도 남지 않은 셈이었다. 내가 애써 끌고 온 캐리어에 흥미를 가질 만한 마음의 여유가 아버지에겐 없었다. 엄마는 그런 아버지를 두고 성격이 저 모양이니 평생 살이 안 찌는 거라며 핀잔을 해댔다. 툭하면 식사를 거르는 엄마 역시 깡마르긴 매한가지였다. 내 키가 백육십구 센티미터밖에 자라지 못한 이유는 내 양친의 열성유전인자 때문이 확실했다.

중학생 때부터 나는 아버지와 엄마를 내려다보았다. 아버지의 키는 내 귀밑 근처이다. 굳이 숫자로 환산한다면 백육십오 센티미터쯤 되겠다. 엄마는 내 어깨 근처를 맴도는 키이다. 역시 수치로 따지자면 백오십칠 센티미터 정도이다. 도토리 키 재기란 속담이 있다. 분명 우리 식구를 두고 한 말은 아니었을 텐데 왠지 그 말을 들을 때마다 오금이 저린다. 대한민국 평균치보다 한참 모자란 내 키만 생각하면 여느 때처럼 왜 키 작은 사람들끼리 만나 결혼을 했느냐고 무턱대고 따질 법하지만, 곧 닥칠 우리 가족의 생이별을 생각하며 치미는 화를 억눌렀다. 그래도 아버지보단 크니까 다행이야, 나는 아버지의 정수리를 쳐다보지 않으려 애쓰며 스스로를 토닥였다. 생각하면 할수록 내 키가 백육십오 센티미터가 아니라 백육십구 센티미터인 게 얼마나 다행인지 모른다. 자칫 오선보다 작은 키로 살 뻔했다.

여보, 당신도 들어와봐. 저 새낀 내 말을 안 들어.

목을 구십 도로 꺾은 자세로 엄마가 나를 욕하며 아빠를 유혹했다.

악어처럼 커다랗게 입을 벌리고 있는 가방 속에 통째로 삼켜진 엄마를 내려다보던 아버지의 눈이 번득였다. 결국 호기심을 참지 못한 아버지는 백육십오 센티미터의 짧은 몸을 가방 속에 구겨넣었다.

아버지의 몸은 제법 유연했다. 무릎과 가슴이 맞붙은 자세로 아버지는 엄마 옆에 자리를 잡았다. 한껏 몸을 웅크린 채 서로 이마를 맞대고 있는 아버지와 엄마의 모습은 다정하다 못해 음란해 보였다. 위에서 내려다보고 있으니, 사뭇 에로틱한 자세였다. 나의 잉태 순간 역시 저러했으리라, 짐작게 하는 모습이다. 나는 얼른 휴대폰을 꺼내 아버지와 엄마의 모습을 찍었다. 19금용 성인잡지의 한 장면과 같은 사진을 기대하면서. 찰칵, 카메라 셔터 소리와 함께 엄마가 새된 목소리로 또 욕을 내질렀다. 저 썩을 새끼.

사람이 둘씩이나 들어가 누워도 가방 안은 제법 여유로웠다. 정말로 우리 세 식구가 한데 가방 안으로 들어가도 짐을 넣을 공간이 충분히 남을지도 몰랐다. 이 정도면 집이라고 해도 무색하지 않은 수준이었다.

이제 살림살이 좀 챙겨보자.

아버지의 말에 엄마가 느릿느릿 몸을 일으켰다. 좁은 거실에 캐리어를 펼쳐놓으니 앉을 자리가 없었다. 캐리어를 다시 잠가 현관 옆에 세웠다. 꼭 덩치 크고 성격 나쁜 놈이 웅크리고 앉아 있는 모양새였다. 아버지가 종이 한 장을 펼쳐놓고 바닥에 엎드렸다. 그 옆에 나란히 엄마가 엎드렸다. 종이 맨 꼭대기에 '만생의 생활 필수품목'이란 아홉 글자가 선명했다. 나는 맞은편에 양반다리를 하고 앉아 두 검은 머리 사이로 보이는 흰 머리카락들을 세기 시작했다. 하나, 둘, 셋, 넷, 다섯.

밥솥!

엄마가 소리쳤다.

귀청 떨어진다. 살살 말해.

아버지가 타박을 했다. 그 소리에 엄마가 나지막한 목소리로 속삭였다.

야, 밥솥이라고.

너 자꾸 신랑한테 야, 야 할래?

아버지가 손에서 볼펜을 탁 놓았다. 엄마가 아버지를 흘기더니 이내 볼펜을 쥐었다. 이로써 목록의 맨 첫번째는 밥솥이 차지했다.

도마랑 칼.

아빠가 말하자 엄마가 얼른 받아쳤다.

냄비랑 프라이팬.

쉴 틈 없이 아빠가 말을 이었다.

숟가락 젓가락.

무슨 탁구게임인가, 엄마가 바로 받아냈다.

밥그릇 국그릇.

쌀이랑 김치.

갑자기 엄마가 나를 쳐다보더니 아버지의 말에 덧붙였다.

뭐든지 아껴 먹어라. 있는 거 다 떨어지면 돈 주고 사먹어야 하는 거 알지?

두말하면 잔소리, 나는 고개를 조아렸다. 엄마가 다시 종이 위로 머리를 박았다. 어디까지 흰 머리를 셌는지 헷갈렸다. 나는 처음부터 다시 세기 시작했다. 하나, 둘, 셋, 넷, 다섯, 여섯. 그새 더 늘어났다.

갑자기 아버지가 무거운 목소리로 말했다.

냉장고.

엄마가 부엌 한쪽 벽을 다 차지하고 있는 커다란 냉장고를 쳐다보았다. 때마침 냉장고가 윙, 하고 커다랗게 모터 돌아가는 소리를 냈다.

저걸 어떻게 들고 가지?

고생해서 들고 가봤자 그 방엔 들어가지도 않을걸.

그럼 작은 걸로 돈 주고 사? 지금?

별수 있나.

비행기 타기도 전에 자식새끼 살림 장만하느라 돈 다 쓰겠다.

엄마마저 볼펜을 홱 던져버렸다. 아버지가 눈을 부라렸지만 엄마는 끄덕도 하지 않았다. 내가 판단하건대 제3차 세계대전 발발 직전의 상황이 확실했다. 합법적이고 공정한 윤리관을 가진 중재위원, 나 태만생이 나설 차례였다.

냉장고는 필요 없고 컴퓨터만.

돈타령할 때는 언제였던가, 엄마가 놀란 눈으로 버럭 소리를 질렀다.

냉장고 없이 어떻게 살아. 이 철딱서니 없는 것아. 네가 무슨 개돼지냐?

이럴 땐 그저 입 다물고 있는 게 상책이다. 그러지 않으면 정말로 개돼지 취급을 받을지도 몰랐다. 등짝을 후려맞거나, 욕을 잔뜩 얻어 처먹거나.

그럼 텔레비전은?

아버지가 엄마의 입을 손으로 밀어내며 물었다.

텔레비전은 가져갈게.

엄마가 구시렁구시렁거리며 종이에 '텔레비전'이라고 썼다. 그러고 나니 더이상 쓸 게 없었다. 아버지와 엄마는 집안을 휘휘 둘러봐도 마땅히 챙겨갈 만한 것들이 눈에 띄지 않자 입술에 침만 적시길 반복했다. 둘 중 누구도 선불리 입을 열지 못했다. 사실 집에 있는 가구나 가재도구 들도 종이에 적은 게 전부였다.

커튼!

엄마가 박수를 치며 커튼, 커튼 연달아 소리쳤다. 그러자 아버지가 날 쳐다보며 미안한 기색이 역력한 얼굴을 하고는 읊조렸다.

그 방엔 창문이 없어.

엄마는 볼펜을 내려놓고 에구구, 신음을 냈다. 종이를 반도 다 채우지 못하고 아버지와 엄마는 뒤돌아 앉아 텔레비전을 켰다. 20인치 브라운관 텔레비전에서 마감 뉴스를 방영하고 있었다. 때마침 미국의 흑인 대통령이 화면에 나타났다. 이제 아버지와 엄마의 대통령이 되어줄 사람이라 그런지 나도 모르게 귀를 세웠다. 이래서 피는 진하다, 라는 말이 나도는 모양이다. 미국의 흑인 대통령은 아버지와 나이가 같다. 흑인도 아니고 백인도 아닌 내 아버지와 엄마, 그 둘에게 반드시 필요한 생활필수품목이란 게 있다면 아마도 그것은 이젠 다들 돌아가신 내 부모의 보호자가 아닐까. 그럼 나는 링컨을 닮은 대통령을 믿을 때보다 한결 마음이 놓일 텐데. 내 입에서도 저절로 터져나오는 신음, 에구구.

_사람이 살 데가 아니다

이른 아침, 검은 택시가 대문 앞에서 클랙슨을 울렸다. 사위는 아직 어두컴컴했다. 아버지와 엄마는 태평대 부부의 생활 필수품목을 캐리어에 싣고 택시에 올라탔다. 내가 쓸 텔레비전과 컴퓨터는 미리 퀵서비스로 옥탑방으로 실어 보낸 뒤였다. 남은 가구와 살림도구는 모두 101-9번지 다음 거주민의 몫이 될 것이다.

그는 전라도에서 막 상경한 작가 지망생이라고 했다. 나이는 마흔. 성별은 남자. 뚜렷한 직업은 없음. 보증금 없이 풀옵션의 방 두 개짜리 집을 월 삼십오만원에 임대할 수 있어서 매우 행복해하는 중. 매월 1일은 월세 납입의 날. 고로 나는 다음달 1일에 집주인 행세를 하며 마흔 살의 작가 지망생을 찾아와 거창한 자기 소개를 해야 한다는 의미. 겸사겸사 집세도 받고. 나쁘지 않은 일정이었다. 일찌감치 소설가의 꿈을 버린 게 나로서는 참 다행이었다. 그런 생각을 할 수밖에 없는 상황이었다. 만약 내가 아직까지 소설을 읽었다면, 내 나이 마흔 살에 어떤 이력을 가질지는 불 보듯 훤한 일. 단언하건대 임차인을 거느린 임대인의 삶에 대해서는 평생 알지 못했을 것이다.

캐리어 하나에 내 부모의 짐이 모두 실렸다. 나는 공항까지 함께 가지 않기로 했다. 엄마는 내가 따라오는 것을 마뜩잖아했다. 내가 혼자 집으로 돌아가는 모습을 상상하고 싶지 않다는 게 그 이유였다. 나도 싫다는 엄마의 마음을 해치면서까지 굳이 따라가고 싶지 않았다. 아버지와 엄마가 혼자 집으로 돌아가는 나의 모습을 상상하고 있는 게, 자꾸 상상이 되기 때문이었다. 엄마는 졸린 눈을 비비며 내게 손을 흔들었다. 얼핏 보니 우는 것 같기도 했다. 평소 같았으면 한참 자야 할 시간이라 이른 아침의 외출은 엄마에게 무척 버거운 일이다. 아마도 엄마는 태평양을 건너는 만 하루의 시간 동안 열심히 머리를 흔들어대며 깊은 숙면을 취하겠지.

아버지는 이미 조수석에 앉아 기사 아저씨와 수다를 떨기 시작했다. 때와 장소를 가리지 않는, 전 지구적인 오지랖이 아닐 수 없다.

저 큰 가방 안에 내 전부가 다 들어 있다니까요.

아버지의 말에 택시기사가 눈을 번득이며 캐리어가 실린 트렁크 쪽을 돌아보았다.

아까 봤지요? 가방이 보통 큰 게 아니거든요. 내가 특별히 기사 양반한테만 말해줄게요. 사실 그 안에 들어 있는 전부가 내 살림 밑천입니데이.

택시기사는 아예 차창을 내리고 뾰족한 얼굴을 밖으로 내밀어 우리 집을 살펴보았다. 그러고는 뒷자석에 고개를 숙이고 앉아 있는 엄마 쪽으로 얼굴을 돌렸다.

식구가 적네요.

택시기사가 핸들을 만지작거리며 속삭이듯 말했다. 기사 아저씨의 반응에 신이 난 아버지는 쉼 없이 말을 이었다.

딸린 식구가 적으니 천만다행이지, 안 그럼 내가 남의 나라에 가서 살 생각이나 했겠어요? 남은 식구라고는 아들 하나밖에 없어요.

기사 아저씨가 그제야 나를 쳐다보며 미소를 지었다. 순간 섬뜩한 기분이 나를 덮쳤다. 그런 나의 심중을 알아차린 걸까, 택시 기사는 웃음기를 싹 거두고, 곧바로 차를 출발시켰다. 나는 허둥지둥 택시 뒤를 따라가다가 이내 포기하고 말았다. 차 뒤꽁무니에서 시커먼 연기가 뿜어져나왔다. 택시는 금방 골목을 빠져나가 사라졌다.

안녕, 아버지! 안녕, 엄마! 슬프다기보다 짜증스러웠고, 홀가

분하기보다 찝찝했다. 괜히 코리아에 혼자 남겠다고 한 것은 아닌지, 슬슬 후회가 되었다. 자꾸 아버지와 엄마가 금방이라도 택시를 유턴시켜 되돌아올 것만 같았다. 그 순간 내가 무엇을 원하고 원했는지 아직도 정확히 꼬집어 말할 수는 없다.

막 집으로 들어가려는데 101-8번지 할머니가 지팡이를 짚고 대문 앞에 서서 기침소리를 냈다. 지팡이를 쥔 할머니의 양손이 덜덜 떨렸다. 하얀 수건으로 머리를 둘둘 감싼 할머니는 원형탈모증이 심해서 찬바람 부는 계절이면 얼음을 이고 있는 것만 같다고 우는소리를 하곤 했다. 할머니의 주름진 목에도 같은 수건이 걸려 있었다. '축 개업 씨티찜질방'이라는 글자가 박힌 저 수건은 우리 집에도 세 장이나 있다. 101-5번지의 처녀아줌마가 집집마다 돌아다니며 나누어준 것들이다. 아버지는 그 수건을 발 닦을 때만 썼다.

할머니, 살아 있네.

내가 알은체를 하자 할머니의 발치를 얼쩡대던 잡종견 두 마리가 꼬리를 흔들었다.

그럼 죽었을까봐?

고작 한마디를 하고 할머니는 쿨럭쿨럭 기침을 했다. 그 소리에 개들이 꼬리를 더욱 세차게 흔들었다. 기침은 좀처럼 멈출 것 같지 않았다. 금방 죽을 것 같지만, 죽지야 않을 것이다. 할머니는 여태껏 그 많은 비루먹은 개와 떠돌이 고양이 들을 길에서 그냥 죽도록 내버려두지 않았다. 한 마리도 빠짐없이 모두 살려냈다. 은혜를 모르는 것들은 다시 할머니의 집을 떠났지만, 할머니에게 밥 한 그릇이라도 얻어먹었던 놈들 중 대부분이 곁에 남아 꼬리를 흔들며 살아가고 있다.

언젠가 아버지가 그중 한 마리를 얻어와 한 달가량 집에서 길렀던 적이 있다. 하얀 몰티즈 종이었는데 몸집이 기이하게 컸다. 그놈은 결국 한 달을 넘기지 못하고 할머니 집으로 다시 도망쳤다. 엄마는 안도했다. 개는 한낮 동안 잠만 자는 엄마의 배를 심하게 긁어대곤 했다. 그 바람에 엄마의 눈 밑이 새카매졌다. 아버지와 나는 한동안 국 없이 밥을 먹어야 했다. 그 이후로 아버지는 두 번 다시 할머니에게 개를 얻어오지 않았다. 엄마도 나도, 심지어 아버지도 기억하기 싫은 한 달이었다.

네 아비랑 어미는 아침부터 어디 가나?

할머니가 퉤, 가래를 뱉었다. 찐득하고 누런 가래가 내 발끝에 툭 떨어졌다. 개 한 마리가 얼른 문밖으로 뛰쳐나와 가래를 핥았다. 더러워, 나는 눈살을 찌푸리며 개가 하는 짓거리를 지켜보았다. 할머니는 그런 나를 쳐다보며 눈살을 찌그러뜨렸다.

할머니, 우리 아버지랑 엄마 미국 가요, 미국.

미국? 거기도 사람 사는 데가?

네, 여기보다 살기 좋은 곳이래요.

씨알도 안 먹히는 소리 하지 마라. 그럼 개나 소나 다 거기서 살지, 뭣하러 이 땅에 눌러앉아?

그 말이 옳다는 듯이 가래를 핥던 개가 쪼르르 다시 할머니에게로 뛰어갔다.

하긴 느그 집구석은 사람 살 데가 못 된다. 개 한 마리도 못 붙어사는데 사람인들 무슨 재주로 붙어사나.

가만히 듣고 있자니, 슬그머니 불쾌해졌다.

할머니 집은 뭐 안 그런가?

혼잣말인 양 작은 목소리로 말했는데 할머니 귀에도 들린 모양이다. 역시 아직 죽으려면 멀었다.

그게 무슨 소리고?

할머니 집엔 개랑 고양이밖에 더 살아요?

하지 말았어야 할 말인데, 이미 입밖으로 쏟아진 뒤라 주워담을 수 없었다. 노기등등한 할머니가 지팡이를 하늘 높이 치켜들고 내 어깻죽지를 향해 막 내려치려는 찰나, 그리 멀지 않은 곳에서 내 이름을 부르는 소리가 들렸다.

만생아.

뒤돌아볼 것도 없이, 유진의 목소리이다. 유진이만 생각하면 일 분이라도 빨리 옥탑방으로 이사가고 싶다. 유진은 학원에 가는 길인지 학원 이름이 인쇄된 가방을 둘러메고 있었다. 유진과 같은 학원생들 중에서 저 가방을 들고 다니는 사람은 백발백중 유진밖에 없을 것이다. 촌스럽기는. 입시학원이 아니라 패션스쿨부터 다니라고 충고해주고 싶지만 괜한 오지랖을 부리고 싶지 않았다. 부전자전이라는 말만큼 굴욕적인 말도 없다.

할머니가 유진을 발견하고 이내 환한 미소를 지었다. 유진은 할머니네 대문 앞에 쪼그려앉아 가래를 핥아먹던 개의 목을 쓰다듬었다. 그런 유진의 머리를 할머니가 어루만졌다. 중학교 졸업 이후로 더이상 자라지 않은 것은 유진이도 나 못지않다. 게다가 그때부터 지금까지 늘 단발머리만을 고수한다. 태화가 자꾸 유진이 이야기를 꺼내는 이유도 유진의 작은 키 때문이다. 너희 둘이 겉보기엔 제법 잘 어울려. 태화가 그런 말을 꺼낼 때마다 나는 진저리를 쳤다. 유진의 이름을 들을 때마다 자꾸 잊고 싶은 기억이 떠올랐다. 유진 역시 마찬가지일 텐데, 유진은 우연이건 필연이건 나와의 만남을 꺼려하지 않는다. 오늘만 해도 그렇다. 기지배가 낯짝은 두꺼워가지고.

너는 어찌 클수록 더 참해진다.

할머니가 유진의 손을 붙들고 거짓말을 늘어놓았다. 커봤자 얼마나 컸다고. 몇 년째 고만고만한데. 이번에도 혼잣말이었건만 할머니가 또 그걸 듣고 지청구를 했다.

키만 멀뚱하니 크다고 다 어른인가. 사람이란 자고로 철이 들어야 어른인 게다.

불현듯 태화가 보고 싶은 순간이다. 유진이가 가방을 고쳐메며 일어서더니 내게 굉장히 아쉬운 표정을 지어 보였다.

만생아, 너 이사간다며?

누가 그래?

오선이가 그랬어.

오선이는 어떻게 알아?

태화가 말해줬대.

뭐? 둘이 연락하냐?

친구 사이니까 연락할 수도 있지.

걔네 둘이 어떻게 친구 사이야?

같은 중학교 나왔는데 친구지, 그럼 아니야?

같은 중학교 나왔다고 친구하면 너랑 나도 친구냐?

그럼 우린 친구 아니야?

옆에서 나와 유진의 대화를 가만히 듣고 서 있던 할머니가 혀를 찼다. 나를 뚫어져라 쳐다보면서, 나 보고 들으라는 듯이, 쯧쯧. 할머니에게 유진의 본색을 낱낱이 일러주고 싶은 마음이 굴뚝같았지만 참았다. 할머니는 기어코 지팡이로 내 머리 꼭대기를 한 대 치고는 유유히 대문 안으로 사라졌다. 붉은 똥구멍을 내보이며 개들도 뒤따라 들어갔다. 내가 저 개들을 가만히 내버려두나봐라. 나는 속으로 이를 바득바득 갈았다.

대답해봐. 너와 내가 도대체 친구가 아니면 뭐니?

유진이 그새를 못 참고 또 이상한 질문을 던졌다. 유진이가 이렇게 묻는 데에는 다 그만한 이유가 있다. 중학교 삼학년, 여름방학 때였다. 나를 제외한 반 친구들의 키가 쑥쑥 자라나기 시작하면서 나의 인기도 점점 시들해졌다. 엎친 데 덮친 격, 화이트데이에 오선과 만난 이후로 반 친구들 사이에선 유진이 나를 좋아한다는 소문까지 파다하게 퍼졌다. 나는 오선과 태화를 의심했지만, 둘은 내 닦달과 추궁에도 마냥 묵묵부답이었다.

혹시 소문의 근원지가 유진은 아닐까 의심한 적도 더러 있었다. 하는 짓마다 수상하기 그지없었다. 소문이 퍼지면 퍼질수록 유진은 내게 더욱 친한 척을 해왔다. 집이 가깝다는 이유로 등하교를 같이 하자는 말도 서슴지 않았다. 나는 그런 유진의 말을 귓등으로 흘려들었다. 그때까지만 해도 오선의 분홍 팬티에 대한 희망을 완전히 버리지 못하고 있었다. 내가 유진에게 쌀쌀맞게 대하면 대할수록 나와 오선의 관계는 급변하리라 믿었으나 결국 백팔십 도로 변한 것은 나와 유진의 사이였다.

대답 못 하는 거 보니까 너도 잊진 않았구나.

태연자약한 유진의 태도를 보자 바짝바짝 약이 올랐다.

좋아서 못 잊는 줄 아냐? 하도 끔찍해서 잊으려야 잊을 수가 없다.

내 말에 유진이 내 앞으로 바투 다가오더니, 날 선 목소리로 매섭게 쏘아붙였다.

다시 한번 말해봐.

야, 홍유진. 내가 맨정신이었으면 너랑 그랬을 것 같아? 너 은근히 밝히는 거 내가 다 알아.

발뺌하지 마. 먼저 입술을 댄 사람은 바로 너였어.

순간 말문이 턱, 막혔다. 열심히 공부하면 뭐해? 머리가 나쁜데. 나와 태화가 유진에게 제일 자주 했던 말이다. 이제 보니 낮은 아이큐 지수에 비해 유진의 기억력은 꽤 좋은 편인 듯하다. 썅, 지지리 운도 없지. 나는 유진을 피해 얼른 집으로 뛰어갔다. 찬바람이 코끝을 매섭게 때렸다.

_떠올리기 싫은 기억 중 가장 첫번째

갑자기 치솟는 기억들이 있다. 아무 생각 없이, 하릴없이, 넋 놓고 지내다가 툭 돌부리에 걸리듯이 내 머릿속 기억회로에 숨은 함정과도 같은 기억들. 그 기억들의 대부분은 홍유진과 관련되어 있다. 그러니까 홍유진이라는 이름은 내 기억 속 귀신의 집과 같은 컴컴한 함정의 표지판 혹은 유도 미사일이다. 정말로 바라고 바라건대 유진의 사정거리 안에 끼여 있고 싶지 않다.

아무리 돌이켜봐도 그날의 일은 전적으로 술, 술, 다 술 때문이었다. 중3 여름방학, 기상관측 이래로 가장 무덥다는 날 사건이 벌어졌다. 하필 아버지와 엄마는 지방에 내려갈 일이 생겼다. 북한강 근처에 주택을 여러 채 짓는 큰 공사가 시작되어 아버지에게도 모처럼 건수가 생긴 것이다. 엄마는 아버지의 성화에 못 이겨 함께 포터에 몸을 실었다. 도배를 도와주기 위해서였다. 길어야 삼박 사일, 예정대로라면 이박 삼일 정도면 후딱 해치우고 돌아올 수 있다고, 아주 후한 일당을 챙겨주겠다는 아버지의 감언이설에 엄마는 어마어마한 양의 곰탕을 끓여놓고는 비교적 밝은 얼굴로 바이바이, 손을 흔들었다. 우리 식구 중 가장 밝은 얼굴로 손을 흔든 사람은 바로 나였을 것이다. 오박 육일도 괜찮고, 십사박 십오일도 좋았다. 삼십박 삼십일일이었다고 해도 나는 쌍수를 들고 야호, 환영했을 것이다.

매캐한 매연을 골목길에 남겨두고 포터가 사라지자마자 나는 태화에게 연락했다. 태화는 쏜살같이 용산구 한강로 101-9번지로 달려왔다. 닌텐도와 플레이스테이션, 던힐과 캔맥주를 가방 안에 잔뜩 챙겨서 득의만만한 표정으로 우리 집 현관으로 들어섰다. 이미 태화는 오선과 유진에게도 저녁시간에 맞춰서 오라고 연락한 뒤였다. 태화 인생에 있어서 최초의 삐끼짓이었다. 그날 저녁, 나와 태화는 곰탕에 밥을 두 그릇씩 말아먹고 맥아더 장군도 기함할 작전을 짜느라 골몰하고 있었다. 밥을 많이 먹어둬야 술에 쉽게 취하지 않는다는 이야기를 염두에 두었기 때문이었다.

작전의 성패는 태화에게 달려 있었다. 태화가 맡은 임무 중에서 가장 중요한 것은 무엇보다도 유진을 제일 먼저 취하게 만드는 일이었다. 취한 유진을 101-3번지 대문 앞에 데려다놓는 것 역시 태화가 해야 할 일이었다. 결과부터 말하자면, 태화는 유진을 취하게 만들지도 못했고, 유진을 데리고 집 밖으로 나서지도 못했다. 그날 유진은 제집에서 밥을 세 그릇도 넘게 먹고 왔을 게 분명했다. 이제 와서 후회해봤자 무슨 소용이 있을까. 수많은 경우의 수를 대비하지 못한 내 탓이 커도 너무 컸다.

저녁 일곱시 즈음 오선과 유진이 도착했다. 오선은 게스 청바지에 큐빅 박힌 하얀 면티를 입고 나타났다. 유진은 자기네 동네 아니랄까봐 회색 트레이닝복을 한 벌로 맞춰입고 들어섰다. 서클렌즈까지 끼고 온 오선에 비해 더할나위없이 초라한 차림새였다. 둘이 동시에 신발을 벗으니 유진의 모양새는 더욱 가관이었다. 오선은 살색 발목 스타킹을 신었는데 유진은 맨발이었다. 땀에 젖은 유진의 발자국이 비닐장판 위로 도드라지게 드러났다가 이내 사라졌다. 나는 발바닥으로 걸레를 밀며 유진의 뒤를 따라다녔다. 걸레가 지나간 자리에 내 발자국이 새로 찍혔다.

술은 금세 바닥났다. 안주로 시킨 프라이드치킨도 모자랐다. 별수 없이 태화와 오선이 하나슈퍼에서 소주를 사왔다. 둘을 함께 내보내는 게 영 내키지 않았지만 하나슈퍼 할아버지가 나와 유진을 모르지 않으니 어쩔 수 없었다. 둘이 골라온 안주는 콜라와 과자 몇 봉지가 전부였다. 안주가 변변치 않으니 술이 잘 넘어가질 않았다. 갑자기 오선이 담배를 피워보겠다고 졸라댔다. 오선의 얼굴은 이미 벌겋게 달아올라 있었다. 제법 취한 듯했지만, 오선은 아직 끄떡없다고 큰소리만 떵떵 쳤다. 오선의 억지에 장난기가 발동한 태화가 얼른 담뱃갑을 손에 쥐었다. 비닐을 벗겨내고, 담뱃갑을 열었다. 은색 포장지가 나타난 순간 태화가 움찔했다.

은색 포장지에는 실선이 없었다. 어떻게 벗겨내야 하는지 나도 태화도 알지 못했다. 사실 그전까지 나는 담배를 피워본 적이 없었다. 태화는 아버지의 담뱃갑에서 한두 개비씩 몰래 꺼내서 피워본 적이 있긴 했지만, 새 담배의 포장을 벗겨내는 것은 처음이었다. 태화가 담뱃갑을 손안에서 이리저리 굴렸다. 기다리던 오선이 닦달하기 시작했다. 그러자 유진이 태화의 손에서 담뱃갑을 빼앗더니 은색 포장지의 끝을 잡고 톡, 잡아당겼다. 참 맑고 경쾌하고 산뜻하다고 말할 수밖에 없는 소리였다. 톡.

유진이 담뱃갑 밑을 손바닥으로 툭툭 쳤다. 툭, 툭. 그 소리에 맞춰 하얗고 보송보송한 담배 서너 개비가 쏙쏙 빠져나왔다. 유진이 하는 짓을 쳐다보고 있자니 톡, 소리에 이은 툭, 툭 소리가 왠지 모르게 선정적으로 느껴졌다. 그 때문인지 밤새 유진을 보면서 나는 좀 얼떨떨한 기분이었다. 오선은 아주 기술적인 방법으로 담배를 빼내는 유진을 보며 오호, 감탄사를 퍼부었다. 태화는 자존심이 상한 눈치였다. 유진은 담담한 얼굴로 마치 제 것인 것처럼 나와 태화, 오선에게 차례차례 담배를 나눠주었다. 정작 유진은 담배를 입에 물지 않았다.

나는 담배가 좋아지지를 않아.

담배를 피우지 않는 이유가 뭐냐는 태화의 물음에 유진은 이렇게 대답했다. 태화의 얼굴에 안타까움이 실렸다. 오선은 라이터를 찾느라 남의 집을 다 뒤지는 중이었다. 싱크대 서랍이 열리고 화장실의 칫솔통이 뒤집어졌다. 그사이 나는 유진의 말 뒤에 숨어 있는 뜻을 추측하려 애썼다. 아무리 담배를 피워도 담배가 입에 맞지 않는다는 뜻인지, 입맛에 맞긴 하지만 담배라는 기호가 자신과는 어울리지 않는다는 뜻인지 헛갈렸다.

오선은 불도 붙이지 않은 담배를 입에 물고 잠겨 있는 안방 문고리를 잡은 채 발을 동동거렸다. 그 모습을 본 태화가 배를 잡고 웃었다. 태화 손에 라이터가 있었다. 오선이 쪼르르 달려와 태화의 손에서 라이터를 낚아챘다. 둘은 한데 엉켜 거실 바닥을 뒹굴었다. 소주병이 넘어지고, 과자가 쏟아졌다. 놀란 유진이 벌떡 일어나 뒤로 물러섰다. 트레이닝 바짓단이 젖어 있었다. 유진이야 어찌 되었건 간에 나는 오선을 태화에게서 떼어놓고 싶었다. 오선의 날씬한 다리가 태화의 두꺼운 다리와 엉켜 있는 꼴을 보고 있자니 속에서 뜨거운 기운이 솟구쳤다. 아무리 장난이라지만 치미는 욕지기를 참기 힘들었다. 게다가 태화는 반바지 차림이었다. 맨종아리에 길고 곱슬곱슬한 털이 숭숭 자라 있어 추했다. 내가 오선과 태화를 향해 막 몸을 날리려는 찰나, 유진이 소리를 빽 질렀다. 야!

태화와 오선이 움직임을 멈추고 유진을 쳐다보았다. 유진은 아무 망설임 없이 태화의 손을 발로 밟았다. 너무나 손쉽게 태화의 라이터를 빼앗았다. 그러고는 오선의 입에 담배를 다시 물려주었다. 태화가 들릴 듯 말 듯한 목소리로 씨팔, 욕을 뱉었다. 맨발에 밟혔으니 엄청 찝찝했던 모양이었다. 유진은 못 들은 척했다. 에이, 더럽게. 태화가 분에 못 이겨 화장실로 들어가서 손을 씻는 사이, 유진이 오선의 담배에 불을 붙였다.

빨지만 말고, 들이마셔.

유진의 말에 오선이 깊게 숨을 들이마셨다. 입가에 고여 있던 담배연기가 오선의 입속으로 다시 쑥 빨려들어갔다. 동시에 오선이 기침을 시작하는가 싶더니, 그대로 뒤로 넘어졌다. 아주 느린 속도로, 마치 잠에 빠지듯이 드러누웠다. 그러고는 정말로 새근새근 숨을 내쉬며 깊은 잠에 들었다. 오선이 뒤척이자 흰 티셔츠가 배꼽 위로 올라갔다. 유진이 재빠르게 오선의 흐트러진 매무새를 매만졌다. 태화가 젖은 손을 수건으로 닦으며 나와 오선, 유진을 내려다보았다. 우스워 죽겠다는 표정이 얼굴에 고스란히 드러나 있었다.

뒤늦게 태화가 담배에 불을 붙였다. 자욱한 연기가 태화의 얼굴을 뒤덮었다. 그제야 나도 태화를 따라 담배를 물었다. 유진이 오선에게 한 말이 귓가를 맴돌았다. 빨지만 말고, 들이마셔. 하지만 정말 유진의 말을 따라 했다가는 오선처럼 깊은 잠에 빠질지도 모를 일이었다. 나는 유진의 눈을 피해 뻐끔뻐끔 내내 연기만 피워올렸다. 금세 입안이 텁텁해지고, 잇새가 미끈거렸다. 나는 혀로 입안을 훑어내며 연신 소주를 들이켰다. 오선은 좀처럼 깨어나질 않았다. 태화와 내 작전대로 잘 진행되어가고 있는 건지 좀처럼 감을 잡을 수가 없었다.

자정 무렵이 되자, 태화는 손가락 사이에 담배를 끼운 채 꾸벅꾸벅 졸기 시작했다. 나는 슬쩍 유진을 살펴보았다. 유진은 소주잔을 만지작거렸다. 여러 개의 지문이 덧입혀진 탓에 잔은 무척 더러웠다.

야, 홍유진. 너 그만 집에 가야 하지 않냐?

유진뿐만이 아니라 태화도 같이 들으라고 한 말이었다. 하지만 태화는 아무 반응도 보이지 않았다. 유진을 데리고 나가기로 한 약속 따윈 잊은 지 오래인 듯 보였다. 담뱃재가 태화의 바지 위로 부서져 내려앉았다. 나는 오선이 태화보다 먼저 깨어나지 않기만을 간절히 빌고 또 빌었다. 유진은 대답 대신 술을 마셨다.

남은 술 다 마시고 가야지.

술잔을 비운 유진이 다시 제 잔에 술을 채우며 말했다. 내 잔에도 술을 따랐다. 굳이 이럴 필요까지야, 나는 유진을 다독여 되도록 빨리 집 밖으로 내보내고 싶었다. 조그마한 계집애라고 우습게 여겼더니, 만만치 않은 주량의 소유자였다. 사나이 체면이 있지, 이대로 질 수는 없다. 나는 쓰러져 잠든 태화의 자존심을 위해 유진과 맞붙기로 작정했다. 유진이 취하면 태화를 깨워 함께 내보낼 생각이었다.

남은 소주는 모두 네 병이었다. 무조건 원샷, 내가 소리치자 유진은 조금도 망설이지 않고, 좋아라 했다. 너하고 내가 두 병씩 마시는 거다. 유진의 말에 나 또한 아무 망설임 없이 좋아라 하는 척했다. 각자 한 병을 비웠을 때, 유진이 담배를 피웠다. 목구멍을 타고 사라진 연기가 다시 입안에 고이는가 싶더니, 이내 유진의 콧속으로 빨려들어갔다가는 다시 콧구멍을 통해 새어 나왔다. 낮은 아이큐에도 불구하고 열심히 공부하는 홍유진은, 담배를 좋아하진 않지만 헤비스모커가 되기 위해 꽤 열심히 노력했던지 하는 짓마다 능숙하고 노련했다.

유진이 싱긋 웃으며 담배연기를 모조리 내 얼굴 쪽으로 뿜었다. 순간 현기증이 일었다. 물을 마시려고 바닥을 짚고 일어서려는데 누런 비닐장판이 파도처럼 넘실거렸다. 왜 그러냐고 묻는 유진의 목소리가 파도 소리에 섞여들려왔다. 물. 물. 무우울. 유진이 나를 일으켜세웠다. 냉장고 쪽으로 데려갈 줄 알았더니 유진은 나를 방으로 끌고 갔다. 눈앞의 침대를 보니 무척 반가웠다. 초등학교 삼학년 때부터 쓰던 싱글침대였다. 두어 번 구르기만 해도 침대 밑으로 떨어지기 일쑤였지만, 어느새 침대는 나와 안성맞춤인 사이가 되어 있었다. 애초부터 더블침대를 썼더라면 내 키나 몸무게가 지금보다 더블이 됐을지도 모를 일.

나는 재빨리 이불 속으로 파고들었다. 일단 침대 위에 드러눕자 피곤이 몰려와 거실에 드러누워 있는 태화나 오선은 안중에도 없었다. 이불은 얇고 까슬까슬했다. 유진이 물병을 들고 다시 들어왔다. 언제 점퍼를 벗었는지 헐렁한 티셔츠 차림이었다. 바지는 무릎 언저리가 불거져 있었다. 침대 곁으로 바짝 다가온 유진이 나를 흔들어 깨웠다. 나는 몸을 쉽게 가누지 못했다. 눈을 감고 있을수록 점점 더 몽롱하고 어지러워졌다. 침대 위에 간신히 엎드린 채 끙끙 앓는 소리만 내고 있었다. 유진이 결국 내 어깨를 안아 일으켜 앉히더니 물병을 통째로 입에 물렸다. 병을 너무 많이 기울이는 바람에 찬물이 턱밑으로 주르륵 흘러내렸다. 유진이 얼른 내 턱 아래에 제 손을 받쳤다. 그 순간 누군가의 손바닥이 내 몸 전체를 온전히 감싸는 것 같은 느낌이 들었다. 왜 하필이면 그 누군가가 유진이었을까. 나는 유진에게 안기듯, 덥석 쓰러지고 말았다.

유진과 나의 입술이 맞닿았다. 유진의 입술에서 술맛과 담배향이 났다. 서로의 혀가 서로의 입술을 쓰다듬었다. 어느새 내 손은 유진의 브래지어 안을 더듬고 있었다. 유진은 굳이 내 손을 뿌리치지 않았다. 유진의 가슴은 달걀만했다. 점점 아랫도리가 단단해졌다. 나는 눈을 감은 채 유진의 바지 속으로 손을 집어넣었다. 트레이닝바지라 손이 쑤욱 들어갔다. 커다란 팬티 속에 손을 집어넣는 기분이었다. 유진의 팬티가 손에 잡혔다. 팬티 앞에 달린 조그만 리본이 손끝으로 느껴졌다. 값비싼 선물의 포장과도 같은 리본이었다. 그 순간 유진이 엉덩이를 들어올렸다. 때를 놓칠세라 나는 얼른 유진의 바지와 팬티를 한꺼번에 끌어내렸다. 트레이닝 바지의 장점을 최대한 활용하고 있었다. 어릴 적부터 아버지를 닮아 손재주가 좋다는 말을 종종 듣긴 했었지만 여자 옷 벗기는 데도 천부적인 소질이 있을 줄이야, 나는 내 자신이 대견스러워 엉덩이라도 두들겨주고 싶은 마음이었다.

유진을 침대 위에 눕히면서 나는 허겁지겁 바지를 끌어내렸다. 청바지는 발목에 걸려 잘 벗겨지지 않았다. 유진의 위에 엎드려 서로의 입술을 문 채로, 나는 간신히 발목에 걸린 바지를 벗어던졌다. 빨리 유진의 몸속으로 고추를 밀어넣지 않으면 금방이라도 펑, 하고 터질 것만 같았다. 솔직히 말해서 그 순간 내 아래 누워 있는 여자가 유진이건 오선이건 나는 아무 상관이 없었다. 조금이라도 망설였다간 유진이 나를 밀쳐낼지도 모른다는 생각에 마냥 초조할 따름이었다.

일은 서툴게 끝났다. 유진의 버자이너는 딱딱했다. 아무리 찔러도 잘 들어가질 않았다. 그러다 순식간에 내 고추가 유진의 몸속으로 빨려들어갔다. 유진이 나를 들입다 마셔버린 것이다. 사르르, 나는 담뱃불처럼 이내 꺼지고야 말았다.

_나는 나의 캡틴이다

옥탑방은 푸른 태평양 위를 혼자 헤매고 있다.

아직 아무도 승선하지 않은 나의 하얀 보트.

보트의 시동을 걸듯 나는 열쇠구멍에 열쇠를 꽂았다. 동그란 문의 손잡이를 쥐었다가 놓았다. 차가웠다. 문은 꽁꽁 얼어 있었다. 손바닥이 짝 달라붙었다가 쩍 떨어졌다. 북극의 유빙 사이를 떠돌다 난파한 배에 오르는 기분이 바로 이랬을 것이다. 닫힌 문 앞에 텔레비전과 컴퓨터가 배의 잔해처럼 쓸쓸히 놓여 있었다. 문을 열자 찬바람이 방안에서 몰아쳐나왔다. 엇그제 본 그대로였다. 당연한 일인데도 왠지 이상했다.

신을 벗고 방안으로 들어서자마자 나는 가방을 벗어 내던졌다. 무게 탓인지 가방은 멀리 가지 못하고 발밑에 풀썩 떨어졌다. 서로 마주 보고 있는 부엌과 화장실 사이를 지나 방 한가운데 섰다. 잠시 그대로 멈춰 서서 숨을 골랐다. 폐 속으로 차가운 공기가 가득 들어찼다. 어슴푸레 푸른빛이 도는 흰 벽을 따라 걸으니 딱 일곱 걸음이다. 네 벽을 모두 따라 걷는 데 총 스물여덟 걸음이 필요했다. 많다면 많고, 적다면 적은 숫자이다. 생각해보면 용산의 집도 이보다 많은 걸음이 필요했던 것 같진 않다.

양말을 신었는데도 금세 발이 시렸다. 화장실 전등 스위치 옆에 달려 있는 보일러 온도계가 얼핏 보였다. 영 도. 실내온도를 이십도로 맞추자마자 우르릉 쾅, 하는 소리와 함께 네 벽이 흔들렸다. 벽 한 귀퉁이에 세워두었던 종이가방이 픽픽 쓰러졌다. 뒤따라 하나슈퍼 할아버지의 가래 끓는 소리가 들려왔다. 아무래도 옥탑방 보일러는 하나슈퍼 할아버지와 동갑이거나 연상일 확률이 높았다. 소리가 잦아들자 벽의 흔들림도 멈췄다. 보일러가 아니라 괴물이었다. 용암이 부글부글 끓고 있는 화산 옆에 산다면 이런 기분일까? 매순간이 촌각을 다투는 일촉즉발의 상황이다.

나는 벗어둔 가방을 열어젖혔다. 냄비와 프라이팬, 그릇들과 수저 두 벌이 들어 있다. 싱크대 서랍에 모두 챙겨넣고 나니 마땅히 다른 할 일이 생각나지 않았다. 나는 좀비처럼 일어나 문 밖에 있던 컴퓨터와 텔레비전을 모두 방안으로 옮겼다. 이불 보따리를 풀어 미리 이부자리도 깔았다. 비키니 옷장의 지퍼를 열어 종이가방에 들어 있던 옷들을 쏟아붓자 방 전체에 아련한 냄새가 퍼졌다. 지금쯤 아버지와 엄마를 실은 비행기는 서울을 지나 동해 쪽으로 빠져나갔을 것이다. 이십오만원짜리 검은 캐리어와 함께. 그 생각에 귀가 먹먹해지면서 낯선 이명이 들려왔다. 기압이 높은 고지대에 올라선 것만 같아 나는 잠시 귀를 막고 이명이 사라지길 기다렸다.

이명은 금방 사라졌지만 숨이 가빠왔다. 나는 이부자리 위에 엉덩이를 높이 치켜들고 엎드려, 잠시 아버지와 엄마를 그렸다. 키 큰 미국인들 사이에 끼여 있을 노란 피부의 키 작은 한국인 부부라니. 튀어도 너무 튀었다. 게다가 영어를 읽을 줄만 알았지, 쓸 줄도 말할 줄도 모르는 나의 아버지 태평대씨, 그 이름만큼 해피해야 할 텐데. 아, 과연 우리 식구가 서로의 부표를 잃지 않고 태평양 한가운데서 만날 수 있을지, 사뭇 불안했다.

우리 모두 굿 럭. 주문을 외우듯 나는 굿 럭 굿 럭, 반복했다. 주문이 효과를 발휘했는지, 아니면 잘 먹어야 잘 살아남는다는 선대의 가르침이 이제 내게도 강력한 힘을 발휘하려는지 갑자기 배가 고파왔다. 꾸르륵, 꾸르륵. 오장육부의 처절한 울음소리가 빈방을 울렸다. 내장의 울음을 자장가 삼아 나는 잠시 잠을 청했다. 꿈속에서 나의 하얀 보트는 조류의 소용돌이에 휘말려 바다 위를 빙빙 맴돌았다.

_예상할 수 없는 예상 문제

잠깐 눈을 붙인다는 게 화근이었다. 나는 부랴부랴 옥탑방을 나섰다. 배에선 여전히 꾸르륵 소리가 났다. 흐물흐물한 콩나물국마저 그리웠다. 지하철 안은 한산했다. 나는 개사장이 알려준 차량 번호들을 외우느라 바빠 죽을 지경이었다. 눈에 불을 켜고 암만 종이를 들여다봐도 시간은 턱없이 부족했다. 하는 수 없이 빨간 펜으로 밑줄 그은 것부터 달달 외웠다.

이태원역 4번 출구. 태화의 문자메시지가 휴대폰을 울렸다. 녀석은 벌써 도착한 모양이었다. 시계를 보니 열한시 삼십분, 출근시간까지 아직 삼십 분이나 남아 있었다. 그전까지 하나라도 더 외워야만 했다. 하지만 지하철 안이 너무 따듯한 탓인지 몇 분 사이에 잠이 쏟아졌다. 이대로 잠들었다간 봉화산역에서 깨어날지도 모른다. 나는 눈을 부릅뜨고 맞은편의 검은 차창을 노려보았다. 곧 녹사평역이었다. 벌떡 일어나 내리는 문 앞에 섰다. 몸을 일으켰더니 잠이 겨우 달아났다.

드디어 이태원역에 도착했다. 나는 되도록 천천히 개찰구로 향했다. 입은 잠시도 멈추지 않고 계속 단속반 직원들의 차량 번호를 중얼거리고 있었다. 터번을 쓴 무슬림이 내 앞을 지나갔다. 검은 콧수염이 입꼬리까지 자라나 있는 모습이 독특했다. 위대한 빈 라덴의 직계 후손이라고 해도 믿을 만한 용모였다. 이제 학교 갈 일도 없는데 콧수염이나 길러볼까, 나는 맨질맨질한 코밑을 어루만지며 무슬림의 뒤를 터덜터덜 따라갔다. 그 옆으로 배낭을 멘 중국인 여행객 둘이 알아들을 수 없는 말을 나누며 지나갔다. 두 남자 모두 파란 폴로셔츠를 바지 속에 단정히 집어넣은 차림새였다. 사귀는 건가, 나는 중국 남자들 곁으로 붙어서서 그들의 행동을 주시했다. 말을 알아들을 수 없으니 무슨 사인지 알아내는 것도 불가능했다. 내가 아는 중국말이라곤 니하오, 워 아이니뿐이니까.

개찰구에 거의 다다랐을 즈음 내 뒤에서 하이힐 굽이 시멘트 바닥을 때리는 소리가 역사 안을 흔들었다. 저절로 눈이 소리의 움직임을 좇았다. 이런, 언뜻 오선 같았다. 그럴 리 없겠지만 다시 보아도 오선 같다. 검은 미니스커트에 갈색 라이더 재킷. 어깨를 넘는 긴 웨이브 헤어. 게다가 눈두덩이가 검은 아이섀도로 뒤덮여 있는 모습은 분명 오선일 리가 없는 스타일의 여자였다.

그럼에도 불구하고 자꾸 오선이 확실하다는 생각이 머릿속에서 떨쳐지지 않았다.

고등학교에 입학하자마자 오선의 이상형은 공대생으로 바뀌었다. 정작 오선은 인문계에 진학해 매일 자정까지 입시학원에 처박혀 주구장창 책만 판다고 들었다. 물론 태화의 입을 통해서였다. 그때마다 나는 태화가 나의 근황을 오선에게 어떻게 전해줄지 걱정이었다. 유진과 술김에 저지른 일만 아니었더라도 나는 아쉬운 대로 오선과 소울메이트로나마 지낼 수 있었을 것이다. 그렇다고 내가 오선의 이상형이 되겠다는 이유 하나만으로 또다시 적성에 맞지 않은 진로를 선택할 일은 절대 없겠지만 말이다. 오선은 대학교에 입학하는 바로 그 순간 자신의 이상형을 전문직이나 대기업 직원으로 바꿀 게 뻔하니까. 이제 나도 그 정도는 예측하고 살아갈 나이가 되었다.

일 년에 두서너 번씩 오선을 만났다. 태화의 생일이거나 오선의 생일 혹은 크리스마스 언저리에 우리 네 명은 중학교 삼학년 여름방학 때처럼 다 같이 만나 밤새 술을 퍼마시곤 했다. 함께 술을 마시고 노래를 부르고 시답잖은 농담을 할 때면 오선과 나는 여전히 소울메이트 같은 관계를 유지하는 듯 느껴졌다. 하지만 날이 밝고 술이 깨면, 오선에게 먼저 연락하기가 늘 망설여졌다. 오선 역시 마찬가지였는지 하찮은 문자메시지 하나 내게 먼저 보낸 적이 없었다. 오선과 달리 유진은 쓸데없는 문자를 수시로 보내왔다. 매번 답장을 보내진 않았지만, 수신함에 유진의 문자가 쌓이면 쌓일수록 오선과 점점 더 멀어지는 기분이 들었다.

오선처럼 보이는 여자는 휴대폰을 들여다보며 나를 스쳐 지나갔다. 굽이 높은 신발 때문인지 나보다 훨씬 커 보였다. 진한 향수 냄새가 콧속을 후볐다. 나는 킁킁거리며 여자가 남기고 간 냄새를 들이마셨다. 고추가 단단해졌다. 나는 바지 주머니 속에 손을 집어넣어 고추를 허벅지 쪽으로 밀어냈다. 이렇게라도 해야 가랑이가 덜 불룩해 보인다. 개찰구를 빠져나오자 여자는 온데간데없었다. 나는 주위를 한번 둘러보고 곧바로 4번 출구 쪽으로 빠져나왔지만 오선을 머릿속에서 아주 지울 수는 없었다.

계단 위쪽에서 태화가 담배를 문 채 양손을 흔들고 있었다. 하루 사이에 반지가 하나 더 늘었다. 힘겹게 계단을 올라가 옆에 서니 오늘따라 태화의 키가 더 크게 느껴졌다. 기분 탓이겠지. 나는 어깨를 으쓱하며 태화가 건넨 담배를 마다했다. 대신 주머니에서 말보로 레드를 꺼내 보였다. 나만큼 태화도 뿌듯한 기색을 내비쳤다.

이사 잘 했어?

나는 대답 대신 담배연기를 길게 내뿜었다. 바람이 불어와 연기가 좌우로 흩어졌다.

부모님은 가셨냐?

내가 그렇다는 의미로 눈을 껌뻑이자 태화가 등을 토닥였다. 영락없이 녀석의 품에 안긴 꼴이었다. 제기랄. 조금 전에 보았던 중국인 남자 두 명이 생각났다.

이봐, 친구. 스킨십은 사절이야.

나의 정중한 거절에도 불구하고 태화의 표정이 씁쓸해졌다. 태화는 사남매의 막내아들이다. 태화 위로 누나만 셋이다. 그래서인지 태화는 액세서리를 좋아하고, 툭하면 전화를 걸어오고, 앉은자리에서 몇 시간씩 수다를 떨고, 술에 취하건 취하지 않건 상대가 여자건 남자건 아무런 상관 없이 남들과의 스킨십을 꺼려하지 않는다. 스킨십이라고 해봤자 고작 어깨를 감싸안거나 손을 잡거나 팔짱을 끼는 정도이긴 하지만 종종 나에게 그럴 때는 나도 모르게 태화를 의아한 눈으로 쳐다보게 된다. 물론 태화의 그런 기질이나 성격에도 나름의 장점은 있다. 태화가 오선이나 유진이와 스스럼없이 지낼 수 있는 이유도 누나들 틈바구니에서 자라면서 생긴 특유의 다정함 때문은 아닐까. 그래서 여자 형제가 없는 내가 섹스에 대한 상상 없이는 여자들에게 다가서기가 힘든 것이다.

왜? 좋지 않냐?

나를 더욱 세게 끌어안으며 태화가 능글맞게 대꾸했다.

인마, 여긴 이태원이거든.

나는 주변을 손가락으로 휘저으며 태화의 팔을 밀쳐냈다.

참, 태화야. 나 오선이 본 것 같아. 아니 닮은 사람을 봤어.

정말? 오선이가 너무 보고 싶어서 헛것을 본 게 아니고?

새끼야, 죽을래?

죽여줘, 죽여줘.

장난기가 발동한 태화가 왁스로 떡 진 머리통을 내 턱 아래로 들이밀었다.

치워라, 대가리.

내 말에 태화가 순순히 허리를 폈다.

그런데 만생아. 네가 본 여자, 정말 오선이가 맞을지도 몰라.

뭐라고? 왜 오선이가 이태원을 돌아다녀? 그것도 이 한낮에?

오선이 요즘 이태원에서 아르바이트해.

무슨 알바?

몰라. 여기 다니다보면 가끔 마주칠 거야. 네가 직접 물어봐. 하긴 방학 때만 한다고 했으니까 마주칠 날도 얼마 안 남긴 했다.

뭔데? 뭔데 말을 안 해줘?

태화는 말없이 바지 주머니에 두 손을 찔러넣고, 돌연 춥다고 요란을 떨며 저만치 앞서 뛰어가버렸다. 엉겁결에 나도 단숨에 달려갔다. 역시, 오늘도 사장은 건물 밖에 내놓은 빨간 플라스틱 의자에 앉아 커피를 마시는 중이었다.

어이, 태화 친구.

사장이 또 나를 태화 친구라고 불렀다. 나이트클럽 삐끼처럼 명찰이라도 달고 다녀야 겨우 내 이름을 외워줄 작정인 듯했다. 사장에게 다가가 내 이름은 태만생이라고 막 일러주려는 찰나, 태화가 상가 입구에서 얼른 따라오라고 고래고래 소리쳤다. 커피를 홀짝이던 사장도 어서 태화를 따라가라는 투로 고갯짓했다. 이층에 올라서자마자 태화가 대걸레를 내밀었다. 태화의 한 손엔 빗자루가 들려 있었다. 학교에선 태화가 늘 대걸레를 잡았는데.

대충 청소를 끝내고 나니, 가게 안으로 사장이 들어섰다.

지금부터 정신교육을 실시하겠다.

사장의 말에 태화가 차렷 자세로 섰다. 거리낌 없이 부동자세를 취하는 태화의 모습에 나는 괜스레 기분이 나빠졌다. 조교처럼 뒷짐지고 서서 명령조로 말하는 사장을 보고 있자니 억지로 군대에라도 끌려온 것 같았다. 나도 모르게 눈썹이 한일자로 굳었다.

태화 친구가 첫 출근을 한 날이니 오늘은 삐끼로서 가장 중요한 지침부터 짚고 넘어가자. 태화, 우리가 제일 멀리해야 할 사람들은 누구지?

남자입니다.

그냥 남자야?

아닙니다. 먼저 말을 거는 남자들입니다.

태화 친구, 잘 들어둬. 절대로, 어떤 경우에도, 남자에겐 단 한 마디도 함부로 말을 걸지 말 것. 고객과의 대화는 절대 일 분을 넘기지 말 것. 특히 먼저 말을 걸어오는 남자들을 만나면 무조건 퇴근할 것.

사장의 시선은 계속 내게 붙박여 있었다. 나를 못 미더워하는 눈치가 아주 역력했다. 충분히 알아들었는데도 사장은 같은 말을 내처 반복했다.

한자리에 가만히 서서 고객과 대화하지 말 것. 자연스럽게 옆에 붙어서서 계속 움직이면서 말을 걸란 말이야. 알겠나? 태화 친구.

예.

비록 기어들어가는 목소리로 대답했지만 나는 사장의 비위를 맞추려 나름 애쓰고 있었다.

무엇보다 주변에 대한 경계를 절대로 게을리해선 안 돼.

사장의 말이 줄줄 이어지는 동안에도 태화는 차렷 자세로 연신 고개를 끄덕였다. 그런 태화의 태도가 마음에 들었는지 사장의 얼굴에 흐뭇한 미소가 떠올랐다.

물론 태화는 내가 굳이 두 번씩 말하지 않아도 이미 잘 알고 있겠지만 말이야. 아무래도 이 일에 있어선 경험만한 게 없지. 그럼 태화 친구, 어제 내가 준 차량 넘버들은 다 외웠겠지?

드디어 시험대에 오를 순간이 도래했다.

그럼 내가 빨간 줄 그었던 것만 빼고 천천히 말해봐.

사장의 말이 떨어지기가 무섭게 내 얼굴이 샛노래졌다. 약삭빠른 개사장. 엄연한 반칙이었다. 이럴 거였으면 굳이 중요 항목들을 빨간 펜으로 강조하는 수고 따위 필요 없지 않았나? 내가 머뭇거리며 좀처럼 대답을 하지 못하자 태화의 숨소리가 점점 거칠어졌다. 굳이 태화 얼굴을 마주 보지 않아도 지금 태화의 눈 밑은 파르르 떨리고 있을 게 틀림없었다. 아니나 다를까, 사장의 말마따나 경험 많은 태화는 그 이름에 걸맞지 않게 나보다 훨씬 더 하얗게 질려 있었다. 사장은 더 기다릴 것도 없다는 듯이 등을 돌리며 무뚝뚝하게 말했다.

당분간 태화 친구는 물건 심부름만 하도록. 가게 지키면서 상품 카탈로그부터 외워. 태화야, 친구한테 창고 어딘지 알려줘라.

이 또한 기분 탓이겠지만, 태화의 키가 순식간에 한 뼘 가까이 줄어든 것처럼 보였다. 사장이 계단 아래쪽으로 사라지자 나는 슬금슬금 태화의 눈치를 살폈다. 태화는 고개를 푹 조아린 채 꼼짝하지 않았다.

태화야, 날 죽여줘.

태화는 그저 가만히 긴 숨을 내쉴 따름이었다.

_사는 동안 우리가 가장 자주 하는 말

태화는 창고로 나를 안내하면서 거듭 신신당부했다. 좀 전의 일로 나에 대한 신뢰를 깡그리 잃어버린 게다.

만생아, 절대, 절대로 물건을 그냥 들고 나오면 안 돼. 검은 봉지에 담아서 최대한 가려서 가지고 나와. 알았지?

이런저런 조심해야 할 일이 늘어날수록 내가 무척 위험한 일에 가담하고 있다는 생각이 들었다.

태화야, 만약에 사장처럼 재수없이 단속반한테 걸리면 어떻게 되는 거냐?

꼭 알고 싶어?

사장처럼 호적에 별 그리는 건 아니지?

그러니까 무조건 조심해. 그게 제일 좋은 방법이야. 차량 번호도 빨리 외워라. 그래야 네 신상에 별일 안 생긴다. 이왕이면 시간 날 때마다 달리기 연습도 하고. 괜히 붙잡히면 일만 복잡해져. 게다가 너희 부모님도 이제 안 계시잖아.

안 계신 게 아니라 미국으로 이주를 한 것뿐이라고, 나는 친절하게 태화의 말을 정정해주었다.

그게 그거지, 뭐. 우리 집 노친네들도 미국으로 가버리면 좋겠다.

너희 아버지는 요즘에도 바람 피우냐?

말도 마라. 엄마가 또 그 아줌마 식당에 같이 가자고 해서 짜증나 미치는 줄 알았어. 한 번 같이 가줬음 됐지, 뭣하러 두 번 세 번씩이나 가려고 하는지 모르겠다. 누나들이나 데리고 가든지. 이럴 때만 아들 타령이라니까. 아, 씨팔, 생각할수록 짜증나. 우리 엄마가 그 아줌마 욕만 안 해도 그나마 살 만할 텐데. 매일 시도 때도 없이 그 여자 얘기뿐이야. 슬슬 아버지가 불쌍할 정도라니까.

태화 아버지는 공장 앞 함바식당 아줌마랑 오 년째 연애중이다. 들킨 게 오 년 전이니까 어쩌면 둘의 사이는 훨씬 더 오래됐는지도 모른다. 태화의 키가 백칠십오 센티미터쯤이던 작년 봄, 태화의 어머니는 태화를 앞세우고 함바식당을 찾았더랬다. 물론 태화 이전에 태화의 누나들도 한차례씩 다녀간 유례가 있었다. 태화 어머니는 함바식당 아줌마에게 제 자식들을 내보임으로써 처첩의 관계를 또렷하게 각인시켜주고 싶었던 것 같다. 사실 그

전까지 태화는 방학 때마다 아버지의 고무장갑 공장에서 매일 일했다. 당연히 함바식당 아줌마도 모르지 않았다. 그렇다고 아주 친한 사이인 건 아니었다. 다만 함바식당 아줌마가 자신에게 베푸는 친절을 아무 죄책감 없이 받아들였을 뿐이다.

함바식당 아줌마는 태화가 밥을 먹으러 올 때마다 유난히 반겼다. 툭하면 더 줄 게 없어서 미안하다고 말했다. 앞치마에 두 손을 닦으면서, 태화의 국그릇에 국을 더 퍼주면서, 식당을 나서는 태화의 등을 털어주면서, 주머니에 박하맛 사탕을 찔러넣어 주면서, 더 줄 게 없어서 미안하다고 속삭이듯 말했다. 가끔 공장 직원들과 함께 식당에 갔다가 아버지와 마주칠 때가 있었다. 태화의 아버지는 늘 식당 안 쪽방에서 식사를 했다. 식사를 마치고 문턱에 앉아 구두를 꿰어신는 아버지를 볼 때마다 태화는 다른 누구도 아닌 식당 아줌마에게 부끄러웠다. 태화가 보기엔 아버지야말로 식당 아줌마에게 더 줄 게 없어서 미안해해야 할 사람이었다.

그 아줌마 예뻐?

골목길에 접어들자 카레 냄새가 훅 끼쳤다. 어제 저녁 이후로 나는 여태 삼각김밥 하나도 먹지 못했다. 아버지와 엄마는 지금쯤 늘씬한 스튜어디스가 나눠주는 기내식을 먹고 부른 배를 두드리고 있겠지. 나는 쩝쩝 입맛을 다시며 허기진 배를 어루만졌다. 아침부터 키 큰 태화의 보폭에 맞추느라 너무 많은 칼로리를 소비했다.

아줌마가 예뻐봤자 얼마나 예쁘겠냐?

태화가 제 얼굴을 쓸어내리며 사뭇 냉소 어린 투로 쏘아붙였다. 제 어머니가 식당 아줌마에게 온갖 악다구니를 퍼붓는 동안 태화는 식당 한켠에 놓인 의자에 앉아 오로지 시계만 쳐다보았다고 한다. 텔레비전을 볼 수도 있었지만 하필이면 식당 아줌마가 냉장고 앞에 서 있는 바람에 그쪽으로는 시선을 돌릴 엄두조차 내질 못했다. 식당에 있는 물건 중에서 가장 구식이었던 텔레비전은 냉장고 위에 위태롭게 얹혀 있었다. 내 아들 보기 부끄럽지도 않아? 태화 엄마가 멀뚱멀뚱 앉아 있는 태화를 가리키며 소리칠 때에도 태화는 시곗바늘의 움직임만 계속 주시할 따름이었다. 태화 엄마가 태화 아버지에게 툭하면 쏘아붙이던 말도 그와 비슷했다. 당신은 자식들 보기 부끄럽지도 않아? 부끄러워 벌게진 얼굴을 하고 닫힌 방문 안으로 사라진 건 정작 태화와 태화의 누나들이었음은 말할 것도 없다. 여하튼 그날의 방문으로 인해 태화는 더이상 방학 때마다 아버지의 공장에서 강제 노동을 할 필요가 없어졌다.

아무리 그래도 너희 엄마보다야 예쁘겠지.

꼭 그렇지도 않아. 그러니까 우리 아버지 말마따나 바람이 아니라 사랑인 거지.

태화야, 네가 그래서 사랑을 모르나보다.

그래, 난 돈밖에 모른다. 그러니까 너도 사장 눈 밖에 안 나게 조심해. 사장 말 안 듣고 까불다가는 단속 걸리기 십상이니까. 내가 부탁하는데 정말 사장 말 들어서 나쁠 거 하나도 없다.

아, 진짜 뭐든 쉬운 일이 없구나.

그걸 이제야 알았냐? 그래도 이보다 좋은 알바 구하기 힘들어.

그래, 그건 나도 알아.

세상에 쉬운 일이 없다는 것쯤이야 오래전부터 알고 있었다. 그것은 아버지가 가장 자주 하는 말 중의 하나니까. 그때마다 엄마는 늘 같은 말로 대꾸했다. 당신은 그걸 이제야 알았어? 문득 아버지가 옥탑방에서 했던 말이 떠오른다. 사십 년 넘게 살면서 단 한 번도 허투루 돈 번 적이 없다던 아버지는 미국에서도 그렇게 살 거라고 내게 호언장담했다. 순간 나는 아버지가 미국에서만이라도 그렇게 살지 않기를 간절히 빌었다.

물품창고는 상가 뒤쪽의 낡은 주택 건물 이층에 있었다. 최대한 안이 들여다보이지 않는 위치이자, 창문에서 뛰어내려도 목숨엔 크게 지장이 없는, 무언가를 숨기고 재빨리 도망치기엔 가장 적절한 층수이다. 알고 보니 상가 내 매장은 오로지 눈속임용이었다. 그곳에 진열된 가방들은 조잡한 이미테이션에 불과하다. 내가 할 일은 사장과 태화가 주문을 받는 즉시 최대한 빨리 창고로 뛰어가서 해당 상품을 들고 나오면 되는 것이었다. 당장이라도 단속반 직원들의 차량 번호를 모두 외워서 보란 듯이 노래라도 불러야지, 그러지 않으면 태화처럼 사장 몰래 쌈짓돈을 챙기기는 글러먹었다. 이런 식으로 일했다가는 월 수입 이백만 원은 그림의 떡이다.

창고 안으로 들어서자마자 가죽 냄새가 코를 찔렀다. 눈이 따가울 정도였다. 방 안 가득 누런 박스들이 높다랗게 쌓여 있었다. 심지어 화장실에도 박스가 가득 들어차 있었다. 태화가 화장실을 가리키며 시계 창고라고 알려주었다. 방 안을 채우고 있는 것은 당연지사 가방들이다. 박스마다 그 전면에 상품 코드번호가 두꺼운 펜으로 적혀 있었다. 태화가 상자를 하나 열어 안을 보여주었다. 금박으로 찍힌 엘블럼들이 번쩍거렸다. 단단하게 잘 만들어진 상자들은 누가 봐도 진품의 포장처럼 보였다. 저절로 입이 떡 벌어졌다. 백화점 일층을 통째로 옮겨다놓은 것 같았다. 좁디좁은 박스 안이 내 눈엔 휘황찬란하기 그지없었다. 나는 왜 사장이 텅 빈 자동차 안에서 눈물을 흘렸는지, 왜 구겨진 에르메스 가방을 보고 눈물을 그쳤는지 비로소 이해할 수 있을 것 같았다.

만생아, 잔소리로 들리겠지만, 카탈로그 보면서 상품코드도 외워야 해.

어디선가 두꺼운 책을 가져와 건네주면서 태화가 멋쩍게 웃어

보였다. 별 생각 없이 카탈로그를 펼치니 죄다 일본어와 영어뿐이었다.

이걸 외우라고?

그냥 상품이랑 코드 숫자만 외우면 돼. 어려울 거 없어. 다 저절로 외워질 테니까.

역시 공고보단 상고가 더 나을 뻔했다. 굳이 오선을 원망하진 않겠다. 달달 외워야 할 만큼 세상에서 제일 중요한 것들은 네 자리 숫자와 여섯 자리 숫자 들뿐이라는 것을 이제라도 깨달았으니 다행이라면 다행이었다.

창고를 빠져나오자마자 나는 태화의 팔을 붙잡고 애원하듯 졸라댔다.

태화야, 배고프다.

가게 가서 사장이랑 먹자. 잊었냐? 점심 제공.

태화야, 나 진짜 배고파. 점심은 점심이고 지금 당장 뭐 좀 먹고 가자.

나는 팔자 모양의 콧수염을 기른 인도인 아저씨가 구워주는 케밥 식당으로 태화를 마구잡이로 끌고 갔다. 막상 말을 걸어보니 케밥 식당의 주인은 인도인이 아니라 파키스탄인이었다. 그는 커다란 꼬챙이에 꽂힌 양고기를 저며내며 한국말로 물었다.

뭐 먹고파? 배고파?

내가 배를 움켜쥐고 울상을 짓자, 그가 내 표정을 따라 하며 비명을 질렀다.

오, 아파? 아파?

아니요. 배고파 죽을 것 같아요.

앞으로 내가 가장 자주 하게 될 말은 죽도록 배고프다는 말일 확률이 아주 컸다.

_왜 이태원인가?

원래 이태원의 이는 다를 이(異), 태는 모양 태(態), 원은 동산 원(園).

그러니까 이태원은 일종의 고아원이었던 거지. 생긴 모양이 다른 아이들을 한데 모아 키워냈던 땅. 그 땅이 바로 이태원이다. 왜 모양이 다른 아이인가 하니, 그 아이들의 태생이 전쟁에서 기원하기 때문이다. 우선 왜놈들과의 전쟁이 먼저. 원래 강간은 전쟁에 있어서 하나의 전략이라 피한다고 피할 수 있는 일이 아니란 것쯤은 다들 알고 있을 터. 이 땅이 원래 전쟁의 나라였다는 것도 모르지 않을 터. 결국 조선 땅 곳곳에서 배가 불러오는 여자들이 속출했지. 쪽발이 개새끼들. 폭력에 의한 성적 접촉이 난무했던 시절이 있었으니, 이국의 군인 아버지를 둔 아이들이 무턱대고 태어나기 시작했어. 딱히 그 생긴 모양이 평범한 사람과 다르기야 했겠느냐마는, 아무래도 강간으로 태어난 아이들이다보니 혼전순결을 강조하는 조선인들의 눈에 곱게 보일 리가 없었을 테고, 그러다보니 당연히 멀쩡하게 생긴 아이들마저 이상하게스리 달라 보였을 게 뻔한 일. 결국 조선의 왕께서 그 아이들을 한데 모아 키우기로 하여 터를 닦은 데가 바로 이곳 이태원. 하필이면 이름을 이태원이라 짓고, 아이들에게 이태원의 자식들이라는 낙인을 찍었단 말이야. 참 잔인한 작명이 아닐 수 없어. 두말할 것 없이 이태원의 자식들은 죄수와 다를 바 없는 인생을 살아야만 하는 거지. 당연한 결과지만 아이들은 이태원 밖으로 나갈 수 없었어. 이태. 다를 이, 모양 태. 그건 곧 괴물이자 싸워야 할 적이라는 뜻이었거든. 좋게 말해봤자 이방인 정도. 갇혀 있으니 이태원의 아이들은 이태원 밖의 아이들이 정말로 저들과 다르게 생긴 줄로만 철석같이 믿을 수밖에. 그러니 더욱 이태원 밖으로 나갈 엄두를 내지 못하고 평생을 이 드넓은 고아원에서 살아야만 했을 거 아니겠어? 사람도 이름을 잘 지어야 하지만 땅도 마찬가지인 것을, 하필이면 이 땅의 이름을 이태원이라 짓는 바람에 저주는 한 세대에서 끝이 나질 않았더라는 말씀이야. 일본인을 아버지로 둔 불쌍한 고아들이 늙어 죽고 모조리 썩고도 남았을 무렵, 인천항을 건너 무차별 진격해온 청나라 군대가 또 이 근방의 여자들을 강간하기 시작했지. 아, 이 짱꼴라 새끼들, 용산에 진지를 치고, 불안정한 조선의 국정을 이른바 원조한다는 명분을 내세워서 말이야. 퍽킹, 짱꼴라. 암튼 원조교제급 강간을 일삼으며 결과적으로 이태원의 제2부흥기에 일조를 하게 되지. 아, 이태원의 태양은 영원하리. 아무튼 역사는 거기에서 끝나지 않고, 망할 을사늑약인지 을사조약인지 때문에 일본군이 본격적으로, 아주 본격적으로 주둔하는 바로 그 때부터 이태원은 무법지대가 되는 비운에 처해지고 말았단 말이야. 그 이름의 저주에서 벗어나질 못했던 것이지. 그렇게 이국의 군인 아버지를 둔 전쟁고아들은 거듭거듭 태어났어. 세월은 흘러 용산은 미군의 차지가 되고 이태원은 한때 양공주의 세상이 되었지. 아, 그땐 공주의 세상이라 그런지 이태원은 마치 왕국과도 같았다더라만 그 시절도 어느새 흘러 흘러, 다 지나가버렸고. 용산은 전쟁기념관과 미군기지로—뭐 워낙 기념할 전쟁이 많은 땅이긴 했어—그리하여 이태원은 그 이름처럼 외국인들로 넘쳐나는 땅이 되었다, 뭐 그런 이야기. 그러니까 이태원에서 조선, 즉 한국인이 비주류였던 것은 아주 오래전부터 이어져내려온 전통인 거라, 이제 여기서는 오리지널 조선놈들이 이태, 말 그대로 다르게 생긴 놈들이 되는 거고. 왜 여기를 치외법권지역이라고 부르겠어? 엄밀히 말하면 여긴 코리아가 아니야. 이 땅은 원래부터 이방인 자식들의 땅이었으니까 가방으로 치자면 짝퉁이 진퉁이 되는 동네고, 진퉁이 짝퉁이 되는 곳이란 말이지. 고로 우린 일본인과 중국인을 보면 반갑게 인사하는 것이 당연한 도리인 것이다. 그들의 조상이 여기 이 땅에 망할 정자를 뿌린 아버지들 중의 하나일 수도 있음을 명심하도록.

사장의 이야기는 점심을 먹는 내내 쉬지 않고 이어졌다. 진열대 위에 중국음식을 늘어놓고 나와 태화, 사장은 선 채로 점심을 먹었다. 차량 번호들을 못 외웠다고 구박하던 일은 벌써 잊은 눈치였다. 심지어 첫 출근을 축하한다며 자장면에 탕수육까지 시켜줬다. 나는 속으로 쾌재를 불렀다. 사장은 입이 짧은 편인 듯했다. 탕수육엔 거의 손을 대지 않았고, 자장면도 남겼다. 멸치와 고추장만으로도 밥 두 그릇을 거뜬히 먹어치우는 내 아버지가 봤더라면 끌끌 혀를 찰 일이었다. 덕분에 나와 태화는 모처럼 탕수육을 실컷 먹었다.

이태, 이태, 침을 튀기며 토해내는 사장의 긴 이야기를 듣는 동안 나와 태화는 입안의 음식을 우물거리며 건성으로 고개를 끄덕였다. 자장면 그릇을 다 비우고 나서야 나는 이태, 이태, 흥분해 소리치는 사장이야말로 어쩌면 이국의 군인을 아버지로 둔 고아일지도 모르겠다는 터무니없는 생각을 잠시 했다. 혹시라도 내 예상이 맞다면 사장은 짱꼴라보다 쪽발이 쪽의 유전 형질을 가졌지 싶다.

_곰방와, 미카 상!

도조, 도조.

점심을 먹고 곧바로 호객행위에 나선 태화가 일본인 관광객들을 데리고 가게 안으로 들어섰다. 머리카락을 노랗게 물들이고, 좁은 턱을 가진 일본인 아줌마들이 주위를 두리번거리며 태화 뒤를 따라왔다. 뭐가 그리 신나는지 잇몸이 훤히 드러나도록 웃고 있었다. 추운 날씨 탓에 다들 뺨이 발그레했다. 관광객이라기보다 시골에서 서울 구경 온 무리 같았다. 솔직히 가게 안도 춥긴 마찬가지였다. 버짐이나 피지 않을까, 나는 연신 얼굴을 쓰다듬었다.

일층과 달리 이층 매장은 온종일 비어 있어서 사장은 난방에 따로 신경을 쓰지 않는 편이다. 태화 친구 따위야 감기에 걸리든 폐렴에 걸리든 전혀 걱정하지 않았다. 매일 뉴스에서 한파보다 무서운 꽃샘추위가 닥쳤다고 떠들어대는 마당에 개사장은 봄이 오네 봄이 와, 노래를 불렀다. 봄이 오려면 아직 한참이었다. 개사장과 마찬가지로 옆 가게 주인 역시 태화처럼 명품에 눈먼 손님들을 낚기 위해 하루의 대부분을 밖에서 떠돌았다. 그 바람에 이층은 아무도 찾지 않는 한겨울 무덤처럼 조용했다. 나는 말없이 무덤을 지켰다. 태화가 오기 전까지 내가 할 일이라곤 등받이 없는 동그란 의자에 앉아 단속반 직원들의 차량 번호와 카탈로그의 상품번호 들만 죽어라 외우는 것뿐이었다. 중학교를 졸업한 후로 이토록 오랫동안 활자를 들여다본 건 처음이었다. 것도 공부랍시고 눈이 시큰했다.

미카 상.

태화는 무리 중 가장 예쁘게 생긴 아줌마의 손목을 잡고 카탈로그를 보여주었다. 태화의 부름에 미카 상이라는 여자의 얼굴이 더욱 붉어졌다. 개중 얼굴도 제일 뽀얗고, 치열도 고르다. 미카 상, 미카 상. 태화가 카탈로그를 들이밀며 연달아 불러젖히는데도 미카 상은 태화의 손에 잡힌 제 가느다란 손목만 하염없이 쳐다봤다. 보아하니 카탈로그 따윈 안중에도 없는 듯했다. 태화는 원래 스킨십을 좋아하고, 모든 사람들에게 평균 이상의 친절을 베푼답니다, 나는 미카 상의 근처를 어슬렁거리며 독백이나 다름없는 대사를 나지막이 중얼거렸다. 물론, 아무도 내 말에 귀를 기울이지 않았다.

다른 두 명의 여자들은 진열대에 전시된 가방들에 온통 정신이 팔려 있었다. 미카 상보다 조금 못생긴 듯해도 나이는 더 어려 보였다. 나는 그들의 시선을 끌기 위해 집요하게 쳐다보았지만 둘은 별다른 반응을 보이지 않았다. 날 보고 일본애들이 좋아할 스타일이라고 하더니, 태화의 말은 역시 믿을 수가 없다. 미카 상이 태화와 머리를 맞대고 카탈로그를 들여다보는 동안 둘은 자기네들끼리 이야기하느라 정신이 없었다. 어차피 알아들을 사람도 없는데 누가 들을세라 머리를 맞대고 속삭였다. 꼭 혼자 따돌림당하는 분위기라 내 마음은 상할 대로 상해 버렸다.

도케이? 도케이?

떠드는 사람이라곤 태화 혼자뿐인데 가게 전체가 시끌벅적했다. 태화가 금세 다른 카탈로그를 꺼내 보였다. 명품 시계들만 따로 모아놓은 책이다. 미카 상은 무턱대고 고개를 주억거렸다. 귀밑에 겨우 닿는 머리카락이 미카 상의 얼굴을 가렸다가 다시 드러냈다. 태화가 추천하는 물건이라면 무조건 사들일 기세였다. 애초부터 미카 상은 짝퉁 가방보다 태화와의 섹스에 더 구미가 당겼을지도 모를 일이다. 계단을 올라올 때부터 그녀의 얼굴은 잔뜩 달아올라 있었으니까. 이미 오르가슴에 도달한 여자처럼.

미카 상의 젖은 시선을 전혀 눈치채지 못한 태화가 포스트잇에 상품번호를 써서 내게 건넸다. 드디어 동정을 뗄 수 있을지도 모를 기회가 눈앞인데, 태화는 오로지 가방과 시계를 팔 생각밖에 못했다. 여자에게 가방과 시계를 파는 일보다 더 중요한 게 있다면 아마도 그것은 가방과 시계를 선물하는 일일 것이다. 가방과 시계, 둘 중 하나만 내밀어도 여자들은 십중팔구 좋아서 펄쩍 뛰기 마련이다. 모텔로 데리고 가기도 쉬워진다. 일주일 내내 데려가도 군말이 없다. 나는 재빠르게 계단을 뛰어내려가며 태화에게 문자를 보냈다. 미카라는 여자, 너한테 완전 빽 갔어. 당장 어느 호텔에 묵는지 물어봐.

태화의 문자가 도착했다.

내가 호빠 알바생이 아니라는 걸 기억해라.

꼴에 자존심은. 나는 점퍼의 지퍼를 턱밑까지 바짝 끌어올리며 창고를 향해 뛰어갔다. 노란 머리카락의 일본인 아줌마라니, 태화의 첫 경험은 고전적 스타일로 치러지려나보다. 짜식, 늦복이 터졌어.

창고로 가는 길은 의외로 쉽게 찾을 수가 없었다. 카레 냄새가 진동하는 걸 보니 근처 어디쯤인 것 같긴 한데 주변 풍경이 너무 낯익어 도리어 낯설었다. 좁은 골목과 생소한 언어로 된 간판들은 한눈에 구별해내기가 어렵다. 분명 조금 전에 케밥 식당을 지나쳤다고 생각했는데 또 케밥 식당이 나타났다. 아까와 같은 식당인지조차 분간할 수가 없었다. 정확한 상호를 알 수 없으니 더 헷갈렸다. 아무리 둘러봐도 건물 뒤에 미로처럼 얽힌 길들은 모두 똑같아 보였다. 분명 채 오 분도 걸리지 않는 거리였는데, 나는 십여 분째 헤매는 중이었다. 에이, 될 대로 되라지. 내가 늦게 도착할수록 미카 상의 심장은 더 빨리 뛰겠지. 다른 이유로 태화의 심장 역시 시계 초침보다 더 빠른 속도로 방망이질칠 것이었다. 태화의 욕지거리가 벌써 시작되었는지 귓속이 근질근질했다.

마침내 기다렸다는 듯이 공중에 매달린 표지판이 눈에 들어왔다. 용산구청 직진 백 미터. 창고가 있는 건물이 용산구청 맞은편에 있다는 게 기억났다. 표지판만 잘 따라가면 창고는 금방 찾을 수 있을 터였다. 걸음을 서둘렀다. 걸음이 빨라질수록 바람도 더욱 매서워졌다. 옷깃에 얼굴을 파묻고, 양손을 주머니에 찔러넣은 채로 냅다 뛰기 시작했다. 머리카락 사이로 칼바람이 스몄다. 오십 미터, 사십 미터, 삼십 미터, 속으로 남은 거리를 가늠하며 무작정 뛰었다. 갑자기 누군가 내 앞에서 멈칫하는 기척이 느껴졌다. 나를 피하느라 갈지자로 움직이고 있는 두 다리가 보였다. 달리 어찌할 도리가 없어 나는 재빨리 길가로 붙어섰다.

다리의 주인은 일본인 남자였다.

스미마셍.

키 작은 일본인 관광객이 몸에 밴 겸손과 친절의 몸짓으로 내게 고개를 숙였다. 사과는 사실 내 몫이었다. 나는 얼떨결에 예, 라며 받지 말아야 할 사과를 받아버렸다. 일본인 곁에 선, 부츠를 신은 늘씬한 다리의 주인공은, 이럴 수가, 오선이다. 남자의 팔짱을 끼고 선 오선이 무심결에 나를 쳐다봤다. 오선의 눈이 휘둥그레지는가 싶더니 만면에 미소가 번졌다. 어이가 없어 도무지 무슨 말을 해야 할지 깜깜했다. 오선이 더 아는 체하지 않고, 남자의 어깨에 제 몸을 한껏 기댄 채 나를 지나쳐갔다.

지하철 역에서 맡았던 향수 냄새가 다시 물씬 풍겨왔다. 제기랄, 아까와 달리 고추가 잔뜩 쪼그라들었다. 남자는 나보다 늙고, 키도 작고, 게다가 일본인이다. 오선의 이상형이 그사이 또 바뀐 게 분명했다. 공대생처럼 한 단어로 정의할 수 없는, 아주 애매모호한 이상형이 아닐 수 없다. 아니, 이상형이라기보다 이상적인 아버지의 한 유형이라고 말하는 게 더 어울리지 않을까? 자신의 이상형에 대해 내게 했던 말들을 오선은 반드시 지켜내야 할 의무가 있다. 내가 누구 때문에 적성에도 맞지 않는 공고에 왔는지 오선은 짐작이라도 해야만 했다. 오선은 절대 그 의무를 잊어서는 안 된다.

검은 봉지로 최대한 물건을 가린다. 주위를 면밀히 살피며 뒤따라오는 시선이 없는지 경계한다. 이동시간을 최대치로 아껴 항상 전속력으로 뛴다. 사장과 태화가 내게 침을 튀기며 강조한 모든 사항들을 다 무시하고 나는 겨우 가게로 되돌아왔다. 그럼에도 불구하고 아무도 내 뒷덜미를 낚아채지 않았다. 힘없이 가게로 향하는 길 내내 태화의 말이 귀에 쟁쟁거렸다. 그 바람에 걸음은 더욱 느려졌다. 종종 가던 길을 멈추고 태화의 말을 곱씹어야 했기 때문이다.

오선이 한다던 아르바이트는 외국인 관광객의 가이드 노릇이었다. 젊은 여성들이 중장년층의 외국인 관광객을 상대로 하는 아르바이트에 대해서라면 나도 몇 번인가 들은 적이 있다. 삼일 혹은 일주일 정도 한국의 주요 관광명소를 소개해주며, 하루 종일 서울 곳곳을 함께 누빈다고 들었다. 가끔씩 경주나 공주, 강릉이나 전주처럼 유명한 지방 도시에 들러 고객과 일박 이일을 같이 지내고 오는 경우도 흔하다고 했다. 달리 말하자면 일종의 현지처 역할이었다. 하루 일당이 삼십만원 정도. 벌이가 좋다보니 아무나 할 수 있는 일 또한 아니었다. 영어든 일어든 중국어든 일단 외국어에 능통해야 하고, 얼굴이나 몸매도 평균치 이상이어야만 가능한 일이었다. 오선이라면 충분히 감당할 수 있는 조건이다. 이럴 줄 알았으면 나도 오선에게 관광이나 시켜달라고 할걸 그랬나, 쉬운 길을 뱅뱅 돌아간 기분이 든다. 사실 정말 그러긴 했다. 아니나 다를까, 태화는 나를 보자마자 인상부터 구겼다. 미카 상과 그 친구들은 손에 커피를 쥐고 입을 연신 벙긋거리며 태화를 둘러싸고 있었다.

미카 상이 나를 보자마자 지갑에서 돈을 꺼냈다. 엔화이다. 심지어 미카 상의 지갑엔 내 아버지를 꼬드긴 달러도 두둑해 보였다. 아버지, 미국까지 갈 필요가 없었어. 그냥 미카 상만 꼬시면 될 일이었어.

태화 상, 고맙스모니다.

미카 상이 두 손을 맞잡고, 허리를 깊숙이 숙여 인사했다. 태화도 덩달아 배꼽에 손을 얹으며 다이조부, 맞절을 했다. 꼭 전통 혼례식의 한 장면 같았다. 미카 상 일행이 가게를 뜨자마자 태화가 내 멱살을 잡았다. 안타깝게도 손에 힘이 전혀 들어가 있질 않았다.

미안해. 길을 못 찾았어.

태화의 입안에서 부드득, 이 갈리는 소리가 새어나왔다. 어지간히 애를 태웠나보다.

호텔 알아냈어?

하얏트.

태화가 무심한 체하며 답했다. 알고 보니 미카 상은 태화의 단골이었다. 미카 상은 한 달에 보름을 한국에서 지내는데 그때마다 이태원에 들러 태화를 통해 쇼핑을 한다. 남편의 직업이 무엇인지 정확하게 알진 못하지만 씀씀이가 크고 차림새가 세련된 걸로 봐서 꽤 부자 축에 속하는 것 같다. 귀족이지 싶어. 태화가 미카 상을 두고 말했다. 요즘 세상에 귀족이라니, 그럼 난 왕족이게? 내가 깝죽거리자 태화가 혀를 찼다. 무식한 새끼. 씀씀이 하나만큼은 더할나위없이 귀족적인 미카 상은 삐끼 태화에게 의심할 바 없는 왕족이긴 했다. 미카 상은 태화가 따로 부탁하지 않아도 늘 친구들을 데리고 와서 태화의 주머니를 두둑하게 챙겨주고 돌아갔다. 대동한 친구들이 물건을 많이 사지 않으면 미카 상은 미안해서 어쩔 줄 몰라 하며 태화에게 허리 숙여 사과를 했다. 그러니 귀족이라는 거지. 예의범절이 매우 훌륭하거든. 태화가 어깨를 흔들며 말을 이었다.

창고에서 내가 돌아오기를 기다리는 동안 태화는 미카와 이런 저런 이야기들을 나누어야만 했다. 늘 기회를 엿보던 미카 상은 이때다 싶어 태화에게 함께 저녁식사를 하자며 하얏트호텔로 초대했다. 왜 하필이면 호텔일까, 태화는 웬만하면 거절하고 싶었지만 미카 상이 워낙 수줍어하며 어렵게 말을 잇는지라 하는 수 없이 그러겠다고, 덜컥 약속을 잡아버렸다. 미카 상의 두 친구들이 키득거리며 웃었고, 그 순간 태화는 남의 손에 의해 억지로 팬티가 벗겨진 기분이었다고 퉤, 침을 뱉으며 말했다. 내가 대걸레로 닦은 바닥에 침을 뱉다니, 나야말로 남의 정액이 내 팬티에 묻은 기분이었다.

만생아, 이따가 같이 가자. 나 혼자 갔다가 아줌마들한테 따먹히면 어쩌냐?

복에 겨운 소리 하고 계시네. 어쩌긴 뭘 어째? 로또 터지는 거지.

말도 안 되는 소리 말고, 무조건 네가 오늘 날 지켜줘야 돼.

이럴 때 태화는 영락없이 계집애다.

태화야, 경험은 다양할수록 좋은 거야. 그냥 받아들여.

나는 사뭇 마초처럼 태화를 북돋워주었다.

너나 다양한 경험 많이 가지셔.

잔뜩 삐친 얼굴을 하고 태화는 다시 거리로 나섰다. 나는 장부를 꺼내 방금 팔린 상품들의 일련번호를 기입했다. 태화가 미카 상을 상대로 얼마나 비싼 값에 가방과 시계를 팔았는지 알 수 없었다. 반드시 짭새들로부터 상가를 지키고, 나아가 이태원을 수호하겠다는 대의에 빠져 있는 개사장도 태화가 손님들에게 얼마나 받고, 얼마를 떼어가는지 개의치 않는다. 고무장갑 공장 사장의 아들로서 태화는 고용인과 피고용인의 이익을 동시에 고려하고 분배할 수 있는 탁월한 균형감각을 타고났다. 그것은 미장이의 아들로 태어난 나로서는 절대로 가질 수 없는, 내가 아버지의 아들로 태어남과 동시에 잃어버린 일종의 기회비용이었다. 그것은 월급을 모두 주식에 쏟아붓고는 스마트폰으로 매일 코스닥 지수를 체크하는 정치경제 선생의 가르침이었다.

정치경제 선생의 얼굴은 기분이 좋을 때면 주가 상승을 나타내는 붉은 화살표처럼, 기분이 나쁠 때면 주가 하락을 나타내는 파란 화살표처럼 들쭉날쭉 수시로 변했다. 그의 수업에서 내가 제일 이해하기 쉬웠던 개념은 바로 그 기회비용이라는 것이었다. 하나의 재화를 선택했을 때, 그로 인해 포기한 다른 재화의 가치. 예를 들면 이렇다. 취업 준비생을 마다하고 옥탑방에서의 자유와 이백만원 남짓한 이태원의 돈을 선택함으로써 내가 잃게 된 기회비용 중의 하나는 바로 나의 아버지 태평대씨, 그리고 그의 빼빼 마른 잠꾸러기 아내인 나의 욕쟁이 엄마.

다시 텅 빈 이층의 좁은 가게 안에 혼자 남겨진 나는 휴대폰을 꺼내 보았다. 아직 아버지와 엄마에게선 아무 연락이 없었다. 아마 내일쯤에는 전화가 걸려올 것이다. 아버지에게 아르바이트를 시작했다는 말을 해야 하나. 너무 멀어진 물리적 거리 탓일까, 아버지와 엄마가 내 일상에 대해 전혀 모른다고 생각하니 불현듯 외로워졌다. 섣부른 걱정은 접어버리자, 나는 머리를 뒤흔들었다. 느닷없이 마른 멸치의 옅은 비린내가 떠돌았다. 하루라도 빨리 돈을 벌려고 태화를 들들 볶아 억지로 꿰찬 아르바이트 자리였건만, 막상 내 일이 되자 꼭 남이 등 떠밀어 하는 노역인 것만 같아 억울하기까지 했다.

나는 하릴없이 진열대의 유리를 소맷자락으로 닦았다. 유리 위에 손을 얹고 있던 미카 상의 손자국이 지워졌다. 나는 미카 상의 두 친구들의 얼굴을 뒤늦게 떠올리려 애썼지만 그들이 속삭이던 이국의 언어만 귓가에 맴돌 뿐이었다. 느닷없이 눈앞에 떠오르는 얼굴은, 스미마셍 하고 말하던 일본인과 그 옆에 찰싹 붙어 서 있던 오선, 오선이었다. 또다시 왕따가 된 것만 같은 기분이 나를 붙잡고 좀처럼 놓아주질 않았다.

_마음이 변하는 데 걸리는 시간

태화의 간절한 부탁에도 불구하고 나는 곧장 옥탑방으로 퇴근했다. 집으로 오는 길에 보니 학교는 이미 개학 준비로 바빠 보였다. 교문 위에서 겨우내 졸업생들의 행운을 기원하던 플래카드는 어느새 사라지고, 신입생을 환영하는 플래카드로 바뀌어 있었다. 2월도 뒷전으로 훌쩍 지나갈 날이 코앞으로 다가오고 있었다.

내 방 아래의 일이층은 이미 환한 불이 켜져 있었다. 계단을 오르는데 아버지의 잔소리가 뒤따라왔다. 주인집에 인사부터 하는 게 도리다. 뒤이어 엄마의 욕설도 들려왔다. 이웃사촌 위할 줄도 모르는 천하의 잡놈 새끼. 공짜나 다름없는 방을 얻었으니 인사부터 하는 게 맞겠지만 좀처럼 주인집 문을 두드릴 용기가 나질 않았다. 나는 방 한가운데 대자로 드러누워 바닥이 따듯해지기만을 기다렸다. 방은 바닥을 데우기 위해 나지막이 떨고 있었다. 생각해보니 고작 하루밖에 걸리지 않았다. 나라는 인간이 극도로 소심한 인간 유형으로 변한 데 걸린 시간은.

고등학교 일학년 때였다. 3월 말이라 날씨가 제법 풀려 아버지의 일이 한층 바빠졌을 때였다. 일손이 모자란 아버지가 아쉬운 대로 막 학교에서 돌아온 나를 공사장에 데리고 갔었다. 막상 공사장에 도착하니 며칠 전 애써 미장을 마친 사층 건물의 외벽이 쩍쩍 갈라져 있었다. 이상기온으로 인한 늦추위 때문에 채 마르지 않은 시멘트가 얼어버린 것이었다. 일순간 아버지의 얼굴에도 깊은 금이 파였다. 사층 건물의 외벽 전체에 발라놓은 시멘트의 양을 가늠하는 순간, 그것들을 모조리 긁어내야 한다는 사실을 깨닫는 순간, 내 얼굴에도 그늘이 드리워지긴 마찬가지였다.

소식을 듣고 날아온 건물주가 아버지에게 윽박을 질러댔다. 아버지 또래의 남자였다. 다만 아버지보다 얼굴이 넙데데하고 피부가 반들반들했으며, 대부분이 그렇듯이 덩치도 훨씬 컸다. 건물주의 모습을 보자마자 나는 잔뜩 주눅이 들어버렸다. 그는 정말 완공되지 않은 회색빛 사층 건물과 아주 똑같이 생겼었다. 나는 포터에서 내리지도 못하고 그저 차창 밖으로 보이는 아버지의 모습만을 주시했다. 여차하면 경찰서에 신고라도 할 참이었다.

건물주의 벌어진 입안에서 뿜어져나온 하얀 김이 모두 아버지의 얼굴을 향해 달려들었다. 갑작스러운 날씨 변화가 꼭 아버지의 탓이라도 되는 것처럼. 세상의 모든 악의가 아버지를 향해 몰려들고 있는 것 같았다. 정말 그럴지도 몰랐다. 세상이 아버지에게 호의를 가졌더라면 3월 말에 영하 십 도를 맴도는 찬바람을 코리아 땅으로 들이밀었을 리가 없다. 딱히 고개를 조아린 것도 아니었는데 건물주보다 키가 한 뼘이나 작은 아버지의 모습은 움츠린 민달팽이처럼 보였다. 까딱까딱, 달팽이의 그것처럼 아버지의 고개가 앞뒤로 움직였다. 그날, 아버지가 민달팽이로 변한 데 걸린 시간은 고작 십 분 안팎이었다.

나는 방 안을 휘휘 둘러보았다. 헌옷수거함처럼 서 있는 비키니옷장과 그 옆에 덩그러니 놓인 텔레비전. 마땅한 받침대가 없어 그냥 바닥에 두었더니 텔레비전을 보려면 무조건 드러누워야만 했다. 턱을 괴고 바닥에 엎드려 텔레비전을 보고 있노라면 십 분도 지나지 않아 뒷목이 쑤셨다. 벽 한쪽에 길게 깔려 있는 낡은 이불은 아직도 구 용산의 옛집 냄새를 폴폴 풍겼다. 텔레비전 옆 작은 상 위에 올려둔 컴퓨터는 16인치 LCD 모니터로 좁은 방 안의 풍경을 고스란히 비추고 있었다. 모니터에 비친 방 안의 모습은 한쪽이 기울어진 듯 삐뚜름했다. 희끄무레한 벽지에는 군데군데 정체를 알 수 없는 누런 얼룩이 있었고, 노란

장판 위에는 검게 탄 자국이 더러 있었다.

가스레인지 불을 켜고, 냄비에 물을 끓였다. 잠시 물이 끓기를 기다리는 동안 나는 담배를 꺼내 피웠다. 몇 모금 빨지도 않았는데 식도가 따가웠다. 가스레인지 앞에 선 채로 라면가락을 건져 먹으면서 나는 내내 휴대폰만 바라보았다. 파란 빛이 화면에서 사라지면 다시 아무 버튼이나 눌러 빛을 살려냈다. 어느 순간, 화면에 저장되어 있지 않은 전화번호가 떴다. 033으로 시작하는 번호였다. 순간 전화를 받기가 망설여졌다. 휴대폰은 싱크대 위에서 펄쩍 튀어오를 듯이 부들부들 몸을 떨었다.

내가 뒤늦게 통화버튼을 눌렀을 때, 상대는 이미 전화를 끊어버린 뒤였다. 누굴까? 그 낯선 번호가 일으킨 진동이 자꾸 되살아났다. 결국 나는 젓가락으로 냄비 속을 헤집다 말고 수신목록을 확인하고, 아무 망설임 없이 통화버튼을 눌렀다. 신호는 오래가지 않았다. 수화기 너머 여자가 말했다. 지금 거신 번호는 수신이 금지된 전화입니다. 그 말을 듣는 순간 입맛이 싹 달아났다. 모르는 사람의 장난이거나 헤어진 여자친구들 중 하나가 공중전화로 걸어온 게 아닌가 싶으면서도 등골을 타고 식은땀이 쭉 흘렀다. 오로지 발신만 가능한 전화라니. 그 전화기의 발신상대는 왜 하필 나였을까. 생각해보니 033은 서울의 지역번호가 아니었다. 유진이거나 헤어진 여자친구들 중 한 명일 확률이 급격하게 낮아졌다.

나는 남은 라면을 모두 개수대에 버렸다. 찬물을 틀어놓고 돌아서려는데 싱크대 모서리에서 붉은 개미들이 천장을 향해 일렬로 움직이고 있었다. 속도가 제법 빨랐다. 문득 자연 재해를 미리 예감하고 안전지대로 이동하는 동물들의 신비한 능력에 대한 다큐멘터리를 본 기억이 났다. 컴퓨터 모니터에 비친 모습처럼 방바닥이 기우뚱하는 것도 같았다. 나는 개수대에 양손을 짚고 가만히 서 있었다. 바다 한가운데 혼자 둥둥 떠 있는 것처럼 사위가 조용했다.

그때였다. 현관문의 유리가 금방이라도 깨질 듯 심하게 덜컹거렸다. 누군가 문을 두드리고 있었다. 문이 흔들리면서 요란한 쇳소리가 귓전을 때렸다. 나는 비명이 나오려는 것을 억지로 삼켰다. 내가 아무런 반응을 보이지 않자 문 밖에서 걸쭉한 목소리가 들려왔다. 학생, 학생!

문을 열자 엄청난 거구가 김치통을 들고 서 있었다. 개미의 급박한 이동은 바로 이 사람 때문이었나보다. 가히 생태계에 위협을 가할 만한 몸집이었다. 그는 나의 집주인이었다. 집주인은 김치통을 바닥에 내려놓고는 덥석 내 손부터 움켜쥐었다. 두껍고 부드럽고 뜨거운 손이었다. 그는 내 손을 잡은 채 좀처럼 놓아주지 않을 것처럼 아래위로, 좌우로 끊임없이 흔들어댔다.

반갑네, 반가워. 인사가 늦어서 미안해. 나도 오늘에야 집으로 돌아왔거든.

그는 나를 이미 알고 있는 사람인 양 굴었다. 그의 호들갑스런 인사와 몸짓에 어찌할 바를 몰랐다. 그 거대한 몸뚱이에 시선을 두는 것조차 실례일 것 같아 나는 사팔뜨기처럼 화장실 문에만 시선을 고정시킨 채, 예 예, 고개를 수그렸다. 아무리 집주인이라지만 그는 내 의사 따윈 안중에도 없이 방 안으로 몸부터 들이밀었다. 그에게 길을 터주기 위해 싱크대에 몸을 바짝 붙이면서 얼핏 보일러 온도계를 보았다. 그의 등장에 실내 온도가 이 도나 상승해 있었다. 집주인 때문에 내 푸른 태평양의 해수면이 상승했나? 마치 잠수함이 물에 잠기듯 방은 해저의 가장 밑바닥을 향해 천천히 가라앉는 것만 같았다. 집주인의 엄청난 몸무게 때문일지도 몰랐다. 나도 그만 개미 무리를 따라 피신하고 싶은 순간이었다.

집주인은 산지에서 횟감용 물고기를 받아다가 서울 시내의 횟집으로 배달하는 트럭의 운전사였다. 어느 날은 강릉으로, 어느 날은 영덕으로, 어느 날은 목포로 그는 쉼 없이 도로 위를 내달렸다. 매일 아침, 트럭의 수조 속 물고기를 모두 비워낸 뒤에도 그가 집에 들르는 일은 거의 없었다. 보름에 하루 내지 이틀 동안 그는 집에 머물렀다. 그가 물고기들을 횟집 어항에 처넣기 위해 길바닥을 떠돌 때, 텅 빈 집을 지키고 있는 사람은 그의 노모였다.

집주인의 원래 꿈은 횟집 주방장이었다. 막 제대하고 횟집 주방의 보조로 취직했을 때, 일등 주방장은 그의 손을 만져보더니 요리사의 손이 아니라며 장어 씻기는 일만 죽도록 시켰다. 손이 너무 뜨거워 생선의 신선도를 떨어뜨린다는 게 이유였다. 그는 매일 아침 얼음을 가득 채운 대야에 십 분씩 손을 담갔지만, 손의 온도는 식을 줄을 몰랐다. 고작 이 도의 차이가 그의 꿈을 망가뜨렸다. 일 년이 넘도록 장어를 씻고, 장어의 뼈를 고았다. 그러던 어느 날 그는 일하던 횟집에 생선을 공급하는 김씨의 트럭에 무작정 올라탔다. 그날부터 집주인은 양손에 목장갑을 세 개씩 겹쳐 끼고 전국의 바다를 떠돌았다.

자네 아버지가 집세 대신 트럭을 주고 갔지. 자네 아버지에게 고마운 일이 참 많아. 내가 몰던 트럭이 워낙 고물이라 폐차 직전이었거든. 이동시간이 조금만 길어져도 예민한 물고기들은 금방 죽어버려. 차가 워낙 덜컹거려서 말이야.

쉼 없이 떠드는 그의 콧잔등에 송골송골 땀이 맺혔다. 컵에 수돗물을 받아 건네자 그는 단숨에 물을 들이켰다.

이미 들었는지 모르겠지만 자네는 이곳에서 딱 삼 년 동안 살 수 있어. 삼 년을 채우지 않고는 자네 마음대로 이사도 가지 못해. 그게 자네 아버지와 나와의 약속이라네. 고등학교 졸업하고, 한 이 년쯤 대학에 다니다가 군대에 가면 딱 맞을 세월이지. 그러는 동안 자네 부모님도 미국에서 자리잡을 시간을 버는 거 아니겠나? 외롭다 생각하지 말고, 필요한 거 있음 우리 노친네한테 말해. 정신은 말짱한데 몸이 좀 불편해. 여기까지 올라오지는 못하지만 자네가 내려가서 부탁하면 거절할 양반은 아니시라네. 그러니 김치 떨어지면 지체 말고 받아가게.

그는 내게 친절했다. 커다랗고 벌건 얼굴과 잠시도 멈추지 않는 입 때문인지 그는 설레는 것처럼 보였다. 하지만 집주인의 얼굴이 붉게 달아오르고 축축하게 젖어갈수록 내 얼굴은 파리하게 식어갔다. 그의 말을 듣고 있는 동안 문득 이 방이 태평양 한가운데 홀로 떠 있는 배가 아니라 동네 횟집 앞을 지키고 있는 초라한 어항일지도 모른다는 생각이 솟구쳤다. 하지만 속마음과 달리 입 밖으로 나온 건 그저 고맙습니다, 라는 말뿐이었다. 그는 연이은 나의 인사에 흐뭇한 표정을 감추지 못했다. 개사장과 달리 사람의 진심을 꿰뚫는 재주가 그에겐 없는 듯했다.

할 말을 모두 끝낸 집주인은 양손으로 바닥을 짚더니, 끙 하는 소리와 함께 일어섰다. 커다란 고무장화를 구겨신고 그는 현관에서서 숨을 골랐다. 허리 뒤춤에 손을 얹은 채 그가 나를 향해 웃었다. 그러더니 제 이마를 뒤로 나동그라질 정도로 세게 쳤다.

아, 깜빡 잊을 뻔했어. 멸치 말일세. 그건 때 되면 내가 좋은 놈으로 줄 테니까 너무 걱정 말게. 그러고 보면 자네 아버지도 참 유별난 사람이야. 그런 사람도 참 드물어.

그 순간 지구온난화를 유발하고, 횟집 어항에 물고기들을 무참히 쏟아붓는 뚱뚱한 집주인이 마냥 좋아졌다. 내 아버지를 한낱 평범한 대한민국 국민 중의 하나로 취급하지 않고 특별하고 유별난 사람으로 본다는 사실 하나만으로 나는 그가 마음에 들었다. 적의에서 호의로, 내 마음이 변하는 데 걸린 시간은 고작 삼 초에 지나지 않았다.

_무리데쓰까? 무리데쓰!

태화가 들이닥친 것은 얼추 새벽 세시쯤이었다. 전화로 녀석은 무턱대고 술을 마시자며 졸라댔다. 집들이 안 할 거야? 태화의 목소리 너머 공기를 가르는 바람소리와 바람을 헤치고 전진하는 자동차들의 소리가 들렸다. 태화는 아직 밖을 돌아다니고 있었다. 집들이는 무슨, 미카 상이랑 여태 같이 있었냐? 아무리 내가 미카 상과의 일에 대해 물어도 태화는 계속 딴말뿐이었다. 새벽에 술을 찾는 것을 보니 미카 상과 무슨 일이 있긴 있었지 싶어서 나는 못 이기는 척 태화에게 집의 위치를 알려주었다. 어차피 다시 잠들긴 어려웠다.

태화는 금세 옥탑방을 찾아냈다. 학교 앞이니 당연했다. 그런데도 조금 놀라웠다. 신을 벗는 태화에게선 술냄새가 물씬 풍겼다. 손에는 캔맥주와 소주가 가득 들려 있었다.

만생아, 네 방 완전 좋다!

좋기는 개뿔.

입에 발린 소리인 줄 알면서도 어깨가 으쓱했다. 태화가 돈에 목을 매는 이유는 오직 한 가지뿐이다. 졸업과 동시에 제 부모의 살벌한 영역에서 벗어나 독립적인 생활을 누리는 것. 부모에게 신세 지는 일 없이 오로지 스스로 번 돈으로 지갑을 채우고 사는 것. 그리하여 열쇠가 딱 한 개뿐인 집을 얻는 것. 그러니 태화의 입장에서 보면 지금 나의 옥탑방은 태화가 그토록 그리던 유토피아와 진배없었다.

태화에게 이 방이 바라 마지않는 유토피아라면 내게도 당연히 유토피아에 버금가는 파라다이스라고 나는 단정했다. 나와 태화는 겉모습뿐만 아니라 사는 집의 외형과 평수, 형제관계, 아버지의 소득 수준 등 일일이 따지고 들수록 비슷한 점을 찾기 힘들었다. 하지만 나는 늘 태화와 내 처지가 별다를 바 없다고 여겨왔다. 나는 태화의 큰 키를 부러워했고, 태화는 나의 부모를 부러워했다. 우리가 서로에게 부러워하는 딱 한 가지, 그것만으로도 우리는 서로를 질투하거나 시기하지 않기에 충분했다.

이불을 구석으로 대충 밀어놓고 퍼질러 앉았다. 우리는 서로에게 질세라 재빨리 술잔을 쥐었다. 안주는 집주인이 가져다준 김치뿐이었다. 그마저도 시큼한 냄새가 풍겼다. 태화가 얼른 싱크대 서랍을 뒤져 라면을 부쉈다. 술이 목구멍을 타고 식도로 넘어가는 소리와 입안에서 라면 부서지는 소리가 이상할 정도로 크게 들렸다.

방이 너무 조용한 거 아니야?

태화의 말에 텔레비전을 켰다. 너무 시끄러웠다. 태화가 다시 텔레비전을 껐다. 너무 조용한 편이 오히려 견디기 쉬웠다. 그날은 그런 밤이었다. 우리 둘 아닌 다른 사람의 목소리를 듣는 게 유난히 버거운 밤.

태화는 라이터를 켰다 끄기를 반복했다. 그 와중에 계속 한 손으로 입가를 훔치곤 잘근잘근 입술을 깨물었다. 잠시도 입술을 가만두질 못했다. 나는 캔을 들어 맥주가 튈 정도로 일부러 세게 부딪쳤다. 맥주 거품이 솟구쳐 흘러내렸다. 야, 어떻게 됐냐니까! 아무리 눈을 동그랗게 뜨고 협박조로 이맛살을 아래위로 움직여봐도 태화는 좀처럼 이야기를 꺼내지 못했다.

했어?

물론 태화가 고작 몇 시간 만에 거사를 치르고 왔을 리 만무했다. 다만 나로서는 되도록 별일 아닌 것처럼, 썩 궁금하지도 않지만 딱히 할 말이 없어서 던지는 질문인 것처럼 무심히 말을 걸어 태화 스스로 고백하도록 만들어야만 했다. 양쪽 뺨에 홍조를 띠고 있던 태화는 자꾸 뜸을 들이며 대답을 미루었다. 홍조는 부끄럼 때문만은 아닌 것 같았다. 씩씩거리는 숨소리가 태화의 불붙은 속내를 여실히 말해주고 있었다. 태화는 무언가에 잔뜩 화가 난 상태였다.

했냐고!

태화는 또 입술을 닦아내며 자꾸 뜸을 들였다. 도대체 미카 상과 섹스를 했다는 것인지 안 했다는 것인지 나는 궁금해서 미칠 지경이었다.

했냐니까!

내가 같이 가자고 했지?

대답은커녕 돌연 태화는 내게 화를 냈다.

왜 화를 내고 지랄이야? 아줌마들한테 단체로 따먹히기라도 했어?

닥쳐라.

태화가 낮은 목소리로 으름장을 놓았다. 알고 보니 태화가 어영부영 먹혀버린 건 고추가 아니라 입술이었다. 고작 입술 가지고 호들갑은. 나는 담배연기를 내뿜으며 비아냥댔다. 들으면 들을수록 별것도 아닌 일이었다. 굳이 문제가 생겼다면, 태화는 끝내 아니라 부정했지만, 한 번의 키스만으로 태화의 성적 정체성이 무참히 흔들렸다는 데 있었다.

호텔 레스토랑에서 디너뷔페로 식사를 마친 태화와 미카 상, 두 친구들은 한데 우르르 엘리베이터에 몸을 싣고 룸으로 올라갔다. 룸에서 와인과 맥주를 섞어 마시던 네 명은 누가 먼저랄 것 없이 슬슬 취해갔다. 취기가 어느 정도 오른 미카 상의 친구 중 하나가 태화의 허벅지를 꼬집으며 미카 상과 잘해보라고 분위기를 야릇하게 몰고 갔다. 태화는 갑자기 술이 확 깨는 기분이었지만 미카 상만한 단골도 없다는 생각에 예쁜 누나들이 농담도 잘한다며 대충 위기를 모면하려 했다. 그 순간 미카 상도 태화처럼 우스갯소리를 하거나 실없는 웃음을 지으며 화제를 넘겼다면 일은 그쯤에서 정리되었을 테지만, 미카 상은 오히려 한 술 더 떠 태화를 지그시 쳐다보며 속삭이듯 말했다. 태화상, 무리데쓰까?

당연한 일을 그렇게 물어오니 태화는 솔직히 대답할 수가 없었다. 태화가 머뭇거리자 한껏 흥분한 미카 상의 두 친구들이 태화와 미카 상의 어깨를 억지로 맞대며 나란히 앉게 했고, 말없이 그녀들이 하는 대로 순순히 따르고만 있던 태화의 모습에 미카 상 역시 절대로 드러내지 말았어야 할 용기를 불끈 내고야 말았다. 엄밀히 말하자면 키스라고 할 것까지도 없는 두 입술의 경미한 충돌 정도에 불과했으나 태화는 미카 상의 입술이 닿는 순간 겁에 질려버렸다. 허둥지둥 호텔을 빠져나와 정신을 차려보니 팬티에 오줌까지 지렸다는 것이다. 하얏트호텔에서 옥탑방까지 오는 동안 아무래도 자신은 여자에게 어떤 성적 욕망도 느끼지 못하는 잠재적 게이가 아닐까, 고민했다. 여태 동정인 이유도 모두 그 때문인 것 같다며 태화가 울먹였다.

태화야, 혹시 남자가 좋은 게 아니라 여자가 되고 싶은 건 아니지?

장난삼아 던진 말이었는데 태화의 표정이 굳어졌다. 결국 태화는 딱히 누구에게랄 것 없는 욕설을 퍼붓다가 어느 사이 잠에 빠졌다. 태화의 욕설 때문인지 아침이 되도록 나는 잠을 이루지 못했다. 태화 옆에 드러누워 단속반 직원들의 차량 번호들을 속으로 읊어도 보고, 태평양을 떠도는 멸치떼를 떠올리며 세어보기도 했지만 좀처럼 눈이 감기질 않았다. 머릿속에서 태화의 이야기를 되풀이할수록 자꾸 오선이 떠올랐다. 괴로웠다. 오선 역시 그 일본인 남자에게 그런 제안을 받았을지 모른다. 스미마셍, 스미마셍, 연신 사과하면서 오선의 브래지어를 벗겨내기 위해 죽자 살자 덤비는 그 남자의 모습이 눈에 선했다. 아무리 생각해도 태화가 게이인 것보단 차라리 오선이 레즈비언인 게 더 낫겠다. 무리데쓰까?

무리데쓰.

_참 훌륭한 태화 새끼

엄마는 툭하면 내게 말했다. 병신 새끼. 내가 설거지한 밥그릇에 말라붙어 있는 고춧가루를 발견할 때, 물이 주르륵 흘러내리는 걸레를 가져다줄 때, 콩나물 대신 숙주나물을 사와놓고 콩나물값이 오른 것도 몰랐느냐고 엄마에게 막 화를 낼 때, 아무리 열심히 공부해도 중학생 때와 달리 성적이 평균 팔십 점을 넘지 못할 때, 엄마는 나를 두고 제대로 할 줄 아는 게 하나도 없는 병신 새끼라고 내 머리통을 후려갈겼다. 그때마다 날 낳은 사람은 바로 엄마니까 병신은 내가 아니라 엄마 아니냐고, 나는 악에 받쳐 되받아치곤 했다. 엄마라고 마냥 가만히 있지만은 않았다. 낳아준 부모마저 병신으로 만드는 너 같은 자식 따윈 소용없어! 당장 나가!

엄마는 알지 못했다. 엄마 말마따나 내가 제대로 할 줄 아는 게 없을진 몰라도 친구들에게선 똑똑한 놈이라는 소리를 꽤 자주 듣는 사람이라는 것을 말이다. 이래 봬도 나는 제법 아는 게 많다. 예를 들면 갑자기 자신의 성적 취향에 대해 의심을 품는 태화에게 그럴수록 더욱 여자를 가까이하라는 충고를 할 줄 아는 것. 지금쯤 미국에 당도했을 부모에게서 아무 연락도 오지 않음에도 불구하고 무소식이 좋은 소식이라는 옛 어르신들의 말씀을 되새길 줄 아는 것. 냉장고가 없어서 난방이 되지 않는 화장실에 김치통을 보관하는 것. 이처럼 일상생활에 나름의 지혜를 발휘하는 모습을 본 사람들은 나의 지적 수준에 혀를 내두를 것이다.

아침에 일어나 지난밤 우리가 어질러놓은 방을 본 태화는 입을 다물지 못하더니 또 입을 문질러댔다. 주둥이가 아주 퉁퉁 부을 지경인데도 태화는 제 입을 잠시도 가만두질 않았다.

미카 상이 아줌마라서 그래.

이불 위에 망연자실 퍼질러앉아 담배를 꼬나물고 있는 태화에게 내가 위로의 말을 건넸다. 우리의 아침식사는 말보로 두 개비였다. 나름 서양식 조찬이었다.

그러니까 넌 여자를 싫어하는 게 아니라 아줌마를 싫어하는 거라고. 나였다면 아마 그 자리에서 오바이트를 쏟았을 거다.

태화가 내 말이 옳다는 듯이, 응 응, 소리내며 고개를 끄덕였다. 간신히 녀석을 달랬나 했더니 태화가 내게 엉뚱한 말을 던졌다.

근데 만생아, 넌 유진이를 그렇게 싫어하는데도 같이 떡쳤잖아. 그건 어떻게 설명할 거야?

녀석은 빈 캔에 담배꽁초를 쑤셔넣고, 벽에 기대앉아 있던 내게 무릎걸음으로 다가왔다. 아무리 친구라지만 용서할 수 없는 일이란 게 있고, 해서는 안 될 말이라는 게 있다. 지금 태화는 바로 그 금기를 어겼다.

씨팔, 그날은 내가 술에 절어 있었잖아!

나도 어제 술이 머리끝까지 찼었는데?

태화가 제 머리통을 손가락으로 쿡쿡 찔러대더니 정말 손가락에 술이 묻어나기라도 하는지 제 손을 들여다보았다.

출근 안 할 거야? 세수나 해.

유진이랑 할 때 오바이트했어, 안 했어?

좋은 말로 할 때 씻기나 하라고.

나는 태화를 억지로라도 화장실로 밀어넣으려 했지만, 태화는 붙박이기라도 한 것처럼 내 앞에서 비켜나질 않았다. 나도 궁금했다. 나는 왜 유진의 입에 키스를 하고, 유진의 팬티를 벗기고, 유진의 보지 속에 내 자지를 밀어넣을 때 구역질은커녕 감탄에 가까운 신음을 내지르고야 말았는지, 나도 알고 싶었다.

말해봐. 말해보라니까.

태화가 내 무릎을 잡고 흔들었다. 정말로 태화는 게이일지도 몰랐다. 녀석의 손이 축축했다. 손만이 아니라 나를 쳐다보는 눈빛에도 기름기가 좔좔 흘러내렸다. 중학교 이학년 때 처음으로 한 반이 된 이후부터 지금까지, 차근차근 돌이켜보면 태화는 당연하다는 듯이 나와 같은 공고에 진학하고 두말없이 아르바이트 자리를 소개해줬다. 어떤 식으로든 우리는 늘 함께였다. 나와 태화가 절친이라는 관계로 묶여 함께 나눈 시간 동안 태화는 죽 나와 섹스를 하고 싶었던 건 아닐까? 태화의 기다란 몸뚱이에 깔린 내 몸을 떠올리자마자 신물과 함께 구역질이 치밀어올랐다.

태화야, 넌 절대로 게이가 아닐 거야.

태화에게 한 말이라기보단 나 스스로에게 건네는 위로였다. 아무리 아메리카 국적을 둔 부모를 두었다 하더라도 게이 친구를 아무런 편견이나 두려움 없이 받아들이기엔 나라는 인간의 서구화 발달지수가 모자라도 한참 모자랐다. 레즈비언 친구라면 또 모를까.

네가 어떻게 장담해?

네가 그 비키와 제니를 구워삶는 것만 봐도 난 알 수 있지.

태화가 내 옆에 나란히 앉아 벽에 몸을 기댔다. 벽이 살짝 흔들렸다.

만생아, 혹시 모르니까 우리 뽀뽀 한번 해볼래?

미쳤냐?

순간 태화의 싸대기를 후려갈길 뻔했다.

미카 상이랑 할 때랑 너랑 할 때랑 둘 중 언제 더 토하고 싶은

지 알아보고 싶어서 그래.

태화야, 취지는 좋은데 방법이 너무 극단적이다. 나까지 게이로 만들 생각은 아니겠지?

그럼 어떻게 해?

태화가 긴 한숨을 쉬며 무릎에 고개를 묻었다. 설마 울려고?

너 우냐?

대답이 없었다. 이대로 내버려두었다간 태화에게 입술을 내밀어야 할지도 몰랐다. 나는 벌떡 일어나서 태화의 허벅지를 발로 걷어찼다. 태화가 눈물이 잔뜩 괸 눈을 들어 나를 쳐다보았다.

원래 처음엔 다 그래. 유진이랑 할 때 나도 오바이트 겨우 참았어.

결국 거짓말을 하고야 말았다.

진짜야? 구라치는 거 아니지?

당연히 아니지. 근데 몇 번 더 하니까 괜찮더라.

너 유진이랑 한 번만 한 거 아니었어?

죽을래? 자꾸 겁대가리 없이 내 앞에서 유진 유진 하다가 죽는 수가 있다.

그럼 다른 여자?

그래, 딴 여자애들이랑 몇 번 해보면 저절로 좋은 줄 알게 돼.

딴 여자를 어디서 구해?

뭐가 걱정이야? 너한텐 비키도 있고, 제니도 있는데. 오, 우리 태화 완전 글로벌한데?

그제야 태화의 얼굴에 웃음꽃이 폈다. 이때다 싶어 나는 주저리주저리 수다를 떨기 시작하는 녀석을 겨우 화장실로 몰아갔다. 태화의 허벅지와 엉덩이를 발로 마구 찼다. 마침내 태화가 네 발로 기다시피 화장실 안으로 들어갔을 때, 날카로운 비명소리가 들렸다.

으악! 만생아, 너무 추워. 너무 춥다고. 보일러 좀 더 세게 틀어봐.

아무리 실내온도를 높인다고 한들 화장실이 따뜻해지진 않는다. 병신.

입 닫고 씻기나 하시지. 자꾸 지껄이면 보일러 확 꺼버린다.

아무리 보일러를 세게 틀어도 집의 어느 한구석엔 반드시 찬바람이 돌기 마련이라는 것을 태화는 왜 알지 못할까. 아버지와 엄마, 내가 다 같이 살던 집에서는 모든 문지방 근처가 그랬다. 방 안쪽이건 바깥이건 손잡이를 잡고 방문 앞에 서는 자리마다 발바닥이 시렸다. 내 방은 물론이고 안방의 문턱 주위 역시 항상 냉기가 흘러다녔다. 화장실 문 앞도 마찬가지였다. 참다못한 엄마가 모든 방문 앞에 발매트나 수건을 깔아두곤 했었지만 비닐장판 위라 그런지 그것들은 한자리에 가만히 있질 못하고 누군가의 발끝에 차여 한데 엉켜 있기 일쑤였다. 결국 한겨울이면 우리 세 식구는 서로의 방을 드나들 때마다 문턱을 폴짝 뛰어넘거나 웅덩이를 건너듯 가랑이를 한껏 벌려 한걸음에 언 바닥을 넘어서곤 했다. 그래봤자 발바닥은 늘 차가웠지만.

태화가 투덜대며 씻는 동안 난 싱크대 앞에 서서 양치질을 했다. 싱크대는 낮아서 치약 거품을 뱉으려면 엉덩이를 뒤로 죽 빼야 했다. 한참 이를 닦고 있는데 화장실 문이 벌컥 열리며 내 엉덩이를 때렸다. 벗은 옷가지들로 몸뚱이를 대충 가린 태화가 후다닥 밖으로 뛰쳐나왔다. 내가 뭐라 욕할 틈도 없이 녀석은 곧장 이불 속으로 들어가더니 오들오들 떨었다. 이 부딪히는 소리가 이어졌다. 이렇게 추위를 많이 타는 놈이 어떻게 바람막이 하나 없는 거리에 서서 삐끼짓을 하는지, 참.

나는 칫솔을 입에 문 채 태화의 엉덩이를 걷어차주기 위해 성큼성큼 걸어갔다. 태화의 커다란 머리통을 가리고 있던 이불이 벌써 젖어들고 있었다. 물기나 제대로 닦고 나올 것이지. 나는 홧김에 녀석의 허리께를 있는 힘껏 발로 찼다. 태화가 냅다 옆으로 굴렀다. 태화의 커다란 자지가 잠시 하늘을 향해 덜렁거렸다. 게이로 살기엔 참 아까울 정도로 훌륭한 자지가 아닐 수 없었다. 나는 황급히 눈을 돌렸다. 태화에게 부러운 점이 점점 늘어나거나 뺏고 싶은 무언가가 생긴다면 큰일이었다.

_웰컴, 판찡

포터였다. 주인집 식구들과 이층에 세든 사람들이 드나드는 대문 앞에 세워져 있는 것은 정말 아버지의 파란 포터였다. 집주인의 말처럼 포터는 달라져 있었다. 흰 페인트로 칠한 간이수조와 물펌프를 싣고 있었고, 옆에는 '싱싱회수산'이라는 글자까지 달고 있었다. 툭하면 우리 집에 드나들던 태화는 단번에 아버지의 차를 알아보았다.

만생아, 저거 너네 아빠 차 아니야?

맞아.

근데 왜 여기 있어?

저게 바로 내 집세거든.

차라리 포터를 달라고 하지 그랬어?

왜?

포터 타고 놀러 다니면 좋잖아.

운전면허도 없이?

아, 우리 아직 면허증 없지.

나와 태화는 우리가 아직 어른이 아니라는 사실을 잊을 때가 종종 있었다. 운전면허 때문이 아니라 가진 돈이 부족해서 오너 드라이버의 생활을 누리지 못하는 것처럼 말하는 이유 역시 여태 우리가 성년식을 치르지 않았음을 깨닫지 못해서였다. 우리는 이미 화끈한 성인식을 치른 것만 같았다. 내가 유진과 섹스를 한 날, 태화가 어머니를 따라 함바식당에 간 날, 그날들이 바로 그러했다. 나는 사랑 없이도 섹스할 수 있다는 사실을 배우면서, 태화는 섹스를 하지 않는 남녀관계에서도 섹스는 항상 문제가 될 수 있음을 알게 되면서, 우리는 순식간에 어른이 되었다.

스무 살이 되면, 카섹부터 할 거야.

포터를 지나오면서 내가 말했다.

그럼 난 뭐하지?

태화가 아주 진지한 표정으로 내게 물어왔다.

넌 차를 사야지.

난 카섹 안 할 건데?

나한테 빌려줘야지. 안 그러면 내가 어떻게 카섹을 할 수 있겠냐?

야, 태만생! 그건 내 차에 대한 강간이거든.

네 것이 곧 나의 것. 나의 것 또한 너의 것. 아름답잖아?

웃겨. 너나 아름답게 살아라.

골목을 벗어나자 태화가 택시를 세웠다.

부모님은 잘 도착하셨대?

택시 안에서 태화가 물었다.

응.

또 거짓말을 하고야 말았다.

사장은 카운터 안쪽에 다리를 꼬고 앉아 휘파람을 불고 있었다. 얼굴이 유난히 반질거렸다. 무척 기분 좋은 일이라도 있어 보였다. 눈치 빠른 태화가 얼른 그 곁으로 가서 사장님, 오늘따라 젊어 보이시네요, 라며 아부성 멘트를 걸기 시작했다. 사장은 태화의 얼굴을 보더니 울다가 잤나며 눈이 왜 그리 부었느냐고 물었다. 태화가 두 손을 내저으며 아니라고 거듭 소리쳤다. 그럼 라면 먹고 잤어? 사장이 다시 물었다. 태화의 손은 여전히 아니라며 허공을 가로저었지만, 입술은 예, 라고 답하고 있었다. 사장이 태화를 빤히 쳐다보더니 진지하게 물었다.

입술은 또 왜 그래? 누구한테 씹힌 것처럼.

태화가 입술에 침을 바르며 대답했다.

제가 씹었어요.

그러자 사장이 엉큼한 미소를 지었다.

씹힌 게 아니라 빨렸는데?

나는 속으로 계속 감탄사를 연발하는 중이었다. 사장의 말 중 틀린 말이라곤 하나도 찾을 수 없었다. 어젯밤 태화는 눈이 붓도록 울었고, 볼이 미어터지도록 라면을 부숴 먹었으며, 난생처음 입술도 빨렸다. 사장은 보지 않고도 모든 것을 꿰뚫었다. 태화는 어쩔 줄 몰라 발을 동동 굴렀다. 아니에요, 아니에요. 사장이 더 캐묻지도 않았는데 태화는 좀처럼 아니에요, 라는 말을 그만두질 못했다. 으쓱해진 사장이 손가락으로 태화를 가리키며 빙빙 원을 그렸다. 내게 동의를 구하는 듯 그의 얼굴은 나를 향해 있었다. 나는 천천히, 고개를 끄덕여주었다. 맞아요. 태화는 미쳤어요.

사장이 양손을 비비며 나와 태화를 번갈아 보았다. 또 나를 시험하려고 저러나 싶어서 나는 오히려 눈을 크게 뜨고, 어깨를 폈다.

오늘 판 찡 온단다.

사장이 들뜬 이유는 오로지 판 찡 때문이었다.

오랜만에 매출 좀 시원하게 올려보자.

나와 태화의 어깨를 두드리며 사장이 말했다. 사장을 흥분하게 만든 판 찡은 중국인이었다. 이태원의 도매 전문 상인들의 주문에 맞춰 대량생산한 옷들을 납품하는 게 그의 일이었다. 이태원의 보세숍 주인들 중 절반이 그의 옷을 팔았다. 그가 주로 생산하는 옷들은 명품 디자이너들의 복제품이었다. 판 찡의 복제품은 중국에서 이태원까지, 화물택배로 늘 안전하게 이송되었다. 판 찡의 이름으로 발송된 택배 중 문제를 일으킨 것은 단 한 건도 없었다. 바로 그것이 이태원의 상인들이 판 찡과 오랫동안 거래를 맺는 이유였다.

게다가 판 찡은 제법 의리가 있었다. 주요 수입원이 아무래도 이태원 상인들이다보니 판 찡은 명절 전후마다 직원 몇 명을 데리고 와서 제법 큰돈을 쓰고 돌아가곤 했다. 이태원에서 번 돈이니 이태원에서 쓰는 게 인지상정이라는 말을 여기저기 뿌려대면서 말이다. 그때마다 판 찡은 가족들에게 줄 선물로 가짜 명품 백을 수십 개씩 사들였다. 개사장에겐 당연히 일등고객이었다. 태화도 판 찡을 실제로 본 적은 없다고 했다. 개사장에겐 애지중지하는 단골 리스트가 있는데, 판 찡은 그중에서도 상위 십 퍼센트에 속하는 고객인데다 이름까지 특이해서 태화의 기억 속에 남아 있을 뿐이었다. 이름만 들어서는 아무래도 커다란 돼지 한 마리가 올 것 같다고 태화가 중얼거렸다. 판찡판찡, 꼭 돼지 울음소리 같지 않냐? 태화가 내 귀에 대고 속삭였다. 듣고 보니 과연 그랬다.

태화야, 이따가 진여사한테 전화 걸어서 두시까지 가게로 오라고 해.

사장이 가게 문을 열며 태화에게 당부했다. 순간 태화의 표정이 딱딱하게 굳는 것을 나는 놓치지 않았다. 발 빠른 사냥개처럼 재빠르게 계단을 내려가는 소리가 멀어지자 나는 얼른 태화의 안색부터 살폈다. 태화와 눈이 딱 마주쳤다. 녀석은 내 눈치를 살피고 있었다. 진여사가 누구야? 행어에 걸린 가방들을 손으로 쓸면서 내가 물었다. 최대한 무관심한 어투로. 하지만 태화의 답은 글쎄, 나도 잘은 몰라, 였다. 누가 봐도 수상쩍은 대답이었다. 나는 일단 두시까지 기다려보기로 했다. 굳이 태화를 닦달할 필요까진 없었다. 하지만 날카로운 촉수가 쭉쭉 뻗쳐나가는 것만 같은 긴장이 서서히 나를 옥죄어왔다.

창고에 두어 번 다녀왔더니 얼추 두시였다. 진여사보다 판 찡이 먼저 도착했다. 개사장은 판 찡의 품에 안기다시피 해서 가게 안으로 들어섰다. 판 찡의 스포츠형 헤어스타일은 하얀 머리칼에도 늙어 보이기는커녕 강렬하고 정력적으로 보였다. 짙은 쌍꺼풀 아래 검은 눈동자가 커다랬다. 눈에서 예사롭지 않은 기운이 흘러나왔다. 나는 카운터에서 물러나 행어 뒤로 몸을 숨겼다.

형광연둣빛 오리털 파카를 입은 판 찡의 뒤로 검은 옷을 입은 남자 세 명이 따라 들어왔다. 판 찡의 친구라고 하기엔 젊어 보였다. 가까이에서 보니 판 찡의 점퍼가 유독 튀는 색깔이라 알아보지 못했을 뿐 그들이 전부 검은 옷을 입은 것은 아니었다.

한 명은 고동색 코르덴점퍼를, 다른 한 명은 진회색의 짧은 코트를 입고 있었다. 그들 중 유난히 어려 보이는 한 남자만이 무릎을 덮는 검은색 긴 코트를 입고 있었다. 그는 비닐로 꽁꽁 포장된 빨간 캐리어를 끌면서 들어왔다. 마약이라도 들어 있나, 도무지 내용물을 짐작할 수 없는 캐리어의 뒤를 태화가 따르고 있었다.

태화를 보자마자 개사장이 쓸데없이 목소리를 높이며 물었다.

진여사는 왜 이리 늦어?

개사장의 말에 판 찡과 그 무리가 눈을 번득이며 일제히 태화를 쳐다보았다.

금방 오실 겁니다.

태화의 대답에 개사장이 넙죽 그 말을 받았다. 아니 그렇게 보였다. 개사장의 입에선 내가 도무지 알아들을 수 없는 중국어가 흘러나오고 있었다. 중국어를 한마디도 못 하는 내 눈에는 판 찡보다 오히려 개사장이 중국어를 더 잘하는 것처럼 보였다. 조상 중에 청나라 군인이 있는 건 아닐까, 의심스러울 정도였다.

눈치 빠른 태화가 카탈로그를 꺼내 판 찡의 무리에게 한 부씩 나눠주었다. 나는 얼른 판 찡 옆으로 전기난로를 옮겨놓았다. 판 찡과 그 똘마니들이 카탈로그를 보며 물건을 고르는 동안 개사장이 커피와 우롱차를 주문했다. 얼마 지나지 않아 대머리 황마담이 은색 쟁반에 커피와 찻잔을 받쳐들고 가게로 들어섰다. 그의 입에서도 중국어가 쏟아져나왔다. 판 찡이 황마담의 살찐 손을 잡고 흔들어댔다. 겉으로만 보아서는 대머리 황마담이 더 중국인다웠다. 사장이란 호칭도 대머리 황마담에게 더 어울렸다. 황마담이 빈 쟁반을 옆구리에 끼고 막 가게를 나서는 찰나, 계단을 올라오는 구두 굽 소리가 모두의 귓속을 파고들었다. 까르르, 젊은 여자들의 웃음소리도 함께 들렸다.

오렌지색 머리를 높이 올려묶고 이마에 분홍색 헤어밴드를 두른 여자가 니하오, 악을 쓰듯 소리쳤다. 진여사였다. 그녀의 뒤로 늘씬한 여자들이 차례차례 가게 안으로 들어왔다. 입이 쩍 벌어질 정도로 예쁜 여자들이었다. 나도 모르게 침을 삼켰다. 그때 한 여자가 대머리 황마담 옆에 서 있던 태화의 어깨를 툭 쳤다. 태화의 단골인가 싶어서 얼핏 쳐다봤더니, 제기랄, 또 오선이었다. 태화가 행어 뒤에 어정쩡하게 서 있던 나를 손가락으로 가리키자, 오선의 시선이 태화의 손가락을 따라 내게로 향했다.

하이. 오선은 소리없이 입만 벙긋 움직이며 내게 아는 체를 했다. 왜 개사장이 진여사를 찾았을 때 태화가 벌레 씹은 표정을 지었는지 비로소 짐작할 수 있었다. 오선은 검은 코트의 남자에게서 빨간 캐리어의 손잡이를 받아쥐고 커피를 홀짝였다. 이미 나 따윈 안중에도 없었다. 나는 연신 태화만 노려보았다. 태화는 내 시선을 피해 한참 동안 바닥에서 눈을 떼지 못했다. 오선은 짱꼴라 무리에 섞여 잇몸을 내보이며 벙실벙실 웃기에도 바빠 보였다. 내 표정은 점점 똥 씹은 사람처럼 굳어갔다. 뭐가 그리 재밌는지 가게 안의 모든 사람들이 박장대소했다. 오직 나와 태화만이 시종일관 굳은 얼굴이었다. 태화가 억지로라도 오선이나 개사장, 판 찡에게 미소를 지어 보였다면 나는 당장 녀석의 턱을 갈겨줬을 것이다. 다시는 웃음 따윈 지을 수 없도록.

_깜빡 두고 온 물건

판 찡 덕분에 가게 매상이 평소보다 열 배가량 오른 하루였다. 개사장은 판 찡이 주고 간 돈뭉치를 고무줄로 동동 싸맸다. 퇴근길에 근처 환전소에서 환치기를 할 거라고 했다. 모처럼 만지는 목돈에 한껏 들뜬 개사장이 담배를 사서 나와 태화에게 한 갑씩 나눠주었다. 순간 개사장에게 침을 뱉고 싶었지만 나는 넙죽 인사를 하고 돌아섰다. 마음에도 없는 말들을 지껄이고 허리를 굽실거렸더니 기분이 더러웠다. 내 손에서, 입에서, 겨드랑이에서 구린내가 풀풀 풍기는 것만 같았다. 나는 치밀어오르는 분통을 삭이지 못해 집까지 걸어가기로 했다.

가게 밖은 어두컴컴했다. 나는 건물 뒤편 골목길을 에돌아 느릿느릿 걸어갔다. 곧장 집으로 가고 싶지 않았다. 태화가 뒤따라오고 있다는 것쯤 이미 알고 있었지만, 절대로 뒤돌아보지 않았다. 길은 조용했다. 평일의 이태원엔 사람들의 발길이 일찍 끊어진다. 간간이 노란 버스가 지나갔다. 나는 방향을 틀어 좁은 골목으로 들어섰다. 길 입구마다 '청소년 통행금지구역'이라 적힌 팻말이 걸려 있었다. 파출소와 소방서를 지나자 오르막길이 나타났다. 환전, 이라 적힌 유리문들이 즐비했다. 인도요리 전문식당의 입간판을 지나쳤다. A자 형태의 입간판엔 온통 카레 사진뿐이었다. 조금 더 걸어가자 흑인 전용 미용실이 나타났다. 미용실 간판 귀퉁이에 '머리 땋아드립니다, 귀 뚫어드립니다'라고 적혀 있었다. 잠시 그 글자 아래를 서성거렸다. 얼마나 머물렀을까, 사라졌던 태화의 발소리가 들려오자 나는 다시 걸음을 옮겼다.

길은 계속 오르막이었다. 텍사스, 로즈, 판타지. 붓글씨로 쓴 것 같은 허술한 간판들을 지나자 트랜스젠더 클럽들이 네온사인을 반짝이며 나타났다. 클럽 앞에 택시들이 서 있었다. 얼핏 쳐다보니 드레스를 입은 여자들 두서넛이 뒷좌석에 앉아 화장을 고치는 중이었다. 내일이면 벌써 3월의 첫날이지만, 날씨는 아직 쌀쌀했다. 드레스를 입은 여자들의 드러난 어깨가 추워 보였다.

어느새 태화는 나와 나란히 걷고 있었다. 이태원 성당의 담벼락을 따라 함께 움직였다. 그사이 나는 담배를 한 갑이나 피웠다. 태화도 마찬가지였는지 횡단보도 앞에 서자마자 담뱃갑의 포장을 새로 뜯었다. 태화가 불붙인 담배를 내게 건네주었다. 순찰을 하던 미군 헌병 두 명이 나와 태화를 흘깃거렸다. 때마침

신호등의 불이 바뀌어 우리는 아무렇지 않은 척하며 길을 건넜다. 헌병들이 우리를 뒤따라오지는 않았다. 담배를 거의 다 피웠을 무렵 눈송이가 날렸다. 우리는 말없이 옥탑방을 향해 걸었다. 눈송이는 점점 굵어져 태화와 나의 머리 위로 쌓여가고 있었다. 눈 녹은 물이 이마를 타고 등뒤로 흘러내렸다. 뜨거워진 몸이 조금씩 식어갔다. 태화에게 아무 말이라도 건네고 싶었지만, 막상 할 말이 없었다. 집 앞에 도착할 때까지 나와 태화는 서로에게 그 어떤 말도 건넬 수 없었다.

처음엔 잘못 본 줄 알았다. 오선이 옥탑방 앞에서 나를 기다리고 있을 거라곤 생각도 못해본 일이었다. 내 두 눈을 의심했다. 오선이 옥탑방의 주소를 알 리가 없었다. 태화 짓이 분명했다. 하지만 당황하기로 따지자면 태화 역시 나 못지않았다. 오선을 바라보는 태화의 얼굴에서 핏기가 싹 사라졌다. 나는 기운을 낭비하고 싶지 않아서 태화의 연기를 믿어주기로 했다.

오선은 나의 푸른 바다 위에, 가느다란 폿대를 부여잡고 위태롭게 서 있었다. 조난자의 표정이었다.

웬일이냐?

솔직하게 말하자면, 말로 표현할 수 없을 만큼 오선이 반가웠다. 그런데도 입 밖으로 튀어나오는 말들이라곤 죄다 삐뚜름하고 가시를 세운 것들뿐이었다.

짱꼴라 상대하느라 꽤나 바쁘실 줄 알았는데? 한가하신가봐요?

내 말에 약이 오를 법도 한데 오선은 피식, 웃기만 했다. 팽팽하게 부풀어 있던 고무튜브가 천천히 사그라지는 소리에 내 안에 가득 차 있던 오선에 대한 미움마저 바람을 타고 빠져나갔다. 오늘밤 중국 놈과 호텔방에서 뒹굴고 있으리라 확신했던 내 싸구려 상상력이 도리어 미안해졌다. 간밤에 태화와 벌인 술자리를 제대로 치우지 않은 것도 걱정되기 시작했다. 나는 주머니 속의 열쇠만 만지작거리며 차마 문을 열 엄두조차 못 내고 있었다.

태화가 손을 호호, 불며 춥다는 티를 팍팍 냈다. 눈치 없는 놈 같으니라고. 망할 게이 타령을 하느라 내 방을 제일 많이 어지럽힌 장본인이 바로 태화, 너란 것을 벌써 잊은 거니? 나는 말없이 오로지 표정과 눈빛만으로 태화를 나무라고 또 나무랐지만 태화에게선 어떤 반응도 얻어낼 수 없었다. 별수 없이 나는 열쇠를 끼워넣었다. 어깨뼈가 툭 내려앉았다. 문이 열렸다. 태화가 열린 문틈으로 날렵하게 튀어들어갔다. 오선이 엄지손가락을 세워 문을 가리켰다. 아마도 들어가도 되냐는 뜻인 듯했다. 이태원에서 외국인들과 돌아다니더니 보디랭귀지에 통달했나보다. 나도 양손을 벌려 어깨를 으쓱해주었다. 오선과 보디랭귀지를 나누는 잠깐 사이, 태화가 쓰레기들을 한데 쓸어모아 커다란 비닐

봉지에 쑤셔넣고 있었다. 태화에게 더 너그러워져야겠군, 잠시나마 태화를 미워했던 나를 자책했다. 그 순간 태화는 코리아를 통틀어 내게 제일 소중한 사람이었다.

어젯밤, 태화와 내가 피워댄 담배 때문에 방 안의 공기는 탁했다. 오선은 부츠를 벗느라 현관 앞에서 낑낑댔다. 나는 그 앞에 어정쩡하게 서서 말을 걸었다.

술이라도 사올까?

괜찮아, 유진이한테 사오라고 했어.

뭐라고? 유진이도 오냐? 왜? 어떻게? 뭐하러?

당황했는지 나도 모르게 말이 빨라졌다.

왜긴, 집들이하러 왔지. 너희 집 주소도 유진이가 가르쳐줬는데?

유진이 걔가 여길 어떻게 알아?

너희 아버지가 동네에 소문 다 내고 가셨대. 꼭 만생이 집에 놀러 가보라고 사람들한테 신신당부하셨다더라.

아, 이런! 며칠 사이 나는 까맣게 잊고 있었다. 아버지의 전 지구적인, 아니 전 우주적인 오지랖을.

유진을 기다리는 동안 오선은 내 방을 샅샅이 둘러보았다. 비키니옷장을 열어보더니, 빨래통이냐고 물었다. 정말 빨래통이면 좋겠다고 태화가 대신 대답했다. 바로 옆에 놓인 컴퓨터를 보고는 왜 본체와 모니터의 브랜드가 다르냐고 고개를 갸웃했다. 태화가 거들어주었다. 컴퓨터가 속옷이냐? 세트로 사게. 그 말에 버럭 화라도 낼 줄 알았는데 의외로 오선은 키득키득 웃었다. 싱크대 서랍을 열던 오선이 급하게 휴대폰을 꺼내 전화를 걸었다. 유진아, 만생이 집에 숟가락이랑 젓가락이 두 벌씩밖에 없어. 것도 사와. 유진이 무어라 대답하는 소리가 다 들렸다. 가슴이 쿵쾅쿵쾅 거세게 뛰기 시작했다. 태화와 오선만 남겨두고 집 밖으로 냅다 도망치고 싶었다. 오선이 듣는 데서 유진이 또 이상한 질문을 해댈까, 겁이 났다. 나에 대한 오선의 마음이 어떻든 괜스레 오선의 오해를 사고 싶진 않았다.

딱히 뒤질 데가 없는 집구석이라 오선의 만생호 관람은 금방 끝났다. 화장실까지 모두 구경하고 나서야 오선은 벽에 기대어 앉았다. 태화, 나, 그리고 오선, 셋이 나란히 앉아 맞은편 벽을 뚫어져라 바라보았다. 벽은 텅 비어 있었다. 그림이라도 걸어둘 걸 그랬나? 아니면 가족사진이라도. 속으로 후회하고 있던 차에 오선이 마치 내 마음을 읽은 것처럼 말했다.

혼자 살면서 가족사진도 한 장 없네. 꼭 고아가 사는 집 같다.

오선의 말을 들으니 정말로 내가 고아인 것처럼 느껴졌다.

딱 한 권뿐이긴 하지만 우리 세 식구에게도 가족앨범이 있긴 했다. 하지만 요 근래 몇 년 동안 우리 가족은 사진 찍을 일이 없었고, 사진 찍을 일이 없으니 당연히 앨범 들춰볼 일도 없었다. 그 바람에 아버지도 엄마도 심지어 나마저도 앨범 챙길 생각을 하지 못했다. 앨범은 옛집 어딘가에 처박혀 있을 게 틀림없다. 소설가 지망생이 쓰레기통에 처넣기 전에 찾아와야지, 그러지 않으면 영영 잃어버릴지도 몰랐다. 나는 날이 밝자마자 집세도 받을 겸, 두고 온 것은 없는지 확인도 할 겸 내 부모와 함께 살던 구 용산 옛집에 꼭 들러봐야겠다고 다부지게 다짐했다.

오선에게 물어보고 싶은 말들이 많았다. 내가 알기로 오선은 두 자매 중 막내로 태어났다. 비교적 터울이 많이 나는 오선의 언니는 호주로 어학연수를 갔다가 치과의사와 결혼해 아예 시드니에 눌러앉았다. 오선의 아버지는 중소기업의 만년 부장이지만 명예퇴직을 강요당하는 일 없이 그럭저럭 버텨내며 정년퇴직할 날만을 기다리고 있다고 들었다. 아버지와 동갑내기인 오선의 어머니는 마트에서 캐셔 아르바이트를 한다고 했다. 단지 하루가 너무 길다는 이유로 말이다. 내가 오선에 대해서 아는 것은 그게 다였다. 하지만 그 정도의 정보만으로도 오선이 수상한 아르바이트를 해야 할 필요가 없다는 것쯤은 짐작하고도 남았다. 언니가 시집을 간 이후로 오선은 외동딸과 다름없이 금지옥엽 사랑받았고, 딱히 돈이 궁한 사정도 아니라는 걸 알고 있었기 때문에 더욱 그 이유를 헤아리기 어려웠다. 그래서 오선에게 반드시 물어보고 싶었다. 왜 이태원에서 가이드 아르바이트를 하는지, 아직도 공대생을 이상형으로 꼽는지, 마지막으로 잰 키가 몇인지, 그리고 고등학교를 졸업하면 뭐가 되고 싶은지.

모든 질문에는 그에 걸맞는 때가 있기 마련이다. 때와 장소에 맞지 않는 질문을 받은 사람들은 거짓말을 하기 쉽다. 나는 상담실의 담탱이처럼 오선을 내 앞에 앉히고 싶었다. 입이 근질근질했지만 대신 담배를 피웠다. 오선이 술에 취하면 찰거머리처럼 옆에 들러붙어 꼬치꼬치 캐물을 작정이었다. 담뱃갑을 바닥에 내려놓자 오선이 얼른 주워들고는 내게 손을 내밀었다. 내가 어리둥절한 눈으로 쳐다보자 눈짓으로 라이터를 가리켰다.

불만 붙였는데도 담배는 한참 타들어갔다. 진하게 덧바른 화장 때문인지 오선의 눈 밑에 있던 털 난 점은 보이지 않았다. 빨간 매니큐어를 칠한 오선의 손가락 사이에 끼워진 담배를 쳐다보고 있자니 불현듯 옛날 생각이 났다. 그날 오선은 겁 없이 빨아들인 담배 한 모금에도 뒤로 쓰러져 내처 잠만 잤었는데. 나는 내 머리 꼭대기를 쓰다듬었다. 손이 저절로 머리 쪽으로 움직였다. 백육십구 센티미터. 내 키는 그 시절, 그날에만 어울렸다. 태화와 오선 사이에 끼인 내 모습이 무척 어색했다.

오선과 나, 태화가 담배를 두어 개비쯤 더 태우고 나서야 유진이 들어섰다. 양손에 아무것도 없었다. 문 열리는 소리에 두 팔을 벌려 뛰어나갔던 태화가 왜 빈손이냐고 버럭 소리를 지르자, 유진이 한쪽 눈을 찡긋거리며, 아주 천천히 어깨에 둘러메고 있던 가방을 벗었다. 또 그 촌스런 학원 가방이었다. 가방을 바닥에 내려놓음과 동시에 유리병들이 부딪히는 소리가 들렸다. 태화가 유진의 어깨를 가볍게 툭 쳤다. 장난스럽게 눈을 흘기면서. 그 모습에 지난밤 태화가 자신의 성적 정체성을 의심하면서 울던 게 떠올랐다.

세상에. 태화, 오선, 유진이 나를 두고 몸싸움을 벌일지도 모른다는 생각이 퍼뜩 스쳤다. 삼대 일. 이 순간 진정한 남자는 오직 나 하나뿐이지 않은가? 기회였다. 오선에게 나의 매력을 제대로 뽐낼 기회. 오선이 미처 깨닫지 못한 나를 향한 사랑을 단박에 일깨워줄 유일무이한 기회.

방법은 오직 하나, 여자의 질투심을 유발하라.

_몰라, 몰라, 정말 몰라

유진이 사온 건 전부 소주였다. 가방에서 소주병들을 꺼내는 사이, 태화가 화장실에서 김치통을 들고 왔다. 유진과 오선의 얼굴이 동시에 일그러졌다. 내가 김치통 안에다 똥이라도 싼 것처럼 요란스럽게 굴었다. 먹기만 해봐. 내가 으르렁대자 둘은 겨우 젓가락을 들었다. 참다못한 오선이 피자를 시켜먹자고 했다. 소주에 피자가 어울리니? 유진이 면박을 주자 오선은 그제야 메뉴를 족발로 바꿨다. 소주랑 족발이 정말 어울린다고 생각해? 족발을 먹기로 해놓고도 오선은 우리 모두에게 같은 물음을 퍼부었다. 그러면서도 계산은 자기가 하겠다고 큰소리를 쳤다. 피자보단 나아. 나와 태화가 동시에 대답했다. 소주를 보드카라고 생각해봐. 그래도 족발이 어울리니? 오선의 시답잖은 질문에 태화가 지나칠 정도로 친절하고 다정하게 말했다. 족발을 훈제 스테이크라고 생각해. 오선이 계산을 하겠다는 말만 하지 않았어도 태화는 아마 그렇게까지 친절하게 굴진 않았을 것이다. 돈은 사람의 성격마저 바꾼다.

오선이 휴대폰으로 근처에 있는 족발가게 전화번호를 알아냈다. 여기 주소가 뭐야? 오선이 내게 물었다. 용화공고 교문 앞 빨간 벽돌집 옥상. 그것이 내가 알고 있는 주소였다. 다행히 족발가게의 배달원이 알아들었다. 옥탑방까진 아니더라도 몇 번 와본 모양이었다. 그러고 보니 집주인은 족발을 좋아할 것 같은 외모와 몸매를 가졌었다. 족발이 도착하자 소주가 빠른 속도로 비워졌다. 누군가의 휴대폰에서 한시입니다, 라고 외치는 꼬마의 목소리가 들렸다.

족발을 다 먹어치우고 나자 유진이 찜닭을 시켜먹자고 소리쳤다. 벌써 취했는지 태화가 이번엔 자기가 쏘겠다며 설레발을 쳤다. 찜닭집은 용화공고 교문 앞 빨간 벽돌집 옥상을 몰랐다. 하는 수 없이 유진이 옥탑방의 주소를 불러줬다. 찜닭집에서 서비스라고 소주를 두 병이나 주었다. 우리 넷은 서서 박수를 쳤다. 얼결에 배달하는 아저씨도 우리와 함께 박수를 쳐주고 돌아갔다. 세시입니다. 꼬마의 목소리가 조금 전보다 작아져 있었다. 꼬마가 잠자리에 들 시간은 이미 한참 지나 있었다.

나는 잠시 벽에 기대 있었다. 졸음이 몰려왔다. 눈을 감기 전 내가 본 장면은 이러했다. 태화는 찜닭의 당면을 골라 먹고 있었다. 녀석의 주둥이에 온통 양념이 묻어 보기에 추했다. 유진은 소주병을 새로 따서는 병뚜껑에 적힌 숫자를 오선에게 보여주었다. 오선은 유진이 건네준 병뚜껑에 담배를 비벼끄면서 한 손으로 제 입에서 뿜어져나오는 연기를 날려보냈다. 다들 입을 오물거리며 무슨 말인가를 했지만, 내 귀에는 웡웡거리는 소리로밖에 들리지 않았다.

목이 아래로 툭 떨어짐과 동시에 다시 눈을 떴을 때, 내가 본 장면은 좀 전과 완전히 달랐다. 유진은 보이지 않았고, 오선과 태화가 서로의 입술을 빨고 있었다. 나는 눈을 더욱 크게 떴다. 잠이 확 달아났다. 결코 잘못 본 게 아니었다. 태화의 기다란 두 팔이 오선의 허리를 안고 있었다. 오선은 태화의 목을 끌어안고 지그시 눈까지 감은 상태로 태화의 입술에 푹 빠져 있었다. 씨팔. 나는 아주 낮은 목소리로, 태화와 오선을 향해 욕을 뱉었다.

방 안은 조용했다. 긴가민가하는 얼굴로 태화가 고개를 돌려 나를 바라보았다. 나와 눈이 마주치자 태화가 벌떡 일어섰다. 오선은 소주로 입안을 헹궜다. 나는 태화를 향해 소주잔을 던졌다. 잔에 담겨 있던 술이 사방팔방 튀었다. 오선이 허리를 젖혀 잔을 피하더니 내게 미쳤느냐고 악다구니를 썼다. 나는 다시 잔을 던졌다. 술병을 던지고, 젓가락을 던지고, 김치통을 던졌다.

나는 울었다. 엉엉 소리내어 울었다. 단지 화가 났을 뿐인데, 눈물이 쏟아졌다. 장담하건대 그 순간 나는 전혀 슬프지 않았다.

그런데도 나는 아예 바닥에 엎드려 오열했다. 분명 오선 때문이 아니었다. 태화 때문도 아니었다. 내 울음소리가 점점 커지자 놀란 오선이 미안하다며 태화를 붙잡고 허겁지겁 밖으로 나갔다. 알루미늄 찢어지는 소리가 들렸다. 태화와 오선이 밖에서 티격태격했다. 태화가 잠깐만, 잠깐만, 말하는 소리. 오선이 가자, 가자 보채는 소리. 그리고 세상은 잠잠했다. 방 안도 조용했고, 방 밖도 조용했다. 얇은 네 벽도 떨지 않았고, 보일러도 잠시 멈춰 있었다. 오직 나만이 몸을 떨고 있었고, 나만이 아주 커다란 소리를 내고 있었다. 엄마, 엄마.

다시 눈을 떴을 때 방은 이미 깨끗해져 있었다. 벌써 아침이었다. 내 옆엔 유진이 누워 있었다. 내 손은 유진의 브래지어 속에 들어가 있었다. 유진이 잠을 깰세라, 나는 아무 일 없었던 것처럼 은근슬쩍 유진의 가슴을 손에서 놓았다. 유진의 가슴은 몇 년 사이 무척 커져 있어서 막상 놓으려니 아쉬운 마음도 없지 않았다. 그 기척에 유진이 설핏 깨어났는지 오히려 내게 더욱 깊숙이 안겨왔다.

만생아, 난 네가 미워지질 않아.

유진이 내 심장에 대고 속삭였다. 나는 술냄새를 풍기는 입술로 유진의 젖꼭지를 물었다. 유진이 내 머리카락을 쥐어뜯었다. 그것은 나를 말리는 몸짓이 아니었다. 오히려 내 성욕을 더욱 부추기는 행동이었다. 나는 유진의 티셔츠를 벗겼다. 유진이 스스로 바지를 벗는 사이 나는 몸에 걸친 모든 천조각들을 홀딱 벗어버렸다. 그리고 유진의 몸 위로 엎어져버렸다. 유진의 몸이 출렁였다. 내 몸 어딘가가 함께 일렁였다. 유진의 팬티 속은 축축했다. 풋풋한 비린내가 방 안을 가득 채우고 있었다.

나는 유진의 몸속으로 나를 밀어넣었다. 따뜻했다. 수십 마리의 물고기들이 매끄러운 지느러미로 내 고추를 한꺼번에 훑고 지나가는 것 같았다. 나는 유진의 몸속에서 잠시 숨을 골랐다. 유진이 그런 나를 안았다. 내 등 역시 땀에 흠뻑 젖어 있었다. 유진의 몸속에서 꼼짝 않고 있는 동안 고추 끝에서부터 머리끝, 발끝까지 천천히 온몸이 데워졌다. 이번은 확실히 처음과 달랐다. 내가 유진을 아주 천천히, 들이마시고 있었다. 유진 또한 나를 적시고 있었다. 유진에게 젖을수록 내 몸은 뜨거워졌다. 결국 나도 유진을 적셨다. 유진이랑 할 때 어땠느냐고 묻던 태화의 물음에 나는 다시 대답해야만 했다. 태화야, 이건 차마 말로 표현할 수 없는 거란다.

이불 속에서 나는 유진에게 온갖 질문들을 퍼부었다. 모두 오선에게 물어보려고 작정했던 말들이었다.

유진, 학원은 재밌어?

몰라.

유진, 너 키는 몇이야?

몰라.

가슴 사이즈는?

몰라.

공부는 잘돼?

몰라.

유진, 졸업하면 뭐할 거야?

몰라.

커서 뭐가 되고 싶어?

몰라.

유진의 대답은 한결같았다. 몰라. 몰라.

유진, 너 나 무지 좋아하지?

그제야 유진의 대답이 달라졌다.

내가 언제 널 좋아한다고 했니? 싫지 않다고만 했지!

유진이 샐쭉 웃으며 등을 돌렸다. 몇 분쯤 지났을까, 유진의 숨소리가 점점 길어졌다.

유진아? 자?

유진의 등에 몸을 붙이며 살며시 물었다.

응, 자고 있어.

또랑또랑한 목소리가 유진의 곧은 척추를 타고 울려퍼졌다. 미세한 파동이 내게로 전해졌다. 나는 다시 유진의 몸을 끌어안았다. 물컹했다.

_누나, 라고 불러줘

불행하게도 오선 역시 태화에게 아무런 도움이 되어주질 못했다. 태화는 더욱 깊은 고민에 빠졌다. 태화 말마따나 더이상 여자와의 스킨십은 별 의미를 갖지 못했다. 자신의 성적 취향을 제대로 알아내기 위해서 태화는 결심했다. 남자와 키스를 해보기로. 불행 중 다행일지 모르겠지만 만약 남자와의 키스도 태화의 고추를 일으키지 못한다면 태화는 스스로를 발기부전이라 진단하기로 작정했다. 발기부전이라는 말에 나는 태화를 쉽게 용서했다. 이제 와서 태화와 오선의 일로 화를 내봤자 내 꼴만 더 우스워질 따름이었다. 하지만 태화의 간절한 눈빛에도 불구하고 나는 입술을 허락하진 못했다. 하지만 나를 대신해 입술을 빌려줄 사람을 함께 찾아보기로 약속했다.

3월의 첫날, 마수걸이는 미미 형님이었다. 가게 밖 계단이 삽시간에 소란스러워졌다. 나는 말로만 듣던 단속반 직원들이 떼로 들이닥치는 줄 알았다. 차렷 자세로 진열대 앞에 서서 도망이라도 칠까, 궁리하던 차에 가게 문이 벌컥 열렸다. 십 점 만점에 이십 점짜리 여자가 긴 머리를 어깨 뒤로 넘기며 들어섰다. 나는 코피가 터지진 않을까, 얼른 코를 틀어막았다. 어찌해볼 틈도 없이 고추마저 발딱 섰다. 아침에 두 번이나 해놓고도 모자란 나의 사랑스러운 자지 같으니. 내심 자랑스럽기 그지없었다. 나는 발기한 고추를 가리기 위해 선 채로 다리를 꼬았다. 그녀의 뒤로 태화와 근처의 모든 삐끼들이 우르르 달려들어왔다. 모두 헤벌쭉, 혀를 빼물고 있었다.

나는 얼른 그녀에게 의자를 내주었다. 그녀의 스팽글 원피스에서 찬란한 빛이 났다. 화장 솜씨도 보통이 아니었다. 풍성한 인조 속눈썹이 그녀의 쌍꺼풀진 눈 아래에서 파들파들 떨고 있었다. 콧날과 이마 언저리에 펄파우더가 흩뿌려져 있어 더욱 시선을 끌었다. 후각을 마비시키는 향수 냄새도 가히 압권이었다. 그녀가 의자에 앉자마자 대여섯 명이나 되는 시커먼 놈들이 주위를 둘러쌌다. 그중 권투선수 출신이라 별명이 칙칙이인 놈이 그녀의 어깨에 팔을 둘렀다.

형, 오랜만이야.

누나도, 언니도 아니고, 형이라니. 나는 잠시 귀를 의심했다.

여자 역시 당황한 기색이 역력했다. 입술을 오물거리며 기다란 인조 속눈썹을 치켜올렸다. 칙칙이의 말에 다른 놈들까지 여자의 어깨를 툭툭 건드리며 듣기 거북한 감탄사를 쏟아냈다. 우와, 형은 점점 예뻐지네, 형 남자친구 생겼어? 형 하리수랑 친해? 등등의 질문들도 한꺼번에 쏟아졌다. 여자는 들고 있던 작은 파우치로 몰려드는 남자들을 밀어냈다. 그러더니 좌중을 둘러보며 굵고 새된 목소리로 말했다.

내가 누나라고 부르라고 했지!

알았어, 미미 형님.

칙칙이가 깝죽대며 대답하자 여자를 뺀 모두에게서 웃음이 터져나왔다. 미미 형님이 파우치로 부채질을 하며 짜증나, 짜증나, 를 연발했다. 실컷 웃던 태화가 큼큼 헛기침을 하며 미미 형님을 안았다.

언니, 뭐 필요해?

태화가 간드러지게 물었다.

저기 서 있는 오빠.

미미 형님이 가리킨 것은 바로 나, 태만생이었다. 이번엔 나만 빼고 다들 자지러지게 웃어댔다. 어떤 놈은 침까지 질질 흘려대며 웃었다. 형이라는데 막말을 할 수도 없고, 별수 없이 나는 어금니를 깨물며 미스터 미미에게 영업용 미소를 보냈다. 내 미소에 화답하듯 미미 형님이 다섯 손가락을 모두 펼쳐 나를 향해 흔들었다. 그 순간 나는 깨달았다. 태화에게 발기부전을 확인시켜줄 수 있는 유일한 사람이 바로 미미 형님임을 말이다.

알고 보니 미미 형님은 이태원에서 꽤 유명한 사람이었다. 남자로 태어났지만, 몇 번의 수술 끝에 완벽한 여자의 모습으로 거듭났다. 이 정도면 SA급 짝퉁이었다. 여느 여자들보다 얼굴이 반반해진 미미 형님은 곧 가수로 데뷔할 거라고 했다. 그래서 다니던 클럽과 라이브바의 일을 모두 그만두고 엔터테인먼트사에서 보컬 연습을 하며 한 계절을 보냈다고 했다. 보컬 연습보다 댄스 연습에 더 열심일 테지만, 나는 토를 달지 않았다. 사실 나는 사소한 일에 의심을 품거나 남의 일에 이래라 저래라 나서기가 민망할 정도로 행복해하는 중이었다. 유진과 섹스를 해서라기보다 언제라도 유진과 섹스를 할 수 있는 방을 갖고 있다는 사실이 나를 행복하게 만들었다. 모든 사람들의 말을 믿어주고 싶은 날이 있다면, 오늘이 바로 그런 날이었다.

미미 형님은 남자친구에게 선물할 불가리 시계와 구찌 가방을 별다른 고민 없이 얼렁뚱땅 주문했다. 생각보다 일은 복잡하고 어려울지도 모르겠다. 미미 형님의 자신감이 하늘 높은 줄 모르고 뻗쳐 있는데다가 남자친구까지 있으니 고삐리 태화의 어설픈 꼬드김 따위야 코웃음 한 방으로 날려버릴 수도 있는 것이다. 이런 경우일수록 정면 돌파가 필요하다. 나는 창고를 향해 부리나케 뛰어가면서 어떻게 미미 형님을 꼬실까, 머리통을 마구 굴

려댔다. 창고에 다녀오는 동안 악의 서린 장난에 신이 난 다른 삐끼들은 모두 일터로 돌아가고 없었다. 미미 형님은 여전히 파우치를 부채 삼아 달아오른 얼굴을 식히고 있었다..

나는 일부러 가방과 시계를 등뒤로 숨겼다. 가방 줄까요, 말까요? 내가 슬금슬금 뒷걸음질치며 미미 형님과 태화를 놀려대자 처음엔 시큰둥하던 둘도 점점 흥분하기 시작했다. 나를 미친놈처럼 바라보던 미미 형님의 얼굴에도 장난스런 미소가 떠올랐다. 둘은 동시에 나를 향해 몸을 던졌다. 바라던 바였다. 하지만 난 몇 가지 중요한 사실들을 잊고 있었다. 태화와 미미 형님이 나보다 키가 크다는 것과 미미 형님의 영혼은 여자일지 몰라도 육체는 남자라는 것.

둘의 무게와 완력을 이기지 못하고 나는 뒤로 나가떨어졌다. 어머, 어머, 넘어진 사람은 나인데 비명은 미미 형님이 질렀다. 놀란 미미 형님이 나를 가슴팍에 끌어안고 바닥에 앉혔다. 미미 형님의 거대한 실리콘 가슴이 내 얼굴을 마구 짓눌렀다. 숨이 막혔다. 미미 형님의 가슴을 채우고 있는 실리콘들이 내 콧구멍 속으로 녹아들어와 숨통을 틀어막고 있는 것만 같았다. 나는 간신히 입을 열었다.

누나, 가방 가져가려면 태화랑 뽀뽀하고 가요.

뭐라고?

미미 형님이 나를 품에서 놓아주었다.

태화랑 뽀뽀하면 가방 준다고요.

미미 형님이 호호, 웃다가 급기야 껄껄 남자처럼 웃었다. 대신 태화가 엉덩방아를 찧었다.

좋아. 뭐, 그리 어려운 일도 아니야.

미미 형님이 원피스에 묻은 먼지를 털어냈다. 스팽글 몇 개가 반짝반짝 떨어져내렸다. 미미 형님은 퍼질러앉은 태화를 향해 호기롭게 걸어갔다. 태화의 눈이 아주 커다래졌다가 한순간 질끈 감겼다. 미미 형님은 조금의 망설임도 없이 태화의 얼굴을 두 손으로 감싸쥐었다. 미미 형님의 손바닥 안에 태화의 얼굴이 다 가려졌다.

미미 형님의 키스는 정말 끝내줬다. 대대손손 키스의 교본으로 삼고 싶을 만한 테크닉의 정수였다. 미미 형님은 옴짝달싹하지 못하는 태화의 윗입술을 먼저 혀로 적셨다. 그리고 잠시 동안 태화의 윗입술을 물고만 있었다. 태화의 아랫입술이 저절로 젖었다. 미미 형님은 태화의 젖은 아랫입술을 빨았다. 아무 소리도 나지 않게끔 아주 가볍게, 살살. 그리고 태화의 입술 사이로 혀를 집어넣었다. 너무 깊지 않게 혀끝만 살짝 넣어 태화의 윗니를 건드렸다. 빈틈을 메우듯 꼼꼼하게 혀를 놀리는 그 솜씨에 나는 혀를 내둘렀다.

마침내 미미 형님의 혀가 태화의 입속에서 빠져나왔다. 처음 입술 사이로 미끄러져들어갈 때보다 훨씬 느린 속도였다. 갑자기 미미 형님이 태화의 두 빰을 짝, 갈겼다. 태화의 얼굴이 금세 벌겋게 부풀었다. 미련 따윈 없다는 듯 강렬하고 매몰찬 마무리. 키스의 혁명이 따로 없었다. 개사장이 건물 앞을 문지기처럼 지키고 있길 천만다행이지, 만약 우리 꼴을 봤더라면 단칼에 쫓겨나고도 남을 장면이었다.

나는 얼른 태화의 사타구니를 살폈다. 내 물건이야 볼 것도 없이 이미 직립해버린 뒤였다. 태화의 청바지 지퍼 속의 상황은 오리무중, 오직 태화만이 알 일이었다.

_십원도 못 깎아드려요

저녁 무렵이 되면 이태원역을 중심으로 트럭들이 줄을 선다. 바퀴를 네 개씩이나 달고 선 리어카 행상들 옆으로 무럭무럭 김을 피워올리는 트럭들의 주인은 거의 외국인들이다. 태화는 모처럼 곧장 집으로 퇴근을 한다며 버스를 타고 사라졌다. 나는 분홍색 트럭에서 산 샌드위치를 입에 물고 구 용산의 옛집으로 향했다. 집세를 받기 위해서였다. 그 돈으로 유진을 불러내 저녁이라도 사줄 작정으로 나는 서둘러 움직였다.

골목 입구에 서서 바라본 길 안쪽은 컴컴했다. 가로등이 모두 꺼져 있었다. 몇 개는 고장났고, 몇 개는 전력 감축운동으로 아예 켜질 않았다. 하나슈퍼 앞에 서서 나는 잠시 후 맞닥뜨릴 상황을 미리 그려보았다. 당연지사 받아야 할 돈인데 집세 받으러 왔다는 말을 꺼내기가 어려웠다. 오히려 돈을 꾸러 온 듯한 기분이 들어 마음이 무거웠다. 다음달부터는 계좌이체를 해달라고 말해야지. 또 이 짓을 할 순 없어. 나는 주먹을 불끈 쥐며 마음을 다잡았다.

아무리 가로등이 다 꺼져 있다손 치더라도 동네가 너무 조용했다. 불 켜진 집이 단 한 집도 없었다. 좁은 길은 녹아내린 눈 때문에 진창이었다. 나는 신발이 젖을세라 발뒤꿈치를 들고 천천히 어두운 길을 나아갔다. 하나슈퍼와 깔끄미세탁소의 셔터가 내려져 있었다. 휴대폰을 꺼내 시간을 확인했다. 문을 닫기엔 이른 시각이었다. 유진의 집도 마찬가지였다. 공터는 며칠 새 더욱 음산해져 있었다. 처녀아줌마네 집 대문도 굳게 닫혀 있었다. 어느 집에서도 불빛이 새어나오질 않았다. 내 발소리를 들었는지 할머니네 고양이가 낮게 울었다. 101-8번지의 열린 대문 안을 들여다보았지만 역시 아무 기척이 없었다. 할머니가 키우는 고양이와 개 들만이 대문 앞에 웅크리고 앉아 검은 눈을 껌벅거리고 있을 뿐이다. 이상했다. 할머니는 단 한 번도 집을 비운 적이 없다. 고양이와 개 들을 한 끼도 굶기지 않으려면 할머니는 응당 그럴 수밖에 없었다.

101-9번지, 며칠 전까지 우리 세 식구가 옹기종기 모여 살던 옛집만이 흐릿한 불을 밝히며 서 있었다. 순간, 집 안에 아버지와 엄마가 어깨를 붙이고 앉아 텔레비전을 보고 있을 것만 같았다. 아버지는 슬슬 하품을 할 시간이었다. 엄마가 잠옷 바람으로

평대야, 평대야 아버지의 이름을 부르며 부러 장난을 걸 시간이기도 했다. 엄마의 저녁은 늘 비슷비슷한 일과로 이루어져 있었다. 아버지가 잠자리에 들고 난 한밤에야 엄마는 비로소 잠옷을 벗고, 설탕이 듬뿍 들어간 커피를 마시며 기지개를 폈다. 아버지와 내가 잠든 사이 부엌과 거실을 오가며 혼자 외로운 밤을 보냈을 엄마, 어둑해진 집 안 가득 뜨거운 국냄새로 채워졌던 어느 밤이 오늘밤에도 그대로 이어질 것만 같다.

아버지와 엄마 대신 마흔 살의 순진한 소설가 지망생이 문을 열었다. 곱슬곱슬한 머리카락이 눈을 가리고 있었다. 새치들이 검은 머리카락 사이에서 유난히 굽슬거렸다. 그 모습은 허공을 향해 뻗어 있는 말미잘의 촉수와 닮아 있었는데, 움직임 역시 느릿느릿해서 보는 이를 아주 답답하게 만들었다. 방 두 칸에 부엌 겸 거실 하나뿐인 집은 어디든 발 뻗고 누워 있어도 현관까지 오는 데 일 분도 채 걸리지 않는다. 하지만 내가 문을 두드렸을 때 쿵쾅쿵쾅 발소리만 요란하게 울릴 뿐 문은 곧장 열리지 않았다. 오 분 남짓 지났을까. 그는 누구냐고 묻지도 않고 벌컥 문을 열어젖히더니 내게 들어오라는 말도 없이 대뜸 반말로 말문을 뗐다.

왜? 왜? 왜?

굼뜬 행동에 비해 말은 빨랐다.

주인입니다.

무슨 주인인데요?

갑자기 소설가 지망생이 높임말을 썼다. 주인이라는 말이 가진 힘이란 이런 거구나, 나는 감탄했다.

여기 집주인입니다.

내 목소리에도 전과 다른 힘이 실렸다.

돈 받으러 왔어요?

오늘, 1일이잖아요.

나는 눈썹을 상하로 실룩이며 마흔 살의 노총각 앞에서 신나게 깝죽거렸다.

그거야 나도 알고는 있죠. 그럼 일단 들어와봐요.

세입자의 말치고 불순한 기운이 흘렀다. 나는 헛기침을 하며 집주인에 걸맞게끔 나의 태도를 재정비했다. 집 안에 들어서자마자 익숙한 냄새가 났다. 딱히 뭐라고 설명할 수 없는 냄새. 그 냄새는 참 묘했다. 집 안에선 엄마한테서 가장 진한 농도의 그 냄새를 맡을 수 있었고, 집 밖에서는 아빠한테서 가장 진하게 풍겼다. 내게도 그 냄새가 나는지 정확히 알 순 없지만, 이른 아침 교실에서 책가방을 열 때마다 그 냄새가 내 책상 주위로 아련하게 퍼지곤 했다. 안방의 옷장에서 지난 계절에 입었던 외투를 꺼낼 때도 그 냄새가 났다. 그것은 우리 식구의 냄새였다. 내가 옥탑방에서 이삿짐을 풀 때 쏟아졌던 바로 그 냄새.

소설가 지망생은 쿵쿵대는 나를 화장실로 데리고 갔다.

보세요, 세면대가 없잖아요?

대신 세숫대야가 있었다.

세면대만 없는 게 아녜요. 보세요, 휴지걸이도 없어요.

휴지는 변기 뚜껑 위에 올려두면 되었다.

그는 나를 안방으로 끌고 갔다.

자, 잘 보세요. 한쪽 벽에만 못자국이 네 개, 이 방에만 못자국이 총 열한 개, 집 안을 통틀어 못자국이 총 스물아홉 개나 있어요.

달력으로 가리거나 가구를 약간 옮기면 충분히 숨길 수 있는 자국들이었다. 갖은 방법으로 다 가리고 나면 어느 날 문득 벽에 못을 치고 있는 자신을 발견할 수 있을 것이다. 그는 입바람으로 앞머리를 뒤로 넘기려 했다. 머리카락들은 살짝 흔들리기만 할 뿐 여전히 이마를 가리고 있었다. 다시 봐도 말미잘의 촉수와 똑같았다. 그는 신발장 앞으로 나를 데리고 가더니, 신발장 문을 앞으로 잡아당기며 또 입을 열었다.

이것도 그래요. 문을 열려고 하면 통째로 떨어지려고 한다고요.

신발장 안은 텅 비어 있었다. 그가 가진 신발이라곤 현관에 놓인 슬리퍼와 운동화 한 켤레뿐이었다. 신발장 문을 열어볼 일은 전혀 없을 듯했다.

그는 나를 도로 문 앞에 세워두고 말을 이었다.

그래서 말인데, 월세를 조금 깎았으면 좋겠어요.

안 돼요.

말을 하고 보니, 나 스스로가 놀라웠다. 공인중개사로 나서도 손색없을 만큼 노련한 흥정의 기술을 선보이고 있는 나 태만생. 아버지, 엄마, 이 자랑스러운 장면을 보셔야 해요. 기특하다. 아버지의 칭찬이 들렸다. 별것도 아닌 걸로 자랑질이야, 엄마의 애정 섞인 구박도 들렸다.

만원만 깎아줘요.

안 돼요. 서울 시내 어딜 가도 이 돈으로 집 구하기 힘들어요. 게다가 여긴 투룸이라고요. 아직 서울 올라온 지 얼마 안 돼서 잘 모르시나봐요?

그럼 오천원이라도 깎아줘요.

싫어요.

나중에 소설가 되면 만원 더 낼게요.

안 돼요. 정말로 십원도 못 깎아드려요.

서울 사람 참 박정하다더니, 그 말 틀린 거 하나 없구만.

살다보면 아실 거예요. 얼마나 싼 가격에 집을 얻은 건지. 동네 사람들이 물으면 아예 대답하지도 마세요. 다들 엄청 놀라실 걸요.

허풍과 과장을 번갈아가며 겨우 세입자를 설득하고 나자 정말 부동산 업계에 매진해볼까, 하는 생각이 저절로 들었다. 그는 마지못해 안방에서 현금 삼십오만원을 들고 나왔다. 막상 그가 만원짜리 지폐 서른다섯 장을 꼼꼼히 세는 모습을 보니 안쓰러웠다. 내가 너무 팍팍하게 군 건 아닐까, 미안했다. 하지만 나 또한 선불리 그의 말을 들어줄 만한 형편이 아니었다. 아버지에게 보낼 고추장도 사야 했고, 내가 먹을 라면이랑 참치랑 스팸도 사야 했다. 게다가 고추장을 미국까지 부치려면 배송비도 만만치 않을 게 분명한데, 이 마당에 세입자의 주머니 사정을 걱정하는 것은 내게 자비가 아니라 사치였다. 누군가를 동정하고 염려하는 태도는 내게 허세이며, 오만에 다름아니다. 나는 만원을, 하물며 오천원이라도, 십원짜리 동전일지라도 악착같이 내 주머니에 챙겨넣어야만 했다.

나는 그가 내민 삼십오만원을 얼른 바지 주머니에 쑤셔넣었다. 소설가 지망생은 쩝쩝 입맛을 다셨다.

참, 제가 두고 간 물건이 있는데.

말을 다 끝내기도 전에 소설가 지망생이 후다닥 안방으로 뛰어들어갔다. 장롱 문을 여는가 싶더니 한참 동안 부스럭대는 소리가 들려왔다. 나는 안방으로 들어가 함께 앨범을 찾고 싶었지만, 어쩐 일인지 내 두 다리는 예전처럼 편하게 안방으로 들어가지질 않았다. 그를 기다리는 동안 나는 새삼 집 안을 둘러보았다. 텔레비전이 있던 자리는 소설가 지망생의 낡은 컴퓨터가 차지했다. 키보드는 시커먼 때로 뒤덮여 있었다. 그는 어떤 이야기를 쓸까,

잠시 궁금증이 일었다. 썩 재미있는 이야기는 아닐 것 같았다. 그의 소설에도 잔뜩 때가 끼여 있을 거라고, 나는 확신했다.

몇 분 후, 그는 세탁소 비닐커버가 씌워진 옷 한 벌을 들고 나왔다. 가족앨범이 아니었다.

세탁소 아저씨가 주고 갔어요.

투명한 비닐 안으로 보이는 것은 엄마의 빨간 오리털 점퍼와 아버지의 검은 모직 목도리였다. 엄마가 점퍼를 세탁소에 맡기면서 슬쩍 아버지의 목도리를 끼워넣은 모양이었다. 조만간 아버지와 엄마에게서 전화가 걸려오면 치매에 걸린 거 아니냐고 실컷 놀려먹을 생각에 슬며시 웃음이 삐져나왔다. 하지만 막상 엄마 옷을 가슴팍에 끌어안듯 받아드니 나도 모르게 눈물이 솟구쳤다. 바짝 마른 오리털이 내 품 안에서 바스락거렸다. 나는 더듬더듬 장롱 위도 한번 살펴봐달라고 부탁했다. 아마도 앨범이 한 권 있을 거라고, 벌써 안방으로 향하는 그의 등에 대고 힘없이 덧붙였다. 그는 안방에서 한참을 있었다. 다시 거실로 나왔을 때 그의 손에는 아무것도 들려 있질 않았다.

앨범이고 뭐고, 앨범 비슷한 것도 없어요.

그는 두 손바닥을 내게 펼쳐 보였다.

그럴 리가요?

정말로 없다니까.

거기 있을 텐데.

가서 직접 봐요. 진짜 없다니까요. 왜 사람 말을 안 믿어요?

그의 말에 나는 쭈뼛쭈뼛 안방으로 들어섰다. 짙은 고동색에 소나무 문양이 양각된 장롱은 그 자리 그대로였다. 나는 발끝을 세워 장롱 위를 살폈다. 잘 보이지 않았다. 두 발을 굴러 껑충 뛰어올랐다. 찰나에 불과했지만, 아무것도 보이지 않았다. 아버지와 엄마도 나처럼 까맣게 잊은 줄로만 알았는데, 아니었나보다. 장롱 위에 없다면 아마 아버지와 엄마의 캐리어 안에 들어 있을 것이 분명했다.

아버지와 엄마의 결혼식 사진과 내 돌잔치 사진, 그 사진 뒷면에 내가 그린 나비 그림. 어린 내가 서서 오줌을 누고 있는 사진, 그 사진 위에 막 한글을 배운 내가 서투르게 쓴 '아빠'라는 글자, 초등학교 입학식 때 펑펑 울고 있는 나를 찍은 사진과 아버지가 당신이 처음 지은 집 앞에서 삽을 들고 찍은 사진, 그 뒷면에 엄마가 무심코 휘갈겨쓴 누군가의 전화번호. 중학교 입학식 때 레스토랑에서 다 같이 돈가스를 먹으며 찍은 사진, 그날 아버지는 내가 입은 교복과 아주 비슷한 양복을 입고 있었다. 그 모든 기억을 담은 사진들이 아버지와 엄마가 끌고 간 검은 캐리어 안에 들어 있다. 앨범 안에 잘 정리된 나의 과거는 튼튼한 가방 속에 묻혀 아버지와 엄마의 손이 이끄는 대로 훌쩍 미국으로 가버렸다.

나는 꾸벅 인사를 하고 신을 신었다. 더 머물렀다간 내 싱글

침대에 드러누워 발버둥치며 울지도 몰랐다. 막 문을 빠져나가는 나를 붙잡고 그는 대뜸 계좌번호를 물었다. 그사이 나는 아까와는 전혀 다른 생각을 하고 있었다. 추레한 임차인이 내게 어떤 말을 해도 나는 앞으로도 죽 101-9번지를 찾아와 집주인 노릇을 할 참이었다.

아니요, 다음달 1일에 제가 또 올게요.

마흔 살의 소설가 지망생이 뜨악한 얼굴로 나를 쳐다보았다. 아마 나였더라도 그런 표정을 지을 수밖에 없었을 것이다. 거꾸로 소설가 지망생이 나였더라면, 그 역시 나와 같은 말을 했을지도 모른다. 집세를 받으러 온다는 핑계마저 없으면 내가 무슨 수로 옛집에 발을 들일 수 있겠느냐고, 아버지가 남기고 간 못자국을 어떻게 다시 볼 수 있겠느냐고 말이다.

근데 몇살이에요?

나의 늙은 세입자가 어린 집주인의 신상 정보에 뒤늦은 관심을 나타냈다.

스물세 살이요.

그 순간 열아홉 살이라고 솔직하게 말해버리면 그가 화를 낼지도 모른다는 생각이 들었다. 아니면 나를 흠씬 두들겨패서라도 만원을 깎아버리거나. 에잇, 이왕 뻥칠 거, 기왕이면 스물다섯 살이라고 할걸 그랬나? 마음만 먹으면 나는 서른 살, 마흔 살도 될 수 있었다. 나의 유년은 몽땅 미국으로 건너가버렸으니까.

_우리 집 주소는 서울특별시 용산구 한강로 101-9번지가 아니다

대문 밖으로 나온 나는 어두운 골목길의 양 끝을 둘러보았다. 101-10번지가 가장 먼저 눈에 들어왔다. 101-10번지는 대문이 없다. 대신 낮은 담을 쌓고 텃밭을 만들었다. 좁은 텃밭을 일구는 101-10번지의 주인은 일흔 살이 넘은 할아버지이다. 할아버지는 심하진 않지만 중풍을 앓고 있다. 101-10번지에 오기 전까지 전라남도 어느 시골에서 농사를 짓고 살았는데 중풍 때문에 몸의 반쪽이 굳은 뒤부터 서울특별시 용산구 한강로 101-10번지에서 혼자 산다. 간간이 들르는 아들의 말에 따르면 서울로의 이사는 모두 할아버지의 병수발을 위한 피치 못할 선택이었다고 하지만, 종종 할아버지에게서 파를 얻어가곤 하던 동네 사람들은 그 집을 나설 때마다 콧방귀를 뀌었다. 병수발은 무슨, 시체 치우기 쉬우라고 데려다놓은 거지, 뭐.

엄마 역시 같은 말을 내뱉었다. 가끔 이런 말을 덧붙이기도 했다. 아들 키워봤자 아무 소용없다니까. 그때마다 엄마의 형형하게 빛나는 눈은 나를 향해 있었다. 101-10번지 앞에 서자 할아버지의 텃밭에 누렇게 말라비틀어진 파들이 띄엄띄엄 서 있는 게 보였다. 한두 뿌리 정도 캐갈 마음에 할아버지네 집으로 들어가려던 나는 얼른 뒤돌아 섰다. 할아버지의 텃밭 거름은 101-8번지 할머니가 키우는 개들의 똥이라는 이야기를 얼핏 주워들은 기억이 났기 때문이다. 자칫 구린내 나는 파를 송송 썰어 먹을 뻔했다.

나는 이왕 걸음을 옮긴 김에 101-15번지까지 걷기로 했다. 101-11번지에는 사십대 중반의 부부가 산다. 매일 아침 아저씨와 아줌마는 고물상으로 출근한다. 듣자하니 꽤 큰 고물상이라고 했다. 파지와 알루미늄 캔, PET병이나 고철 등등 재활용 쓰레기들을 웬만한 동산 높이가 될 때까지 모은 뒤 일종의 가공 공정을 거쳐 쓸모 있는 자원으로 탈바꿈시키는 곳이라고 들었다. 101-11번지 부부가 현대자원이라 불리는 고물상에 출근하기 시작한 후부터 동네 사람들은 신문지나 종이상자, 빈 병과 깡통 들을 한데 모아 101-11번지에 가져다주었다. 그러면 아저씨는 그때그때의 시세에 맞춰 얼마간의 돈을 쥐여주었다. 푼돈이긴 했지만 주식처럼 시세가 달라지는 재미에 동네 사람들은 101-11번지로 향하는 발걸음을 멈추지 못했다. 파지를 훔치러

온 노숙자들만 아니라면, 아저씨는 언제나 사람들을 반겼다. 물에 젖은 파지만 아니라면, 그들의 손에 들린 고물 또한 한결같이 반겼다. 빈손인 나를 반겨줄지는 미지수였지만 나는 까치발을 하고 101-11번지의 낮은 담장 안을 들여다보았다. 여느 때와 마찬가지로 방수포를 뒤집어쓰고 있는 파지 한 무더기와 커다란 포대자루에 가득 담긴 음료수 캔들이 차곡차곡 쌓여 있었다. 그 중엔 내가 다 풀지 못한 문제집들과 먹다 버린 깡통들도 부지기수일 것이다.

101-12번지에는 마을의 유명인사가 살고 있다. 101-12번지의 대문은 원래 제 색을 알아볼 수 없을 만큼 온갖 스티커들로 뒤덮여 있다. 자세히 살펴보면 중국집, 치킨 전문점, 피자가게 등등 배달 식당 스티커들뿐만 아니라 대리운전, 과외 안내, 대출업체 스티커까지, 별의별 게 다 붙어 있어서 도리어 알록달록 예뻐 보일 때도 많았다. 그 스티커들의 대부분은 우리 집 냉장고에도 붙어 있던 것이지만 몇몇은 아저씨가 일하던 가게의 홍보용 스티커이다. 아저씨가 유명인사가 된 건 텔레비전 프로그램에 출연했기 때문인데, 섭외 이유가 아주 간단했다. 아저씨가 하루 종일 쉼없이 일하기 때문이다.

텔레비전에서 본 아저씨의 일과는 이러하다. 새벽 네시 기상, 다섯시 반까지 신문을 배달하고 여덟시까지 독서실 청소를 한 뒤, 열한시까지 기사식당에서 설거지를 하고, 두시까지 마트에서 짐을 나르고, 다섯시까지 어린이집 통학 차량을 운전한 다음 아홉시까지 중국집에서 음식을 배달하고, 열두시까지 대리운전을 한 다음 새벽 두시까지 목욕탕 청소를 한다. 그리고 집으로 돌아와 두 시간 남짓 짧은 잠을 청한다. 아저씨가 온종일 일을 하는 이유는 매우 간단하다. 빚이 아주 많기 때문이다. 아저씨의 아내는 넷씩이나 되는 자식들을 뒷바라지하느라 바깥일을 할 짬이 없다. 그래서 빚은 모두 아저씨의 몫이 되었다. 방송국 리포터가 계산기를 두드려가며 갖은 숫자를 더하고 나눈 결과에 따르면 아저씨는 앞으로도 십이 년이나 더 같은 일과를 반복해야 남은 빚을 청산할 수 있었다. 간단하게 보이지 않는 삶이었다.

101-13번지엔 101-12번지와 다르게 아무도 모르는 사람이 살고 있다. 매일 저녁 그 집엔 환한 불이 켜지지만 동네 사람들 중 101-13번지에 사는 사람을 만난 이는 아무도 없다. 몇식구가 그 집에 사는지도 확실하지 않다. 다만 매일 정해진 시간에 불이 켜지고, 같은 시간에 불이 꺼지는 것으로 보아 정신병자에 가까운 결벽증자가 한 명쯤 살고 있으리라 짐작할 따름이다. 그 집 대문엔 '개 조심, 물려도 책임지지 않음'이라고 적힌 팻말이 하나 걸려 있는데, 사실 그 집엔 개도 없다. 그래서 동네 사람들은 정체를 알 수 없는 101-13번지의 주인이 아마 우리 모두가 조심해야 할 개가 아니겠냐고 의심했다.

101-14번지는 빈집이다. 대전에 사는 어느 돈 많은 아줌마가

재개발 소문을 듣고 일찌감치 사둔 거라고 했다. 101-14번지의 주인은 일 년에 서너 번씩 서울 용산구 한강로 101-1번지에서부터 15번지에 사는 모든 사람들에게 편지를 보낸다. 그 편지의 내용은 매번 이렇다. 보다 급진적이고 효율적인 재개발사업을 촉진시키기 위해 한강로에 사는 주민들이 일심동체하여 재개발 시행업체 확정에 보다 긍정적인 관심을 갖고 적극적으로 동참하길 촉구합니다. 하지만 그 편지들은 뜯기지도 않은 채 날짜 지난 신문들 틈에 끼여 101-11번지의 마당에 쌓일 뿐이었다. 진짜로 우표값이 아깝다.

골목길 맨 끝집인 101-15번지는 정다방의 레지 아가씨들의 기숙사로 쓰인다. 정다방의 레지 아가씨들은 고작 백 미터 남짓한 골목길을 지날 때에도 항상 오토바이를 타고 오간다. 해가 머리 꼭대기에 걸릴 무렵 그녀들은 뿔뿔 귀여운 엔진 소리를 골목길에 남기며 출근한다. 그녀들의 오토바이 소리를 들을 때면 사람들은 저도 모르게 가스레인지 앞에 서서 물을 끓인다. 뿔뿔, 그 소리에 달달한 커피 한 잔이 괜스레 당기는 것이다. 내가 유심히 살펴본 결과 101-15번지엔 총 세 명의 아가씨들이 살고 있다. 아니 정확하게 말하자면 한 명의 청소년과 한 명의 아가씨와 한 명의 아줌마가 살고 있다. 청소년처럼 보이는 한 명은 내 또래가 확실하다. 귀밑까지 오는 머리카락을 뽀글뽀글 말고 다니는 것도 볼썽사나운데 툭하면 빨간 스타킹에 초록색 구두를 신고 다닌다. 아무리 스타벅스가 아닌 정다방에 소속된 레지라지만 촌스럽기 그지없는 스타일링이 아닐 수 없다. 그래도 배달은 제일 자주 나가는 모양인지 골목길에서 꽤나 마주치곤 하는데 그때마다 경상도 사투리를 팍팍 써가며 내게 아는 체를 한다. 오빠야! 심지어 내 아버지에게도 오빠야!

101-15번지의 또다른 거주민 중 아줌마로 분류되는 한 사람은 정다방의 주방장이다. 아줌마는 누가 시키지도 않는데 가끔씩 이 집 저 집 돌아다니며 정다방을 홍보하고 다닌다. 커다란 보온병에 직접 탄 커피를 담아와 닫힌 대문을 두드린다. 이런 커피는 전국 어딜 가도 못 마셔요. 이웃끼리 커피 한잔은 나눠 마셔야지요. 뭐 그런 말을 입에 달고서는 서슬 퍼런 안주인들을 물리치고 남의 집 대문 안으로 겁 없이 들어서곤 한다. 101-15번지 아줌마에게 우리 집만큼 발 들이기 쉬웠던 곳도 없었을 거다. 한낮 동안 엄마는 퍼질러 자고 있기 일쑤였으니 아버지는 한 치의 고민도 없이 활짝 문을 열고 아줌마의 보온병을 반겼다. 정다방의 주방장 아줌마가 처음 우리 집을 방문한 날, 아버지는 아줌마가 따라준 달짝지근한 커피를 마시며 몽롱한 눈빛으로 감탄사를 남발했다. 정말 전국 어딜 가도 못 마실 커피네요. 커피 한잔을 마시는 동안 아버지는 같은 말을 열댓 번씩이나 내뱉었다. 신이 난 아줌마가 나를 보고 총각도 한잔 마셔봐, 라고 했을 때 나는 아줌마의 보온병을 발로 걷어차고 싶었다. 이래 봬도 총각

딱지 뗀 지가 언제인데. 비록 아줌마의 우리 집 방문은 단 한 번에 그쳤지만 아버지는 종종 정다방에 가서 황금비율로 배합한 커피를 홀짝였을 게 분명하다. 그러니 아줌마가 정다방 홍보를 위해 굳이 101-9번지를 재방문할 필요가 없는 것이다.

101-15번지 거주민 중 유일한 아가씨는 절대로 오토바이를 손수 몰지 않는다. 출퇴근길엔 늘 뒷자리에 앉아 있으며, 배달하러 나갈 땐 정다방에 하나밖에 없는 빨간 마티즈를 탄다. 그녀의 전담 지역은 주로 철길 건너 오피스텔 밀집 지역인 듯했다. 한낮 그녀의 마티즈는 철길 너머를 향해 쌩쌩 달린다. 마티즈의 열린 차창 안으로 그녀의 모습이 보일 때마다 나는 가슴을 움켜쥐었다. 사시사철 어깨를 드러낸 옷을 입고, 맨다리에 미니스커트만 입는 그녀를 좋아하지 않을 사람은 코리아 어느 땅에도 없을 것이다. 그러니 그녀가 철길 건너까지 샷을 추가한 아메리카노도 아닌 인스턴트커피를 수시로 나르는 게 아니겠는가? 나는 그녀의 존재만으로도 내가 사는 동네가 자랑스러웠다.

나는 101-15번지 앞에 서서 혹시 그녀의 목소리가 들리지 않을까, 귀를 세웠다. 하지만 다른 집과 마찬가지로 불은 꺼져 있었고, 아무 소리도 새어나오지 않았다. 나는 골목길을 되돌아 나오면서 언젠가 철길 건너 오피스텔에서 그녀에게 커피를 주문할 날이 오리라, 행복한 상상을 해보았다. 그것은 주머니에 있는 현금 삼십오만원으로 내가 꿀 수 있는 가장 근사한 꿈이었다. 생각해보면 그 꿈에 이미 한 발짝 가까이 다가선 것이나 진배없었다. 나는 이미 누구보다 먼저 서울특별시 용산구 한강로라 불리는 이 좁은 골목길을 떠났으니 말이다.

_함께 걷다가 안고 가다

길은 여전히 어두웠다. 벌써 자정이 가까워져 있었다. 컴컴한 골목길을 빠져나오는데 흰 개 한 마리가 나를 따라왔다. 101-8번지 할머니가 키우던 개들 중 한 마리였다. 한때 우리 집에서 키웠던 그 녀석일지도 몰랐다. 아버지와 엄마는 잠시나마 그 개를 봄, 봄이라 불렀었다.

봄은 암놈이었다. 봄, 밥 먹자. 엄마가 잠옷을 입은 채 냉장고를 뒤지며 봄을 부르던 게 생각났다. 봄, 이리 와. 잠든 엄마를 보채는 봄을 부르던 아버지의 목소리도 귓가를 맴돌았다. 지나치게 엄마를 자주 깨우지만 않았더라도, 엄마의 요 위에 붉은 핏자국만 남기지 않았더라도, 봄은 다시 할머니 집으로 되돌아가지 않고 우리 집에서 나와 함께 살았을 것이다. 아마 그랬다면 우리 집은 안팎으로 봄을 부르는 소리가 넘쳐흘렀을 텐데.

봄.

녀석이 꼬리를 쳤다. 정말 봄일지도 모를 일이었다. 할머니네 개들은 다 비슷비슷하게 생겼다. 몇 번 대문 앞에 서서 봄을 불러본 적이 있었다. 몇 놈들이 쳐다보았지만, 그중 어느 개가 봄인지 나는 가려내지 못했다.

봄, 집으로 돌아가.

봄은 내 말에 아랑곳하지 않고 내 뒤를 계속 따라왔다. 슬슬 신경이 쓰이기 시작했다.

할머니 곧 오실 거야. 얼른 돌아가.

봄이 잠시 멈칫했다. 길은 너무 어두웠고, 인기척이라곤 찾아볼 수 없었다. 봄은 내 발치를 맴돌며 꼬리를 흔들었다. 봄의 동행은 나를 적잖이 안심시켜주었다. 그나마 봄이라도 기척을 내니, 동네를 감싸고 있는 이 이상하리만치 오래 지속되는 정적이 덜 무서웠다. 나는 유진을 불러낼 작정으로 유진의 집 앞에 서서 전화를 걸었다. 주머니 속에 든 돈을 만지작거리면서 유진이 전화를 받기만 기다렸다. 유진이라면 알고 있을 것이다. 오늘따라 동네 곳곳에 두텁게 진을 치고 있는 어둠과 모든 집들이 그 어둠 속에 입 다물고 잠겨 있는 이유를.

신호음이 길어졌다. 일 초 이 초 지나는 사이 기분이 점점 더러워졌다. 유진은 전화를 받지 않았다. 아침에 헤어지고 아직 하루도 지나지 않았는데 망할, 내 전화를 씹다니, 밤새도록 유진의 손에 놀아난 기분이었다. 나는 발끝으로 땅바닥을 철퍽철퍽 소리나게 찼다. 유진의 귀에 들리기를 바라는 마음으로 퉤, 퉤 침도 뱉었다. 뭐가 그리 신났는지 봄이 펄쩍펄쩍 뛰어다녔다.

생각할수록 화가 났다. 유진은 내게 하루 종일 문자 한 통 보내질 않았다. 아침에 유진과 있었던 시간을 천천히 되새겨보았다. 내가 너무 좋아하는 티를 내진 않았나, 점검하며 매 장면과 그 순간에 오갔던 말들을 다시금 떠올려보았다. 딱히 거슬리는 일은 없었다. 단 하나 마음에 걸리는 게 있다면, 유진과 두 번의 섹스를 나누었다는 것이다. 지금 유진은 기고만장해선 나와의 일을 떠벌리고 다니고 있는지도 몰랐다. 괜히 유진에게 자냐고 물어봤다. 나쁜 계집애. 잔다는 애가 대답을 할 건 뭐람. 하기야 어차피 소문이 날 거라면 한 번보다 두 번이 낫지.

하나슈퍼 앞에 서서 담배를 피웠다. 이대로 옥탑방으로 돌아가고 싶진 않았다. 휴대폰을 꺼내 최근 통화목록을 훑어보았다. 유진, 태화, 태화, 태화. 발신목록엔 유진밖에 없었고, 수신목록엔 태화뿐이었다. 그리고 033으로 시작하는 정체불명의 전화번호 하나.

나는 휴대폰에 저장된 전화번호부를 불러냈다. 아버지와 엄마의 이름으로 저장된 번호들을 들여다보았다. 이제 이 번호들은 아무 쓸모가 없다. 이제 이 번호들은 잘못 거신 전화번호에 불과하다. 더이상 코리아에서 아버지를 수신할 수 있는 숫자들은 존재하질 않는다. 아버지 스스로 삭제해버렸다. 머지않아 내게 아버지의 목소리를 실어다줄 전화번호는 미국의 국가 코드로 시작할 것이다.

불 꺼진 하나슈퍼의 유리창 안을 들여다보던 차에 유진에게서 전화가 걸려왔다. 이럴 줄 알았다. 유진이 무슨 생각으로, 어떤 계산을 하며 내 전화를 받지 않았는지 충분히 알 만했다. 이럴 때 상대방이 한 행동을 똑같이 따라 하는 것은 연애 초보자들이나 하는 짓이다. 오히려 상대방의 행동에 숨은 저의를 이미 다 알고 있었음을 노골적으로 밝히는 것이 더 세련된 태도이다. 밀고 당기는 전략 따위 너무 유치하지 않나? 그런 눈치싸움은 중딩들이나 하는 거야. 대충 이렇게만 말해도 대개의 여자들은 화들짝 놀라며 나를 자신보다 월등한 사람으로 여기기 마련이다. 절대로 내게 얕은 속임수를 쓰거나 금방 들키고 말 거짓말 따위를 하지 않는다. 오히려 시키지도 않은 오빠, 라는 말을 저절로 남발하게 되어 있다. 홍유진, 넌 나한테 딱 걸렸어.

어이, 홍유진.

수화기 너머 유진은 훌쩍이고 있었다. 내 이름을 부르는 목소리가 기계음처럼 뚝, 뚝 끊어졌다. 만. 생. 아. 나는 곧바로 대답할 수 없었다. 만. 생. 아. 그것은 누군가 내 이름을 뚝뚝 부러뜨리는 것 같은 부름이었다. 그 누군가가 유진이라는 게 참을 수 없었다. 나는 잠시 숨을 죽였다.

할머니가 돌아가셨어.

이어지는 유진의 말에 참았던 숨이 한꺼번에 쏟아져나왔다.

할머니라니?

너희 옆집 할머니 말이야.

101-8번지의 주황색 지붕과 회색으로 칠해진 벽과 잿빛 대문, 수건으로 둘둘 목을 감고 나를 향해 서 있던 할머니의 모습이 빠르게 눈앞을 스쳐 지나갔다. 그날 할머니가 내게 무슨 말을 했던가? 여긴 사람이 살 데가 아니라고 하지 않았었나? 느닷없이 주인을 잃은 개와 고양이 들이 울고 있는 이 골목길이? 아니면 아버지와 엄마가 떠난 미국이라는 땅이? 그것도 아니라면 여기 할머니의 집이? 할머니가 어딜 가리켜 그런 말을 했었는지, 가물가물했다. 며칠 전 할머니가 때린 이마를 다시 어루만졌다. 혹이 난 줄도 몰랐는데 볼록하니 솟아올라 있다. 만져보니 쿡쿡 쑤셨다.

어쩌다가?

동사라나봐.

동사라니, 순간 그 말의 뜻이 너무나 생소하게 느껴졌다. 봄이 내 복사뼈 근처에 차가운 코를 문질렀다.

너도 병원으로 와. 병원 지하 장례식장으로 오면 돼. 여기 동네 사람들 다 모여 있어.

아니, 난 못 갈 것 같아.

만생아.

정말이야. 난 못 가.

할머니의 죽음이 슬프지 않아서가 아니었다. 할머니의 죽음을 믿을 수가 없기 때문도 아니었다. 내가 할머니의 장례식장에 갈 수 없었던 유일한 이유는, 그 순간 내가 혼자였기 때문이다. 죽음은 내가 한 번도 겪지 못한 일이다. 그토록 낯설고, 어리둥절하고, 쓸쓸한 일에 나와 함께 가줄 사람이 없다는 그 또렷한 자각이 나를 할머니의 장례식장으로 가지 못하게 막아섰다. 아버지가 있었더라면 나는 지금쯤 아버지의 투박한 손에 이끌려 할머니 영정 앞에 절을 올렸을 것이다. 하지만 지금은 억지로 내 손을 잡아끌 사람이 아무도 없다. 컴컴한 지하 영안실을 스스로 찾아간다는 건 내게 너무 버거운 일이었다. 게다가 그곳엔 돌연 미국으로 떠난 아버지와 엄마의 안부를 물어올 사람들이 한자리에 모여 있다. 나는 그 물음에 대한 그 어떤 대답도 갖고 있질 않았다.

나는 할머니를 떠올리려 애썼다. 옷으로 가려지지 않는 맨살을 항상 수건으로 꽁꽁 가리고 다니던 할머니가 결국 추위를 이기지 못해 죽었다는 생각에 화가 났다. 게다가 지금은 3월이었다. 한 주만 지나도 기온은 영상의 자리를 되찾을 것이었다. 물론 재수에 옴이 붙으면 내 아버지처럼 4월을 코앞에 두고도 시멘트를 가르는 지랄 같은 한파에 속수무책 당하는 수도 있지만 말이다.

홧김에 입고 있던 점퍼를 벗었다. 순식간에 목덜미가 얼얼해졌다. 점퍼를 허리에 묶고 어두운 하늘의 이쪽 끝과 저쪽 끝을 노려보았다. 시베리아의 한랭전선이 내 목을 머플러처럼 칭칭 감아도 죽지 않을 자신이 내겐 있었다. 나는 하나슈퍼 앞에 쭈그리고 앉아 뜨거운 숨을 내쉬었다. 봄이 내 신발에 제 얼굴을 문질러댔다. 봄을 이대로 두고 간다면, 떠돌이 유기견이 되어 먹이를 구걸하다가 어느 자동차에 치여 죽거나 할머니처럼 동사할지도 몰랐다. 그것은 봄이라는 이름을 가진 개에게 어울리는 죽음이 아니었다. 나는 봄을 엄마의 오리털 점퍼로 둘둘 말아 품에 안았다. 가벼웠다. 그 가벼움이 내 마음을 더욱 무겁게 만들었다.

옥탑방으로 돌아와보니 포터가 없었다. 집주인은 핸들을 부여잡고 또 어느 바다를 향해 떠나버렸다. 지금쯤 서울에서 꽤 멀어졌을 것이다. 집주인의 노모가 사는 일층은 이미 불이 꺼져 있었다. 조만간 김치를 얻기 위해 저 문을 두드려야 할지도 모른다. 반찬이라곤 김치밖에 없으니 금방 동이 날 만도 했다. 그나저나 아버지에게 보낼 멸치를 가져다주기로 한 약속을 잊지 말아야 할 텐데. 나는 속으로 가만가만 아버지를 불렀다. 아버지. 지금쯤 아버지는 미국 어디쯤에서 멸치 비늘을 잇새에 끼운 채 시멘트에 물을 붓고 있을 것이다. 아마 엄마는 아버지 옆에서 도배용 붓을 신나게 빨고 있을 것이다. 아, 엄마. 노래가사가 적힌 벽을 지나 옥탑방으로 이어진 계단을 오르며 이번엔 소리 내어 엄마를 불러보았다. 코리아 땅에서 매일 엄마를 괴롭혔던 한낮의 어지러운 꿈은 이미 잊은 지 오래겠지. 아버지 그리고 엄마. 내가 어떤 식으로 그 누구를 불러도 나의 푸르고 단단한 바다엔 파도 한 점 일지 않았다.

_떠올리기 싫은 기억들 중 첫번째를 제외한 나머지

봄을 방 안에 풀어놓고, 나는 가족앨범의 페이지들을 기억해내려 애썼다. 그리 어려운 일은 아니었다. 엄마는 사진들을 시간 순서대로 정리했고, 사진은 그리 많지 않았다. 우리 가족이 카메라 앞에 섰던 순간들을 나는 지금 눈앞에서 보고 있는 것처럼 차례차례 묘사할 수 있다. 적어도 초등학교 입학 후의 사진들에 한해서라면 그러하다. 하지만 그 이전의 사진들에 대한 기억은 어렴풋해서 설명하기가 쉽지 않다. 어린 시절의 사진을 보면 나는 늘 울상이거나 무언가에 잔뜩 화가 난 표정이다. 아버지와 엄마는 아마도 내가 울거나 화를 낼 때만 귀엽다고 여긴 것 같다.

앨범의 맨 첫 장에 끼워진 사진은 단연코 아버지와 엄마의 결혼식 사진이다. 아버지 나이 서른하나, 엄마 나이 스물셋. 흑백 사진이긴 하지만 엄마의 눈화장은 엉망진창으로 번져 있다. 엄마의 뱃속에는 삼 개월 된 내가 들어 있다. 엄마가 왜 아버지와 결혼식을 올리기도 전에 나를 뱄는지에 대해선 여러 가지 이야기가 있다. 물론 엄마는 사진 속에 내가 없다고 주장한다. 내가 칠삭둥이라는 것이다. 하지만 그건 사람들이 정색하고 물어볼 때나 하는 대답이고, 가끔 엄마가 옛 기억에 젖어 스치듯 내뱉는 이야기는 좀 다르다. 예컨대 이런 말들. 아니, 어떻게 뱃속에서 열 달 지낸 애가 남들 백일짜리만하냐고. 뱃속에서 머리카락이 얼마나 길게 자랐던지 나중에 날 때 보니까 제 입에 아예 물고 나왔더라니까. 엄마가 101-7번지 아줌마와 수다를 떨 때 내가 있는 줄도 모르고 떠벌린 말들이다. 그러니까 내가 칠삭둥이라는 건 애당초 불가능한 일인 거고. 그렇다면 아버지의 이야기가 가장 진실에 가까울 수밖에 없는 셈인데, 나는 그 이야기가 도무지 마음에 들지 않는다.

엄마는 원래 중국집 딸이었다. 아버지는 그 중국집의 배달 청년이었다. 어느 날, 그 근처에서 셋방살이를 하던 아버지는 김치 좀 주면 안 되겠냐는 멘트 하나만으로 오빠오빠 따르던 주인집 어린 딸을 꼬드겨내는 데 성공했다. 탕수육과 깐풍기를 된장찌개보다 자주 먹고 살던 스물세 살의 엄마는 김치를 싸들고 아버지의 자취방으로 제 발로 기어들어갔다. 물론 엄마가 아버지에게 김치를 가져다주기 전까지 주목할 만한 몇몇 일화들이 있다.

아버지가 엄마에게 머리핀을 사다준 이야기, 엄마를 오토바이 뒤에 태우고 시속 육십 킬로미터로 한강변을 달린 이야기, 자장면은 너무 지겹다고 소리치며 식탁 위로 젓가락을 내던진 용감무쌍한 엄마에게 부랴부랴 김치볶음밥을 만들어준 이야기. 그런 이야기들 뒤에 아버지의 음흉한 속셈이 도사리고 있는 줄 엄마는 나를 낳고서야 깨달았다고 한다.

그놈의 망할 김치 한 통 때문에 나를 임신한 엄마는 아버지의 뒤만 졸졸 따라다녔다. 싫지 않았다는 이야기이다. 그 바람에 엄마와 아버지는 빈털터리로 중국집에서 쫓겨났다. 아버지는 일터를 잃은 것에 불과했지만 엄마는 부모를 잃은 것이었으므로 결혼식 날 눈물을 아니 흘릴 수 없는 처지였다. 엄마의 오빠만이 축의금을 내던지듯 전해주고 더이상 볼일 없었으면 좋겠다는 말을 남긴 채 중국집으로 돌아갔다. 당연히 나는 아버지와 엄마의 결혼식을 기억할 수 없다. 하지만 앨범 맨 첫 장에 끼워진 결혼식 사진을 보면 마치 내가 그 모든 일들을 지켜본 것처럼 뚜렷한 영상들이 재생되곤 했다. 그것은 코미디도 아니고 스릴러도 아니고 멜로도 아니고, 그저 불법으로 다운로드받은 일 분짜리 몰래카메라 동영상처럼 불편하기 그지없는 이야기였다.

두번째는 나의 돌 사진이다. 여느 집 앨범이라면 그사이에 백일 사진 한 장쯤은 끼워져 있기 마련이겠지만 생애 최초 내가 찍은 사진은 돌 사진이다. 빌린 한복을 입은 초라한 내가 병풍

앞에 울상을 하고 앉은 모습이 찰칵 찍혀 있다. 카메라 역시 빌린 것이라고 했다. 게다가 돌상이라고 차린 건 동그란 개다리소반에 사과 하나, 배 하나, 떡 한 접시 그리고 초코파이 한 상자가 전부이다. 당연히 울상일 수밖에. 잘 먹어야 오래 살아남는다는 선대의 가르침을 이날만큼은 잊어버린 모양이었다.

세번째는 유치원 소풍 사진. 나는 노란 옷을 입고 춤을 추고 있다. 내 양옆으로 똑같은 옷을 입은 아이들은 하나같이 양손을 하늘로 뻗은 채 한 발을 원 앞으로 내밀고 있는데, 불행히도 나만 다른 동작을 하고 있다. 게다가 내 눈은 카메라가 아니라 바로 옆 친구를 향해 있다. 내가 무언가 잘못하고 있다는 걸 막 깨달은 표정이니 역시, 또 울상일 수밖에. 그날의 기억이 아직 내 무의식 속에 남아 있는지 나는 요즘도 나이트클럽에 가는 것을 좋아하지 않는다. 그 다음 장에 끼워진 사진은 초등학교 입학식 날, 역시 빌린 카메라로 찍은 것이다. 그전에 유치원 졸업 사진이 있어야 마땅하지만, 나는 유치원을 졸업하지 못했다. 유치원은 공짜가 아니니까. 심지어 유치원에서 주는 우유마저도 공짜가 아니고, 노란 옷도 공짜가 아니었다.

다섯번째는 초등학교 삼학년 때 운동회 사진이다. 나는 이날을 아주 또렷하게 기억한다. 점심시간이었다. 운동장에서 줄다리기를 하던 아이들이 모두 흩어져 제 부모를 찾기 시작했다. 나 역시 반나절 만에 시커멓게 탄 얼굴을 두리번거리며 아버지와 엄마를 찾았다. 그날 아침 엄마는 철봉 아래에서 만나자고 내게 철석같이 약속했었다. 사진 속 나는 입을 헤벌리고, 망연자실 철봉만 쳐다보고 있다. 아침에 엄마와 새끼손가락까지 걸고 나누었던 약속을 울분에 차 되새기며 간신히 두 발로 서 있었다. 터져나오려는 울음을 애써 참고 있던 그 순간 아버지와 엄마는 철봉 아래가 아니라 커다란 플라타너스나무 뒤에 숨어 얼빠진 표정의 나를 찍었다. 그러고는 아무 일 없었다는 듯이, 애초부터 우리의 약속은 철봉이 아니라 플라타너스나무였다는 듯이, 아버지와 엄마는 모른 척 카메라를 뒤에 숨기고 키득거리며 내게 도시락을 흔들어 보였다.

여섯번째는 초등학교 졸업 사진, 일곱번째는 중학교 입학 사진이다. 그 사이사이 여러 장의 사진들이 있지만 그 사진의 주인공은 거의 아버지와 엄마다. 우리 가족 모두 함께한 순간들이 아니라 내가 학교에 간 사이 둘이서 나들이를 갔다가 찍은 사진이라 도대체 언제 어디서 찍었는지 나로선 전혀 알 수 없는 것들이다. 개중에는 엄마가 머리를 수건으로 싸매고 벽지에 풀을 바르고 있는 사진도 서너 장씩 끼여 있다. 어느 파도가 부서지는 바위 위에 엄마가 아버지의 무릎에 앉아 있는 사진과 벚나무 아래 하얀 양산을 나란히 쓰고 있는 아버지와 엄마의 사진도 끼여 있다. 포터 안에서 엄마가 손으로 브이를 만들며 웃고 있는 사진도 있고, 아버지가 운전대를 잡고 한쪽 눈을 찡긋 감고 있는 사진도 있지만, 나는 그 사진들에 대해 어떤 이야기도 할 수 없다. 그것은 무릇 성인남녀의 연애 이야기니까.

옥탑방 방바닥에 드러누운 채 나는 휴대폰을 꺼냈다. 아버지와 엄마가 캐리어 안에 웅크리고 누워 있던 날의 사진을 불러냈다. 검은 캐리어밖에 보이지 않았다. 자세히 들여다보니 캐리어 속 아버지와 엄마 위로 하필이면 내 그림자가 어둡게 드리워져 있었다. 휴대폰의 좁은 화면 속에서 나는 아버지와 엄마의 흐릿한 형체만을 겨우 알아볼 수 있었다. 검은 물감을 손가락에 묻혀 마구 문지른 것 같았다. 나로 하여금 그날을 기억할 수 없게 만들기 위해 누군가 수차례 덧칠이라도 한 것처럼 검고 검었다. 나는 휴대폰의 종료버튼을 지그시 눌렀다. 할 일이라곤 또 아득한 잠을 청하는 것뿐이었다.

_죽을 만큼 아프진 않아

슬플수록 농담을 하라. 엄마의 말이다. 기쁠수록 열심히 춤을 춰라. 아버지의 말이다. 당분간 춤을 출 일은 없을 것 같고, 별의별 농담을 쏟아내야 할 날들이 이어졌다. 3월의 둘째 날이었다. 나는 출근길에 태화를 위해 콘돔 한 상자를 샀다. 여섯 개에 육천원. 절대로 싸구려 콘돔이 아니다. 바나나향과 딸기향 두 종류에 돌기형과 일반형이 적절하게 섞인 종합선물세트였다. 태화가 이성애자이건 동성애자이건 모든 성교에 콘돔은 반드시 필요하다. 나는 태화에게 남자의 인생에 있어서 콘돔이 얼마나 중요한 생필품인지 가르쳐주어야 한다고 생각했다. 농담처럼 들리겠지만 불변의 진리였다.

지난밤엔 유진 대신 봄을 끌어안고 잤다. 집에 데리고 와서 보니 봄은 암캐가 아니라 수캐였다. 예전 우리 집에서 길렀던 그 개가 아니었다. 녀석은 내 이불을 그러모아 끌어안더니 밤새 자위를 했다. 그러다 지치면 벽에다가 오줌을 갈겼다. 편의점에서 강아지용 콘돔을 팔았더라면 나는 당장 녀석의 빨간 생식기에 콘돔을 뒤집어씌웠을 것이다. 내 방의 무엇이 녀석의 성욕을 부추기는지 알아내야 했다. 별게 있을 리 없었다. 결국 녀석은 내 성욕을 부추기기 위해 할머니가 준 선물이라는 결론을 내렸다. 할머니는 유진을 사랑했으니까. 발정난 개처럼 앞으로 더욱 유진을 사랑해주라는 뜻이리라. 그것은 할머니의 슬픈 농담이다.

출근하자마자 태화에게 콘돔을 건넸다. 빗자루로 바닥을 쓸던 태화가 손 안의 콘돔을 내려다보며 내게 물었다.

이건 내 엉덩이를 위한 거야, 아니면 내 자지를 위한 거야?

너의 엉덩이를 위한 것이기도 하고 너의 자지를 위한 것이기도 하지만, 앞으로 네가 먹을 보지들과 좆, 그 모두를 위한 것이지.

내가 알기로 우리가 섹스하지 말아야 할 상대는 따로 정해진 바가 없었다. 결국 섹스는 늘 의외의 상대랑 하게 마련이니까. 내가 오선 아닌 유진과 세 번이나 섹스를 한 것만 보아도 그렇다. 섹스의 재미는 바로 그 예상할 수 없음에 있는 것이다. 태화는 내가 선물한 콘돔을 바지 주머니에 쑤셔넣었다. 콘돔 때문인지 오늘따라 태화의 사타구니가 유난히 불룩해 보였다. 축하할 일이지만 내심 부럽기도 했다.

태화야, 돌기형 콘돔은 뒤집어서 써야 하는 거 알고 있지?

당연지사 태화를 놀리려고 한 말이었다. 아직 동정인 태화가 소스라치게 놀라며 대꾸했다.

당연하지. 그 정도는 나도 알고 있어.

열심히 비질을 하는 태화의 뒷모습에 대고 나는 속으로 중얼거렸다.

병신.

개사장은 자꾸 죽는 소리를 해댔다. 곧 일본의 골든위크가 다가오는데다가 날이 풀리자 이태원의 거리를 쏘다니는 사람들이 늘어났기 때문이다. 그는 기쁨에 겨워 에구구구, 죽을 것 같아, 이따위 소리를 버릇처럼 내뱉었다. 점심시간에도 개사장은 밥 먹을 시간마저 아깝다는 말로 나와 태화를 소화불량에 걸리게 했다. 이러다 죽는 거 아닌가 몰라. 개사장은 다시 건물 앞 제자리로 되돌아가면서 엄살을 부렸다. 101-8번지 할머니 역시 그런 말을 입에 달고 살았었다. 추워 죽겠다. 이놈의 동장군은 언제 물러가나. 목덜미를 감고 있는 수건을 더욱 조이면서, 털이 복슬복슬한 개를 가슴 깊이 끌어안으면서 할머니는 늘 추위에 치를 떨곤 했다.

청소를 거의 끝냈을 즈음 유진이 할머니의 시신을 화장하기로 했다는 말을 전화로 전해주었다. 온몸에 땀을 흘리며 이놈의 더위는 언제 썩 물러가나, 떠들어댈 날이 드디어 할머니에게도 찾아온 것이다. 너무 뒤늦은 감이 없지 않았다. 세상은 참 이상했다. 추워 죽겠다는 말을 입에 달고 산 날들이 무색할 정도로 뜨겁고 뜨거운 날이 할머니가 보내는 코리아에서의 마지막 하루라니, 장담할 순 없지만 할머니에게 죽음이란 불로장생보다 천만다행한 일일지도 모른다. 이것은 할머니의 죽음에 바치는 나의 슬픈 농담이라고 해두자.

할머니의 시신이 막 화장장에 도착했을 시간이었다. 불구덩이로 들어간 사람은 내가 아니라 할머니인데도 이상하게 내 몸이 점점 뜨거워졌다. 점심도 배불리 먹고 디저트로 설탕커피도 한 잔 마셨다. 기상예보가 틀리지 않는다면 오늘 낮 기온은 영상 구 도, 실내온도는 영상 사 도쯤. 배도 부르고, 춥지도 않았다. 감기에 걸릴 이유가 전혀 없는 날이었다. 그런데 으슬으슬 몸이 떨렸다. 너무 더워도 몸은 사시나무처럼 떨릴 수 있다는 것을 나는 그제야 알았다.

관자놀이가 지끈지끈했다. 손가락으로 만져보니 맥박마저 뛰기를 멈춘 것 같았다. 졸음이 몰려와서 눈을 감으면 눈앞이 환했다. 졸음은 멀리 달아났다. 진열대 아래 쭈그리고 앉아 두 팔로 몸을 끌어안았다. 겨우 눈을 좀 붙이려는 참에 태화가 손님을 데리고 들이닥쳤다. 이십대로 보이는 커플이었다. 남자의 손을 붙잡고 가게 안으로 들어서는 여자의 표정이 뾰루퉁했다. 태화가 둘을 진열대 가까이 데리고 왔다. 태화보다 남자가 더 안달이었다. 여자는 마지못해 태화가 펼친 카탈로그를 들여다보았다. 나는 진열대를 붙잡고 서서 뜨거운 숨을 내쉬었다. 요 근래 출퇴근할 때마다 걸어다닌 게 화근이었을까. 점점 숨쉬기가 힘들어지기 시작했다.

여자는 태화의 설명을 귀담아 듣지 않았다. 카탈로그 속 사진을 가리키며 계속 값만 물어보았다. 태화도 슬슬 화가 나는지 앞머리를 배배 꼬았다. 이십오만원이요. 태화의 대답에 여자가 비싸다는 말을 연달아 했다.

그럼 이건 얼마예요?

그건 완전 SA급이라 오십만원은 주셔야 해요.

여자가 말도 안 돼, 소리쳤다. 그래봤자 짝퉁이잖아요. 여자가 따지듯이 외쳤다.

짝퉁이라뇨? 실물 보면 아시겠지만 진품보다 더 잘 빠졌어요. 에르메스 같은 경우엔 짝퉁도 삼백만원을 넘어요.

태화의 목소리에도 질세라 날이 섰다. 가짜 명품을 사느니 차라리 백화점 잡화코너에 가는 게 낫지. 여자가 혼잣말인 듯 중얼거렸지만, 모두의 귀에 다 들렸다. 그럼 일단 한번 보세요. 보고 결정하세요. 막상 보면 짝퉁이란 말 못 하실 테니까요. 태화의 말에 옆에 서 있던 남자가 맞장구를 쳤다. 무엇 때문인지는 몰라도 남자는 여자에게 가짜 명품가방을 선물해야만 한다는 사명 비슷한 것에 사로잡혀 있는 듯했다.

하는 수 없이 나는 어기적어기적 가게 밖으로 나섰다. 여자의 비아냥에 바짝 약이 오른 태화가 에르메스도 하나 들고 오라고 했다. 건물 밖으로 나왔더니 개사장은 의자에 앉아 목을 길게 빼고 주위를 살펴보고 있었다. 개사장 주위로 이태원의 다른 삐끼들이 뿔뿔이 흩어져 작업중이었다. 저마다 젊은 여자들의 뒤를 따라다니며 가방 찾아요? 속삭이듯 재빠르게 말을 걸었다. 대부분 대답 없이 가던 길을 재촉했다. 삐끼는 더할나위없이 외로운 직업이다. 아무도 삐끼의 부름을, 손짓을 달가워하지 않는다. 태화의 고추가 서질 않는 게 이해될 만도 했다.

사장의 시선이 내 등뒤를 따라오는 게 느껴졌다. 어이 태화 친구, 뛰지 않고 뭐해? 사장의 목소리가 등뒤를 매섭게 때렸다. 나는 부리나케 뛰는 척 발을 재게 놀렸다. 사장의 시야에서 벗어났을 즈음, 나는 걸음을 늦췄다. 도저히 뛰어갈 기운이 남아있질 않았다. 무릎을 잡고 서서 끓어오르는 열을 식혔다. 현기증이 사라지길 기다리는 동안 태화가 쥐여준 포스트잇을 구겼다. 누군가 내게 지독한 벌을 가하고 있다는 생각에 머릿속이 복잡했다. 아버지의 목소리가 귓전을 때렸다. 허투루 돈 벌 생각 따윈 버리는 게 좋을 거다. 끌끌, 엄마가 혀를 차며 아버지를 거들었다. 먹고사는 일이 그렇게 쉬운 줄 아니? 그러게요. 나는 그걸 이제 알았어요.

마음 같아선 곧장 옥탑방으로 달려가고 싶었다. 이불을 뒤집어쓰고, 엄마처럼 한낮 동안 잠이나 푹 잤으면 싶었다. 하지만 아무도 내게 거저 돈을 주지 않으므로 나는 기다시피 해서 창고에 당도했다. 나를 황홀경으로 인도했던 가죽 냄새가 콧속으로 들어가 식도를 타고 폐에 닿자 곧바로 위액이 역류했다. 입안에 쓴 침이 돌았다. 입을 틀어막고 화장실로 직행했다. 변기 뚜껑을 위로 젖히자 누런 물때가 나를 반겼다. 몇 번의 토악질을 하고 나자 얼굴은 온통 눈물범벅이었다. 옷자락으로 대충 눈물을 닦고 나는 천장까지 높다랗게 쌓여 있는 상자 앞에 섰다.

에르메스. 루이비통. 프라다. 구찌. 샤넬. 총 다섯 개의 가방을 검은 봉지에 넣었다. 평소와 같은 하루였다면 검은 봉지의 입구를 꽁꽁 묶었겠지만, 머리 꼭대기에서 뜨거운 김이 솟고 식은땀이 이마를 적시는 마당에 여느 때처럼 가방을 숨기고 달릴 기력이나 여유가 남아 있을 리 없었다. 나는 마치 쇼핑을 하러 나온 사람처럼 검은 봉지를 손에 꿰고 창고를 빠져나왔다. 문을 잠그고 계단을 내려가는데 다리가 후들거렸다. 온몸의 근육들이 한꺼번에 녹아버리기라도 한 것 같았다. 누군가 나의 뇌 한가운데 커다란 낚싯바늘을 꽂은 뒤 허공으로 들어올린 것처럼 발아래가 온통 허방이었다.

태화의 문자가 빨리 오라고 나를 재촉했다. 처음 옥탑방에 갔던 날, 벽에 쓰여 있던 낙서를 보고 아버지가 한 말이 떠올랐다. 다시 가라 하면 왜 못 가냐는 나의 질문에 아버지는 이렇게 답했다. 가라는 사람은 많지만 오라는 사람은 없으니 그런 것 아니겠냐고, 싫다 좋다 말없이 등부터 떠미는 사람들이 얼마나 무서운지 아느냐고.

망연자실 몸은 저절로 가게를 향해 움직였다. 누군가 내 등을 미는 것처럼 몸은 알아서 제가 나아갈 방향을 찾아 허우적허우적 앞으로 나아갔다. 잠시 뒤를 돌아보았다. 부동산 직원처럼 보이는 중년 사내 두 명이 공사중인 건물을 손으로 가리키며 대화를 나누고 있었다. 곳곳에 포클레인이 파헤친 땅과 무너진 주택들이 즐비했다. 그 위에 거대한 도끼처럼 사다리꼴 모양의 용산구청이 서 있다. 양복을 입은 중년 사내들과 흙먼지로 더러워진 점퍼를 입고 돌아다니는 인부들이 이태원 거리에 부쩍 많아졌다. 서울 시내 곳곳 공사중이라는 입간판은 나날이 늘어났지만 왜 아버지의 일감은 점점 줄어들었는지 이해하기 힘들었다.

검은 봉지들이 내 무릎을 툭툭 건드렸다. 별것 아닌 스침에도 무릎은 푹푹 꺾였다. 온몸이 욱신욱신했다. 아버지, 정말 무서운 건 빨리 가라고 했다가 또 빨리 오라는 사람들이에요. 나는 아버지를 닮아 다리가 짧잖아요. 나는 황새가 아니라 뱁새니까요.

상가의 뒤편에 서서 뒤늦게 봉지를 묶었다. 건물 뒤쪽 길은 포장이 되어 있지 않아 온통 흙길이다. 엎친 데 덮친 격 눈이 녹기 시작한 길은 진창이었다. 그 위를 포클레인들이 다녔다. 좁고 가파른 계단 밑에 앉아 담배를 한 대 피웠다. 계단은 좁고 경사도가 크긴 하지만 상가로 질러가는 지름길이기도 했다. 담배 한 개비를 다 피우고 나자 입안에 남아 있던 시큼한 냄새는 사라졌으나, 아까보다 더 끈적끈적해졌다. 어지럼증도 더 심해졌다. 나는 뜨거운 숨을 억지로 몸 밖으로 내보냈다.

계단을 다 오르자 개사장과 눈이 마주쳤다. 개사장이 나를 아래위로 훑었다. 못마땅한 기색이 역력했다. 이봐, 태화 친구. 그가 나를 불렀다. 곁으로 다가가자 개사장은 짧은 한숨을 내쉬었다. 됐어, 그냥 올라가. 무언가 할 말이 있는 듯했지만 그는 애써 말을 삼키는 눈치였다. 오늘 퇴근은 다른 날보다 늦어질지도 모르겠다.

가게 안엔 태화 혼자뿐이었다. 녀석은 카운터에 등을 기대고 서서 담배를 꼬나물고 있었다. 가게 안에서 담배를 피우는 일은 금지였다. 아무래도 젊은 여자가 태화의 속을 잔뜩 뒤집어놓고 그냥 가버린 게 확실했다.

야, 태만생! 왜 이렇게 늑장을 부려?

태화가 내게 화를 냈다. 처음 있는 일이라 나는 어리둥절했다.

아파.

아프다, 라는 말은 참 발음하기 쉬운 낱말이다. 받침도 하나 없고 된소리도 없다. 그저 입을 벌려 숨만 내쉬어도 아, 파, 라는 소리는 저절로 나오게 되어 있다. 세종대왕은 아무래도 큰 병을 앓은 적이 있는 사람임에 틀림없다.

얼마나?

태화가 여전히 화난 어조로 물었다. 왜 어디가 아프냐고 묻지 않고, 얼마나 아프냐고 물을까. 나는 속으로 의아하게 여겼다. 아까 그 여자가 쉴새없이 가격을 물어본 탓이리라, 나는 짧은 웃음을 터뜨리며 생각했다. 이십오만원어치 아니면 오십만원어치, 것도 아니라면 삼백만원어치. 어떤 대답을 해줄까, 나는 뜨거워진 머리를 굴렸다.

죽을 만큼 아프냐?

태화의 입에서 담배연기가 뿜어져나왔다.

아니, 죽을 만큼 아프진 않아.

그래? 그럼 난 밖에 다시 나가볼게.

태화가 담배꽁초를 종이컵에 버리고는 벌떡 일어나 가래침을 뱉었다. 담배를 비벼끄고, 잘 뱉어지지 않는 가래침을 혓바닥으로 밀어내는 태화의 모습은, 중학생 때 오선이 됐어, 라고 말할 때와 조금 전 개사장이 나를 부르고는 됐어, 라고 말하며 되돌려보낼 때의 표정과 무척 닮아 있었다. 표정의 주인은 저마다 달랐지만 그 뒤에 숨은 말은 하나같이 그만해, 였다. 이제 그만, 그만해. 하지만 과연 무엇을 그만두어야 하는 것인지, 나는 몰랐다.

태화의 가래침과 담뱃재가 담긴 종이컵은 진열대 위에 그대로 놓여 있었다. 태화가 들고 나가서 버려주기를 바랐지만, 태화는 금세 내게서 등을 돌렸다. 곧장 가게 밖으로 나가버릴 줄 알았더니, 태화는 잠시 문 앞에 멈춰 서서는 짐짓 꾸짖듯 말했다. 넌 왜 매사가 건성이야? 내 생각은 안 하니? 태화의 눈은 나를 보고 있지 않았다. 나도 태화를 쳐다보지 않았다. 다만 태화가 하는 말을 서서 듣기만 했다. 엄마가 내게 했던 말을 태화가 똑같이 할 줄이야, 역시 앞날은 살아봐야만 알 수 있는 것이다.

태화야, 나 아파.

그래, 알아. 하지만 죽을 만큼 아프진 않잖아.

죽을 만큼, 아프진 않으니까 내 아픔에 대한 값은 대략 오십만원쯤이거나 이십오만원 정도 되겠다. 누가 정확한 값을 매기는지는 알 수 없다.

_오 분 어쩌면 삼 분

태화가 가게 밖으로 나선 지 오 분도 지나지 않아서였다. 휴대폰 벨소리가 쩌렁쩌렁 울렸다. 태화였다. 벌써 사과를 할 참인가.

만생아, 가게 문 잠가, 불 다 끄고.

전화는 바로 끊어졌다. 순간 정적이 감돌았다. 뭐라는 거야? 휴대폰에 대고 혼잣말을 했다. 태화의 목소리가 너무 컸던 탓일까? 무슨 말인지 알아듣기 힘들었다. 게다가 제 할 말만 하고 끊어버리다니, 내게 화풀이를 더 할 작정이었나. 나는 식은땀을 닦았다. 무슨 일이 벌어진 건지 그제야 사태파악이 되었다. 단속반이 떴다. 그들이 사냥을 나선 것이다. 동부지검인지 서부지검인지는 알 바 아니지만 중요한 것은 단속반이 떴다는 것, 그뿐이었다. 나는 태화가 두고 간 종이컵을 움켜쥐고 가게 안에서 우왕좌왕하기 시작했다.

심장이 두방망이질쳤다. 일어나선 안 될 일이 일어났다. 종이컵을 바닥에 내던졌다. 부랴부랴 문 쪽으로 한걸음에 뛰어갔다. 작은 키 때문에 문을 잠그기가 쉽지 않았다. 하필 잠금장치는 문의 맨 위쪽에 달려 있었다. 의자에 올라서서 막 문을 잠그는데 계단 아래에서 무언가 부서지는 소리가 들렸다. 누군가 고함을 지르고, 셔터를 흔드는 소리도 들렸다. 시간이 모자랐다. 문을 잠그자마자 나는 불을 모두 껐다. 가게에는 창문이 없어서 불을 끄니 암흑이었다. 한가운데 우두커니 서 있어도 아무도 나를 찾아내지 못할 만큼 시커먼 어둠이 가득 들어찼다.

나는 엉금엉금 진열대 아래쪽으로 기어갔다. 머리를 무릎에 파묻고, 가게 밖의 소란이 잦아들기를 기다렸다. 하지만 소음은 점점 커졌다. 한 무리의 짐승들이 계단 위로 올라오는 소리가 울려퍼졌다. 두 발을 가진 사람들의 발소리치곤 너무 컸다. 볼 것도 없이 그들은 사냥꾼들이었다. 나는 그들의 먹잇감이었다. 두 손을 결박당한 뒤 그들의 날카로운 이빨에 사정없이 물어뜯길 일만 남아 있었다. 태화와 개사장은 어떻게 되었을까. 다리가 부들부들 떨렸다. 아무리 두 손으로 내리눌러도 떨림은 멈추지 않았다.

문 여세요.

낯선 목소리가 가게 문을 흔들며 소리쳤다. 그 목소리만으로도 오줌이 질질 새어나올 것만 같았다.

안에 사람 있는 거 다 알고 있습니다.

귀를 틀어막았지만 남자의 외침은 여지없이 귓속을 파고들었다. 뒤이어 개사장의 목소리가 들렸다. 저희 장사 안 한다니까요.

개사장의 말에 또다른 남자가 비웃으며 말했다.

지금 장난합니까?

개사장은 아무 대꾸도 하지 않았다. 누구도 장난칠 기분이 아니었다.

빨리 문 열어요. 안 그러면 문 부숩니다.

말이 떨어지기 무섭게 남자가 당장이라도 부숴뜨릴 듯 주먹으로 문을 때렸다. 건물이 통째로 흔들리는 것 같았다. 가게 문의 유리가 금방이라도 깨질 듯 덜컹거렸다. 고막을 때리는 굉음이 내 심장을 후려쳤다. 눈앞이 하얘졌다. 아직 첫 월급도 받지 못했는데.

개사장의 목소리가 들렸다.

장사 안 한다니까.

대답하는 사람이 아무도 없었다.

잘못한 일 없다니까.

들어주는 척하는 사람도 없었다.

제발 밖에서 이야기하자니까.

좀 조용히 하세요. 단속반의 으름장에 개사장은 입을 다물었다.

나는 휴대폰을 쥔 손에 한껏 힘을 주었다. 콧물이 인중을 타고 흘렀다. 몸 안의 모든 혈관이 꽉 막혔는지 감각은 점점 무뎌졌다. 흐르는 콧물을 닦아낼 기력도 남아 있질 않았다. 마음 같아선 112에 전화를 걸어 구출해달라고 소리지르고 싶었다.

시커먼 어둠 속에서 나는 기다렸다. 누군가 내게 전화를 걸어와 어떻게 하면 되는지 찬찬히 알려주기를. 이 상황에서 벗어나기 위해 내가 할 수 있는 일이 무엇인지 가르쳐주기만을 간절히 빌었다. 이상한파 때문에 시멘트가 갈라졌던 날도 이보다는 나았다. 태화가 오선과 키스를 했던 날은 아무것도 아니었다. 101-8번지의 할머니가 죽은 날도 이렇게까지 무섭진 않았다. 내가 왜 아버지와 엄마를 따라 미국행 비행기에 올라타지 않았을까, 이미 늦은 후회였다. 마음 같아선 다산콜센터에 전화라도 걸어 물어보고 싶은 심정이었다. 하지만 그 간단한 세 자리 번호도 당최 기억나질 않았다. 어쩌면 좋을까? 나는 손톱을 물어뜯으며 가게 밖에서 들려오는 소리에 귀를 기울였다. 유일한 출입구 앞엔 사냥꾼들이 진을 치고 있고, 이곳엔 뛰어내릴 창문마저 없다. 비상구를 찾는 수밖에 다른 도리가 없었다. 태화는 그 비상구의 위치를 알고 있을지 모른다. 나만 모르고 있는 것이리라. 나는 어서 빨리 휴대폰이 울리기만을 기도했다.

자꾸 거짓말할 겁니까? 증거 보여줘요? 방금 여기 직원이 가방 들고 들어왔죠?

기도는 누구에게도 먹히지 않았다. 사냥꾼의 입에서 나온 직원이 바로 나임은 의심할 바 없는 사실이었다. 세상아, 차라리 망해버려라. 사냥꾼이 전력을 다해 유리문에 몸을 부딪치는 소리와 함께 나는 기절했다. 태화야, 내가 얼마나 아프냐면 말이야. 삼백만원까진 아니더라도 백오십만원어치쯤은 아픈 것 같아. 까무룩 정신을 잃으면서 나는 곁에 있지도 않은 태화를 향해 낮은 목소리로 읊조렸다. 그제야 다산콜센터의 전화번호가 떠올랐다. 앞으로 혼자 살아갈 내게 꼭 필요한 세 자리 숫자 120. 그것은 매순간 긴급구조가 필요한 나의 위급한 인생에서 SOS 신호를 보낼 만한 단 한 곳의 전화번호였다.

_Save Our Souls, Save Our Ship

만생호의 시동이 꺼졌다.
배는 바다 위에 멈추었다.
아니, 바다가 멈추었다.
만생호의 시동을 꺼뜨렸다.

소금기 어린 바람이 만생호를 끌고 간다.

_내가 잘못했어요

깨어났을 땐 병원 응급실이었다. 태화가 내 옆을 지켜주고 있었다. 반나절 사이 태화의 두 뺨은 홀쭉해졌다. 눈 밑엔 검은 그늘마저 생겼다. 내 삼촌이라고 해도 의심하지 않을 꼬락서니였다. 개사장은 또다시 경찰서에 끌려가 조사를 받고 있는 중이라고 했다. 그는 이제 별 세 개짜리 인생을 살아야 할지도 모른다. 이태원을 떠나 남대문이나 동대문으로 가게를 옮겨 싸구려 여성 의류만을 팔아야 할 것이다. 물론 그것도 운이 좋은 경우의 이야기다. 그의 인생을 이태원에서 쫓아낸 데 내 잘못이 아예 없다고는 말할 수 없다. 그는 나로 인해, 사냥꾼들로부터 가게를 지키고 이태원을 수호하는 데 실패했다. 개사장이라 불릴 이유마저 잃어버렸다.

나는 죄책감에 태화를 쳐다볼 수조차 없었다. 태화가 울먹이는 내게 물을 건넸다. 곧 유진이 올 거라고 했다. 태화가 다른 말을 해주길 바랐다. 네 잘못이 아니야. 하지만 태화는 내가 원하는 말을 해주지 않았다. 당장 내일 아침부터 태화 또한 출근할 곳이 마땅치 않아졌다. 자기만의 집을 얻으려던 태화의 꿈도 기약 없이 멀어졌다. 그 또한 내 잘못이 아예 없다고 말하기엔 뭣했다.

응급실을 지키고 있던 간호사들이 텔레비전을 켰다. 빈 침대들이 많았다. 아홉시 뉴스를 할 시간이었다. 남자 아나운서가 마른 목소리로 말했다.

오늘 강릉 앞바다에서 신원을 알 수 없는 시체 두 구가 여행용 가방 안에서 발견되었습니다. 경찰은 현장에서 수습한 시신을 국과수에 의뢰해 정확한 사인을 조사중이지만 목격자가 없어 수사에 애를 먹고 있다고 전해지고 있습니다. 시신은 사오십대 전후의 남녀로 경찰은 타살 가능성을 염두에 두고 수사에 착수했지만 자살 가능성 역시 배제할 수 없다고 밝혔습니다. 경찰은 목격자를 수소문하는 한편 시신이 들어 있던 검은 여행용 가방의 출처에 대해 수사를 집중하고 있다고 합니다.

뉴스를 시청하던 간호사들이 혀를 찼다. 어쩌면 좋아, 안됐다. 간호사들이 동시에 입을 열었다. 신원을 알 수 없는 시체 두 구를 동정하느라 그들의 정신은 텔레비전에 붙들려 있었다. 내 혈압 수치가 급격하게 올라가는 것도 몰랐다. 이불이 바닥으로 떨어지고, 링거를 꽂은 내 왼팔도 덩달아 침대 아래로 떨어졌지만 아무도 관심을 기울이지 않았다. 나야말로 연고자 없는 신원미상의 시체 같았다. 보아하니 응급실은 남의 응급한 상황에 가장 무딘 곳이 확실했다.

따지자면 신원미상의 시체가 발견되었다는 뉴스는 흔하디흔한 것이다. 평균적으로 하루에 두세 건씩은 꼬박꼬박 신문이나 뉴스에서 확인할 수 있다. 그런데도 검은 여행용 가방이라는 단어가 나를 물고 놓아주지 않았다.

사람이 둘씩이나 들어 있었는데 가방이 가라앉지도 않고 물에 떴나봐.

태화가 고개를 갸웃거리며 말했다. 나는 마른침을 삼켰다. 목구멍이 따가워서 침을 넘길 수가 없었다. 입안에 침을 물고 텔레비전을 지켜보았다. 아나운서는 다른 소식을 전하는 중이었다. 연예인의 군입대 소식과 배춧값을 비롯한 물가 폭등, 십대 남자아이들이 중학생 소녀를 집단 성폭행한 사건의 소식들이 이어졌다.

바닷물이라서 그런가.

태화가 중얼거렸다. 태화의 관심은 오로지 가방이 어떻게 물에 떴는지에만 몰려 있었다.

가방이 얼마나 크기에 사람이 둘씩이나 들어가지?

태화의 물음에 제일 어려 보이는 간호사가 대답했다.

그러게요. 가방이 무슨 보트만한가봐요.

태화가 간호사를 향해 싱긋 웃었다. 간호사의 얼굴이 붉게 물들었다. 태화가 주머니 속 콘돔을 만지작거렸다. 이제 화면을 가득 채우고 있는 사람은 축구선수 박지성이었다. 응급실의 모든 사람들이 박지성을 쳐다보았지만 오직 어린 간호사 하나만이 태화의 얼굴을 바라보았다. 이봐요, 태화는 고등학생이거든요? 뉴스에 나오고 싶어요? 당신이 뚫어져라 쳐다보고 있는 태화는 돌기형 콘돔을 뒤집어서 씌우는 줄로 알고 있는 철부지 중의 철부지라니까요. 숙맥 중의 숙맥이라니까요. 속에서 그런 말들이 소용돌이쳤지만, 나는 태화의 눈치를 보느라 아무 말도 꺼낼 수 없었다.

내 속엣말을 알아들을 리 없는 간호사가 옆구리에 혈압계와 차트를 끼고 나를 향해 다가왔다. 둥그스름한 얼굴에 볼우물이 깊게 패도록 웃음을 지으며 간호사는 내 이마에 손을 얹었다. 체온계로 재면 될 것이지 굳이 손을 댈 건 뭐람. 눈살이 찌푸려졌다. 지나친 친절은 여러모로 사람을 불편하게 만든다. 백의의 천사 역할을 톡톡히 수행하고 있는 간호사양은 천만다행이라며 태화에게 다정하게 말을 건넸다. 태화가 내 보호자라고 여기는 듯했다.

정말 다행이에요. 열이 많이 내린 것 같아요.

태화가 뭐라 대꾸하기도 전에 나는 간호사의 손등을 툭툭 치며 말했다.

저기요, 누나, 떨어진 이불이나 주워주세요.

간호사가 여전히 태화를 보며 살짝 당황하는 표정을 짓는 순간, 유진이 헐레벌떡 응급실 안으로 뛰어들어왔다. 콘돔이 없는 날엔 질외사정을 하라고 말할 줄 아는 내 여자친구 홍유진이 화장장의 뿌연 연기를 몰고 내게로 다가왔다. 교복 차림의 유진을 본 태화는 기가 막혔던지 입을 딱 벌렸다. 유진은 태화의 어깨를 후려치며 어떻게 된 일이야, 윽박질을 해댔다. 그사이 바닥에 떨어진 이불을 집어들면서도 태화만 쳐다보던 간호사는 슬리퍼로 바닥을 딱딱, 때리며 제자리로 돌아갔다. 그녀의 얼굴에는 '재수 없는 고삐리'라고 적혀 있었다. 최악의 시나리오이긴 하지만 돌기형 콘돔은 태화의 커다란 손바닥만 더럽히고 휴지통에 버려질지도 모르겠다.

태화가 어깻죽지를 어루만지며 유진을 노려보았다. 그러거나 말거나 유진은 그렁그렁한 눈을 하고는 나를 끌어안았다. 아나운서의 지나치게 정확한 발음과 함께 내 머릿속을 찰나에 꿰뚫었던 '검은 여행용 가방'이라는 단어는 어느새 흐리마리 잊혀졌다.

참, 태화야, 너 오선이 어디 있는지 알아?

나의 체온이 조금씩 36.5도에 가까워지고 있을 무렵, 유진이 불현듯 태화에게 물었다. 태화는 막 담배를 피우고 들어온 참이라 벌어진 입술 사이로 아직 희미한 연기가 새어나오는 중이었다. 태화는 왜 오선의 안부를 자기에게 묻느냐는 듯 유진의 얼굴을 빤히 바라보았다. 금방이라도 침이 흘러내릴 것 같았다. 왜 오선에 대한 질문을 내게 하는 거야? 나를 바라보는 태화의 얼굴에 그런 문장이 자막처럼 흘러갔다. 그건 네가 오선의 입술을 먹었기 때문이지. 나는 입술을 동그랗게 내밀어 태화에게 보여주었다. 내 말을 알아들었는지 태화의 양볼이 삽시간에 벌게졌다.

오는 길에 오선이 엄마한테서 전화가 왔었거든. 그런데 오선이가 집에 안 들어오고 있대. 옷장도 싹 비워져 있고 말야. 오선이네 집이 아주 발칵 뒤집힌 것 같아.

순간, 우리 셋은 오선을 마지막으로 본 날을 떠올렸다. 무엇 때문인지 잔뜩 흥에 겨워 피자를 사겠다는 둥 족발을 사겠다는 둥 설레발 치던 오선의 모습이 우리의 머릿속을 동시에 스쳐 지나갔다. 나는 태화를 쳐다보았다. 그날 오선과 함께 만생호를 나선 사람은 바로 태화였다. 유진 역시 나의 시선을 따라 태화 쪽으로 고개를 돌렸다. 화들짝 놀란 태화가 왜 그러냐고 더듬거리며 뒷걸음질쳤다. 옆침대의 커튼 안쪽에서 좀 조용히 하세요, 누군가 냅다 소리를 지르자마자 곧바로 입을 다물긴 했지만, 태화는 점점 나와 유진에게서 물러났다. 유진이 벌떡 일어나 태화의 한쪽 팔을 잡아끌더니 의자에 앉혔다.

네가 모르면 누가 알아? 그날 새벽에 무슨 일 있었지?

유진이 눈을 부라리며 태화를 다그쳤다. 태화가 제 가슴을 쳤다.

일은 무슨 일, 아무 일도 없었단 말이야.

태화의 말을 죽 들어보니 정말 별다른 일은 없었다. 다만 별다른 대화만이 있었을 뿐이다. 아니야, 정말 별말 안 했어. 태화가 지레 또 변명하듯 나와 유진을 번갈아보며 했던 말을 또 했다.

그날 새벽녘, 도망치듯 옥탑방을 빠져나간 둘은 택시승강장 앞에서 짧은 대화를 나누었다. 택시 승강장에 택시는 한 대도 없었다. 바람이 오선의 긴 머리칼을 어깨 뒤로 넘겼다. 오선의 뒤에 서 있던 태화는 코끝을 찌르는 오선의 머리칼을 피해 오선의 옆에 섰다. 잠시 어깨가 닿았고, 오선이 힐긋 태화를 쳐다보았다. 오선이 태화에게 물었다.

아까 어땠어?

뭐가?

키스 말이야.

그걸 왜 물어?

그냥.

그럼 묻지 마.

싫어.

토라진 듯 오선이 부츠를 신은 발로 바닥을 찼다. 굽이 다 닳아 드러난 못이 바닥을 긁었다. 거슬리는 소리였다. 태화는 귀를 후볐다. 그 반응이 못마땅했던 오선은 태화를 흘겨보았다. 순간 태화는 콜택시를 부를까, 고민했다. 오선이 태화의 앞을 가로막으며 허리에 양손을 얹고 다시 말했다.

빨리 말해봐.

뭘?

아까.

아까 뭐?

키스, 키스 말이야.

그게 왜 궁금한데?

키스니까 궁금하지.

만생이라면 모를까, 난 별로 궁금하지 않아.

태화의 이야기를 듣던 유진이 대뜸 소리쳤다. 그 대목에서 갑자기 만생이 이름은 왜 나오는 건데? 눈치가 발바닥인 태화 새끼. 태화가 또 생각 없이 주둥이를 나불거릴까봐 나는 허겁지겁 소리쳤다. 그러게 말이야. 그러고는 하하, 소리내어 웃었다. 억지로 웃자니 너무 많은 에너지가 필요했다. 유진이 못마땅한 듯 나를 노려보았다. 그 바람에 애써 내린 열이 다시 솟구치려 했다. 나는 링거 바늘이 꽂힌 팔을 휘두르며 태화의 이야기를 재촉했다.

오선은 잠시 바닥을 내려다보았다.

그럼 나부터 말할까?

오선이 가방에서 담배를 꺼내물었다. 태화는 오선의 입에 물린 담배에 불을 붙여주었다. 오선이 한 모금 빨고는 태화에게 건네주었다. 태화는 말없이 오선이 피우다 건네준 담배를 마저 피웠다. 필터 끝에 붉은 입술 자국이 남아 있었지만 오선의 말처럼 키스까지 한 사이니 뭐 이 정도야 참아야겠지.

난 좋았어.

뭐가?

너랑 키스한 거.

당연하겠지.

무슨 소리야?

넌 남자를 많이, 좋아하잖아.

그렇게밖에 말 못 해?

부러워서 하는 말인데 왜 화를 내냐?

뭐가 부러워?

네가 아무 남자나 좋아할 수 있다는 게 말이야. 게다가 남자 만나면서 돈도 벌고.

내가 아무 남자나 좋아한다고?

넌 일본 남자도 만나고 중국 남자도 만나고, 심지어 나랑도 키스하잖아.

태화의 입장만 두고 본다면 틀린 말도 아니었지만 오선은 곧장 눈물을 쏟아냈다. 태화는 어떻게 해야 할지 몰라 엉엉 우는 오선을 마냥 내버려두었다. 오선이 제 풀에 지쳐 울음을 그칠 때까지. 마스카라가 눈 밑으로 검게 번질 때까지.

그게 다야.

태화가 나와 유진을 향해 말했다.

정말 그게 다야?

유진이 태화에게 다그치듯 재차 물었다. 태화가 말없이 고개를 끄덕이자, 유진은 한숨을 내쉬었다. 혼잣말로 오선의 이름을 중얼거리면서. 오선아……

참, 택시 타면서 한마디 더 했다.

태화가 유진의 어깨를 치면서 방긋 웃으며 말했다.

뭐라고? 뭐라고 했는데?

유진의 눈이 반짝였다.

판 찡을 따라 갈 거래.

이번엔 내가 소리쳤다.

뭐라고?

판 찡을 따라 갈 거라고 그랬어. 그런데 그게 나 때문이라고 말했어. 진짜로 그게 다야.

유진이 침대에 얼굴을 묻으며 오선의 이름을 더 크게 부르기 시작했다. 설마, 그럴 리야 없겠지만 나는 슬슬 오선이 걱정됐다. 한때 공고생이 이상형이라던 오선이라면 충분히 그럴 수도 있었다. 판 찡은 공고생 따위완 비교할 수 없는, 커다란 공장을 가진 부자니까 말이다. 오선이 꿈꾸던 이상형 중 단연 퍼스트클래스라 할 만했다.

_현재 시각은 언제나 열두시

유진과 봄, 나는 고요한 만생호에서 함께 눈을 떴다. 잠에서 깨어나자마자 유진이 가방에서 무언가를 꺼냈다.

만생아, 널 위한 선물이야.

아침부터 선물이라니, 오늘 하루는 마냥 유쾌하고 즐거울 징조이다. 유진의 선물은 뜻밖에 책이었다. 이것은 불운의 징조이다. 『혼자 사는 싱글남을 위한 초간단 요리법』. 놀라울 정도로 효용성이 뛰어난 책이었다. 삶에 가장 필요한 처세술에 대한 책이기도 했다. 유진이 레시피대로 죽을 끓였다. 맛은 없었다. 아무리 뒤져봐도 요리책에서 일러준 준비재료들의 구색을 맞추기가 힘들었다. 참기름, 간장, 깨소금, 다진 쇠고기와 다진 마늘. 그 많은 것들을 어디에서 구할 수 있겠는가? 옥탑방의 싱크대 서랍에 숨어 있던 유일한 재료는 소금뿐이었다. 무언가 그럴싸

한 먹을거리를 바란다면 아버지의 소포가 짜잔, 하고 날아와 그 안에 LA갈비라도 들어 있길 바라는 수밖에 없었다.

죽을 다 비운 유진은 구겨진 치맛자락을 털며 일어섰다. 학교에 갈 시간이었다. 아쉬운 듯 현관에 서서 가지 말까, 내게 물어왔지만 나는 억지로 등을 떠밀었다. 유진이 나에게 꼭 아빠처럼 군다며 우스갯소리를 했다. 나는 유진의 뺨을 잡고 입술을 맞부딪쳤다. 미미 형님에게서 배운 키스를 그대로 따라 해보고 싶었지만, 아침부터 고추가 서버리면 곤란했다. 유진이 쪽, 소리를 내며 입술을 뗐다. 방바닥에 흘린 죽을 핥아먹던 봄이 쪼르르 현관으로 뛰어나와 유진을 향해 짖어댔다. 녀석은 꼬리를 세차게 흔들어대면서 기어이 유진을 따라나서려고 했다. 하는 수 없이 봄을 끌어안고 점점 멀어지는 유진의 뒷모습을 옥상에서 지켜보았다. 그러고 있으니 정말로 내가 유진의 아빠라도 된 것 같은 느낌이 들었다.

옥상에 서자 학교 운동장이 훤히 내다보였다. 집 앞 골목길은 어수선했다. 운동장은 등교하는 학생들로 붐볐다. 나는 혹시 아는 놈이라도 지나가지 않을까, 살펴보았다. 검은 교복에 검은 머리, 다 비슷비슷했다. 교문 앞을 지키고 선 사람이 영어선생인 것만은 확실하게 알아볼 수 있었다. 영어선생의 말마따나 어디라도 유학을 다녀왔더라면 용화공업고등학교 교문을 지키지 않아도 되었을까? 아마 그리 될 확률은 태화가 하루 만에 콘돔 여섯 개를 다 써버릴 확률보다 훨씬 낮지 싶었다.

운동장이 텅 비고, 수업종이 울려퍼질 때까지 나는 우두커니 옥상에 서 있었다. 아르바이트 자리도 잃은 마당에 다시 학교로 돌아가야 하지 않을까, 슬슬 걱정이 되었다. 하지만 일단 오늘 당장 가봐야 할 곳이 있었다. 강릉이었다. 나는 반드시 강릉에 가서 확인하고 싶었다. 강릉의 검푸른 바다가 나와 얼마나 상관없는 곳인지, 내 부모와 얼마나 무관한 장소인지 직접 눈으로 봐야만 했다. 그러지 않고서는 코리아의 서울, 한강 이남의 용화공업고등학교, 교문 앞 옥탑방에서 자발적 고아처럼 무탈한 날들을 살아낼 자신이 내겐 없었다.

봄이 또 따라나섰다. 데리고 가기엔 너무 먼 거리였다. 따라나설 생각에 신이 났는지 녀석은 빨간 고추를 흔들어댔다. 내가 신발을 신는 사이 봄이 문을 긁어댔다. 봄의 발톱에서 끼익, 끼익 기분 나쁜 소리가 났다. 나는 봄의 목덜미를 한 손으로 쥐고 높이 들어올렸다. 봄의 네 발이 공중에서 허우적거렸다. 봄의 검고 동그란 눈을 마주 보고 있으려니 녀석을 혼자 두고 가는 게 미안해졌다. 하지만 어쩔 도리가 없었다. 나는 봄을 방 안쪽으로 밀어버리고 얼른 문을 닫아버렸다. 봄이 쏜살같이 달려와 닫힌 문을 긁었다. 나는 귀를 막고 도망치듯 계단을 내려갔다. 내가 방을 잠깐 떠나 있는 동안 봄은 나의 빈방을 지킬 것이다. 내가 만생호의 선장이라면, 봄은 나의 믿음직하지만 호색한 조수였다. 봄과 함께라면 만생호는 순풍을 타고 단숨에 태평양을 횡단할 수 있을 것이다.

계단을 다 내려올 때까지 봄이 짖어대는 소리가 요란했다. 사실 봄이 좀 극성이긴 했다. 하지만 빈방에서 내가 오기만을 기다리는 그 누군가가 바로 봄이라는 이름의 개라는 사실이 나는 즐거웠다. 게다가 봄은 101-8번지 할머니가 기르던 개들 중 한 마리였으니 훗날 아버지와 엄마가 알게 되더라도 반기지 않을 이유가 없었다.

고속버스 터미널에 도착해서야 휴대폰을 두고 왔다는 것을 알았다. 봄을 떼어놓는 데 정신이 팔려 있던 탓이다. 다시 옥탑방에 다녀와야 하나, 고민했지만 굳이 휴대폰이 있어야 할 이유도 없었다. 나는 곧바로 강릉행 버스표를 샀다. 고속버스는 이십 분마다 한 대씩 출발했다. 바삐 서둘렀는데도 얼추 정오가 가까웠다. 버스에 오르자마자 나는 눈을 감았다. 아직 몸 상태가 좋지 않았다. 버스는 느릿느릿 터미널을 빠져나갔다.

서울에서 강릉까지 가는 데 걸리는 시간은 고작 두 시간 남짓이었다. 창가 좌석에 몸을 깊숙이 묻고 질끈 눈을 감고 있으니 아버지와 엄마가 검은 캐리어를 택시에 싣고 내게 손을 흔들던 날이 눈앞에 펼쳐졌다. 막상 버스에 올라타 그날을 되새기자 강릉에 가야 할 이유가 없었다. 아버지와 엄마가 미국행 대신 강릉행을 선택했을 까닭이 없었다. 그깟 뉴스 한 줄에 이렇게 호들갑을 떨다니, 어젯밤 병원 응급실에서 의사가 내린 내 증상에 대한 진단을 다시 한번 들춰보아야겠다. 짐작건대 진단서에 적힌 내 병명은 급성심장수축으로 인한 불안, 초조, 자기 폄하, 애정결핍, 피해의식, 과대망상 등등, 그에 따른 처방전은 말보로 한 갑, 돼지갈비 삼 인분, 유진의 맨살 등등.

하룻밤을 내리 잔 것 같은 깊고 어두컴컴한 꿈을 지났다. 눈을 떴을 때 버스는 터널을 통과하는 중이었다. 버스 안은 컴컴했다. 나를 뺀 다른 승객들은 대부분 자고 있었다. 아니면 자는 척하고 있거나. 밤하늘을 나는 비행기 속이 이러할까. 순간 아버지와 엄마와 함께 미국행 비행기에 올라탄 줄 알았다. 하지만 창밖은 순식간에 환해졌다. 창밖으로 보이는 풍경은 달빛에 젖은 구름 위가 아니라 구불구불 이어진 검은 고속도로와 아직 눈이 녹지 않은 산등성이였다. 몇시쯤 되었을까, 여긴 어딜까. 나는 운전석 쪽을 살펴보았다. 전자시계가 보였지만, 시계는 버스를 탈 때와 똑같은 시간을 가리키고 있었다.

12:00. 낮과 밤이 수시로 바뀌는 버스 안은 항상 정각 열두시였다. 아버지와 엄마가 미국으로 떠난 지 고작 일주일 남짓이 지났을 뿐인데 일 년은 훌쩍 지난 것 같았다. 날짜변경선은 태

평양 어디쯤이 아니라 서울에서 강릉으로 가는 영동고속도로 한가운데 가로놓여 있는 듯했다. 휴대폰마저 없어서인지 나는 슬슬 날짜와 시간에 대한 감각을 잃어가는 중이었다.

곧 평창휴게소에서 십 분간 정차합니다.

기사 아저씨가 마이크를 쥐고 윙윙거리는 목소리로 말했다. 조금도 움직이지 않을 것 같던 사람들이 기지개를 펴고 커튼을 걷었다. 사람들은 줄을 지어 버스에서 내렸다. 나는 그들의 뒤를 묵묵히 따라갔다. 그들 중 남자 무리를 따라 화장실에 가서 오줌을 누고, 그들 곁에 말없이 서서 담배를 피웠다. 휴지통에 담배꽁초를 버리려는데 젊은 남자가 다가와 수줍게 말을 걸었다.

저, 담배 하나만 빌릴 수 있을까요?

그의 손엔 이미 담배가 들려 있었다. 아직 포장도 뜯지 않은 에쎄였다. 내가 그의 손을 바라보자 그가 쑥스러워하며 웃었다.

휴게소에선 양담배를 안 팔더라고요.

나는 그에게 담배 두 개비를 꺼내주었다. 그는 엄청 좋아했다. 짜식, 그 심정을 나는 충분히 짐작할 수 있었다. 그는 내게 라이터까지 빌렸다. 담배를 문 그의 얼굴에 안온한 미소가 퍼져나갔다. 함께 담배를 피우던 승객들이 내 손에 쥐여 있는 담뱃갑을 흘끔거렸다. 개중 나이들어 보이는 아저씨가 못마땅한 얼굴로 침을 튀기며 말했다.

요즘 젊은 사람들은 양담배가 뭐 좋다고. 이봐, 그거 안 피울 거면 나나 주게.

내게서 담배를 빌려간 남자가 망설이며 에쎄 한 갑을 통째로 내밀었다. 아저씨는 고맙다는 말도 없이 주머니에 담배를 받아 넣고는 버스 쪽으로 빠르게 걸어갔다. 그 뒤를 다른 승객들이 따라갔다. 나 역시 그들을 따라 어기적어기적 걸어갔다. 휴게소에선 양담배를 안 팔더라는 말이 자꾸 귓가를 맴돌았다. 아버지는 어디에서 에쎄를 구할지, 입에 맞지도 않는 말보로를 피우고 있는 것은 아닌지, 괜스레 마음이 쓰였다. 멸치 보낼 때 에쎄도 함께 넣어줘야지. 혹시 알아? 아버지도 내게 말보로와 버지니아, 카멜을 상자 가득 채워 보내줄지.

다시 버스에 올라타려는데 차 한 대가 경적을 울리며 휴게소 주차장을 빠져나갔다. 포터였다. '싱싱회수산'이라는 다섯 글자를 달고 한때 아버지의 것이었던 포터가 내 눈앞에서 멀어져갔다. 나는 순간 손을 머리 위로 흔들며 고래고래 소리까지 지를 뻔했다. 얼핏 포터의 운전석에 아버지가, 그 옆좌석에 엄마가 사이좋게 앉아 있는 게 보였다. 내가 또 속을 줄 알고. 오래전 초등학교 운동회 때처럼 아버지와 엄마가 멀리서 나를 훔쳐보다가 찰칵 사진 한 장 찍고, 킥킥 웃으며 내게서 도망치는 중인 게 분명했다. 마음만 먹으면 아버지와 엄마를 얼마든지 따라잡을 수 있었다. 강릉 앞바다에 보트를 띄워 수평선을 향해 끊임없이 나아가다보면 어느 날 아메리카의 서쪽 해변에 당도할 것은 자명하다. 지구본만 보더라도 태평양은 고작 두 걸음만으로도 충분히 건널 수 있는 바다가 아니었던가. 엄마, 난 제대로 할 줄 아는 건 없어도 아는 건 많은 놈이라니까. 점퍼 주머니 속에 있는 나의 손이 저절로 브이자를 그렸다.

_카리스마 나이트클럽 전속 가수와 키스를

강릉고속버스터미널은 서울의 고속버스터미널보다 깨끗하고 한산했다. 터미널 앞 편의점에서 삼각김밥 두 개를 사먹고 곧장 밖으로 나왔다. 하늘은 서울보다 파랬고, 공기는 더 차가웠다. 담배 맛이 서울보다 더 독하게 느껴졌다. 누군가에게 전화를 걸어 내가 지금 어디에 있는지 말해주고 싶었다. 태화에게, 유진에게, 오선에게. 그제야 휴대폰을 두고 온 게 아쉬웠다. 어쩌면 아버지로부터 전화가 걸려왔을지도 몰랐다. 으이구, 이 돌대가리. 나는 내 머리통을 때렸다.

나는 터미널 앞 벤치에 앉아 어디로 가야 할지 한참 동안 궁리했다. 벤치는 차가웠다. 청바지도 함께 차가워졌다. 엉덩이가 시렸다. 나는 몇 분 앉아 있지도 못하고 터미널 건물 주변을 어슬렁거렸다. 콧물이 다시 흘렀다. 옷소매로 대충 콧물을 닦아내며 주위를 둘러보았다. 길 건너 택시승강장과 시내버스정류장이 보였다. 사람들은 모두 옷깃을 세우고 두 발을 종종거리며 버스를 기다리는 중이었다. 나는 표지판의 버스 노선도를 보기 위해 바짝 다가갔다. 표지판엔 너덜너덜한 전단지 한 장이 붙어 있었다. 나는 전단지를 찬찬히 읽기 시작했다.

카리스마 나이트클럽 오픈 3주년 기념 빅 초대손님
강릉이 낳은 최고의 트랜스젠더 가수 미미

오 마이 갓. 정말 미미 형님의 사진이 동그란 원 안에 들어 있었다. 원은 조잡한 꽃무늬 프린트로 장식되어 있었다. 미미 형님은 길쭉한 타원 안에서 여지없이 반짝이는 스팽글 드레스를 입고 맨등을 내보이며 서 있었다. 고개를 돌리고 뇌쇄적인 미소를 흘리고 선 미미 형님. 태화의 입술을 적셨던 바로 그 입술을 살짝 벌린 채 나를 향해 웃고 있는 미미 형님. 차마 형님이라 부를 수 없는 십 점 만점에 이십 점짜리 그녀. 그 사진 아래엔 다음과 같은 문장이 다른 글자보다 유독 진하게 인쇄되어 있었다.

앞모습은 직접 오셔서 확인하세요.

나는 카리스마 나이트클럽의 포스터 앞에 한참을 서 있었다.

누나, 반가워요. 혼자 중얼거리는 나를 보고 사람들은 슬금슬금 뒤로 물러섰다. 낯선 번호들을 달고 있는 버스들이 수차례 내 앞을 지나쳐가는 동안 나는 오직 미미 형님의 얼굴만을 지그시 바라보았다. 볼수록 아름다운 얼굴이었다. 미미 형님의 얼굴을 이토록 오래 들여다볼 수 있는 기회는 흔치 않았다. 유진의 책 선물이 마냥 불운의 징조는 아니었던 모양이다.

금방이라도 바람에 찢어질 것 같은 포스터를 나는 정성껏 떼어냈다. 세상에서 제일 키스를 잘하는 미미 형님의 얼굴이 구겨지지 않도록 잘 접어 주머니에 넣었다. 이걸로 충분했다. 나는 바다에 가려던 마음을 고쳐먹었다. 대신 카리스마 나이트클럽으로 목적지를 바꾸었다. 그곳에 가면 세상에서 제일 아름다운 트랜스젠더 가수 미미 형님을 만날 수 있다. 바다 앞에 선들 이보다 좋은 무언가를 얻을 수는 없을 것이다. 운이 좋으면 미미 형님과 평생 잊지 못할 키스를 나눌지도 모른다. 물론 그 키스 끝에 남는 것은 벌겋게 부풀어오른 한쪽 뺨과 먼지처럼 떨어져내린 스팽글 한 조각뿐일 테지만.

나는 어서 빨리 미미 형님에게로 달려가서 나의 마르고 거친 입술을 둥글게 내밀고 싶었다.

아저씨, 카리스마 나이트클럽에 가려면 어디로 가야 하나요?

승강장에 모인 사람들 중 늙수그레한 아저씨를 붙잡고 나는 정중하게 물었다. 아저씨의 얼굴에 한심하다는 표정이 역력했다. 쯧쯧, 혀를 차며 아저씨가 팔을 들어 먼 곳을 가리켰다. 그의 손가락을 따라 내 시선이 닿은 곳은 파도가 철썩이는 시퍼런 바다 어디쯤이었다. 머릿속에서 동그란 지구본이 데굴데굴 자전을 했다. 코리아의 동쪽, 푸른 태평양 너머 고작 몇 센티미터 남짓 떨어져 있던 커다랗고 드넓은 땅. 정확한 실평수야 알 수 없는 그 땅의 이름은 아메리카. 아메리카?

오, 애메리카! ■

| 수상 소감 |

오랫동안 부끄러운 마음으로 살았습니다. 여전히 부끄럽기는 매한가지입니다. 하지만 이제라도 그동안 참 부끄러웠다고 말할 수 있어서 다행입니다. 돌이켜보면, 부끄럽다는 말, 고맙다는 말, 미안하다는 말, 보고 싶다는 말, 사랑한다는 말들이 참 버거웠던 날들이었습니다. 아무에게도 읽히지 않는 글을 쓴다는 것은 정말 더할나위없이 그러한 것이었습니다. 그럼에도 흰 종이를 눈앞에 두지 않고서는 차마 숨쉬기 힘든 날들이기도 했습니다.

아직도 캄캄한 고속도로를 달리는 버스 안에서, 옆사람의 얼굴이 비치는 어두운 기차의 차창 앞에서 소리죽여 울곤 합니다. 내가 흰 종이에 매달리는 동안 많은 것들이 나를 스쳐 지나갔습니다. 그 소중한 것들에게 고백합니다. 한 번도 그 떠나는 뒷모습을 모른 체하지 않았다고, 나는 그날들을 기억하고 그날들은 아직도 내게 되풀이되고 있음을 이제야 말합니다. 그러므로 나는 죽을 듯이 아파도, 앓는 소리를 내지 않겠습니다. 나는 당신 대신 내가 아플 수 있다는 것에 감사하며 살아갈 것입니다. 그것은 내가 신 앞에서 빌었던 유일한 기도이기도 했습니다.

돌이켜보면 지난 십여 년, 나는 언어를 새로 배웠습니다. 이제 나는 더듬거리지만, 정직하게 말할 수 있고, 또박또박 말을 맺지 못하지만, 적어도 모든 문장의 첫머리만은 제 안에 있음을 믿을 수 있게 되었습니다. 그 모든 일들을 가능하도록 도와주신 이성복 선생님, 김원우 선생님, 장옥관 선생님, 손정수 선생님, 김경수 선생님께 감사드립니다. 더불어 저와 함께 대구에서 문우의 정을 나누었던 계명대 지기들에게도 안부와 감사의 인사를 전합니다. 그들과 함께 나누었던 추억은 제 글 속에 여지없이 녹아 있습니다. 옥탑방 담벼락에 적힌 노랫말을 우리에게 가르쳐준 사람이 누구인지, 스티커로 도배된 문이 누구의 방문인지 아는 사람들은 오직 그분들뿐일 것입니다. 우린 앞으로 더 많은 것을 나누며 살리라는 것을 저는 믿어 의심치 않습니다.

그 누구보다도 나와 함께 글을 쓰고, 서로의 글을 위해 참 많이 애썼던 나의 소중한 명지대 친구들에게도 내 뜨거운 마음을 전합니다. 바로 너희들이 없었다면, 지금 나는 참 많이 다르게 살고 있었을 거야. 고마워. 여전히 나는 너희들의 파란만장 롤러코스터 같은 삶이 부럽다. 덧붙여 내게 다른 삶을 엿보게 해준 그와 내 사랑 윤주, 진아, 종민에게도 사랑을 전합니다. 너희들은 내게 기적이나 마찬가지야. 그리고 언제나 나를 깊게 믿어주시고, 있는 힘껏 내 등을 떠밀어주시는 박범신 선생님, 신수정 선생님께도 감사드립니다. 고맙습니다. 살아가는 동안, 천천히 갚아나가겠습니다.

늦었지만 전화기 너머 소리내어 울던 나의 가족들에게 비로소 사랑한다는 말을 전합니다. 내게 주어진 가장 큰 행복은 내가 당신의 자식으로 태어났다는 것, 네가 내 동생으로 태어났다는 것. 고맙고, 고맙고, 미안합니다. 나를 이루는 모든 세포들은 바로 내 가족의 이름임을 오늘 다시 한번 명백하게 깨닫습니다.

그러니 우리, 오래, 같이, 살아요.

| 심사평 |

류보선(문학평론가)

황현진씨의 『죽을 만큼 아프진 않아』는 무엇보다 '바로 이 사람'을 그려내는 솜씨가 남달랐다. 어떤 인물에 대한 그리 많지 않은 삶의 내력과 언행만으로도 살아 꿈틀거리는 성격을 만드는 특출난 능력을 지니고 있었다. 이렇게 만들어진 희비극적인 인물들은 저 멀리는 채만식 김유정, 그리고 가깝게는 이문구 성석제 은희경 천명관 이기호 등을 연상시킬 정도로, 정말 하나같이 매력적인 캐릭터들이었다. 뿐만 아니라 '바로 그곳'을 그려내는 솜씨도 남달랐다. '용산구 한강로 101번지' 지역으로 표현된 인간적이면서 진정성이 살아 있는 공간과 '이태원'이라는 유사 진정성의 세계를 대비시켜 묘사해내는 기술은 가히 압도적이었다.

그리고 마지막으로 이 소설의 결정적인 장처는 모두들 하나같이 살아 꿈틀거려서 좀처럼 병존시키기 힘들어 보이는 '신성한 디테일들'을 성공적으로 묶어세운 탁월한 구성력이다. 『죽을 만큼 아프진 않아』는 일종의 성장담이다. 용산구 한강로라는 스러져가는 세계로부터 쫓겨나와 이태원이라는 초자아의 세계 혹은 현실원칙의 세계로 편입되나 결국은 또다른 독자적 가치의 공화국을 찾아나가는 과정이 이 소설의 핵심서사인바, 『죽을 만큼 아프진 않아』는 이 과정의 총체성을 그야말로 소설적으로 구현한다. 물론 아쉬움도 있었다. 이 소설에는 중간중간 이성애적 도덕과 동성애적 충동이 유비되고 있는바 이 동성애적 충동이 등장할 때마다 소설의 흐름이 단절되는 느낌을 받았다. 동성애적 충동이 주는 거부감 때문이 아니라 이 동성애적 충동이 전체 소설의 맥락에서 상징하는 바가 불분명했기 때문이었다. 하지만 이런 아쉬움에도 불구하고 황현진씨의 『죽을 만큼 아프진 않아』는 최근 한국문학에 오랜만에 도래한 놀라울 정도로 개성적인 세계임에 틀림없다. 한국문학에 유독 상징적이면서도 특이한 성장소설이 많은 것이 사실이지만, 그 소설적 전통을 훌륭하게 계승한 성장소설이라 할 만하다. 뿐만 아니라 21세기에 들어서 더욱더 겉으로는 희극적이지만 실제로는 비극적인 삶을 사는, 아니면 불행이 계속 반복되어 처음에는 비극적으로 다가오지만 다음에는 그 비극마저 희극적으로 받아들이며 살아가는 현대인들의 삶의 형식을 상징적으로 형식화한 성장소설이라 할 수도 있겠다. 당선을 축하한다. 좋은 소설로 당선해서 더욱 축하한다.

박성원(소설가)

이 소설은 성장을 담고 있지만 성장이라는 외피 안에 명품과 짝퉁의 문제, 동성애와 이성애의 문제, (가족을 비롯한)해체와 새로운 결집 같은 다양한 군상이 극대화되어 나타나고 있다. 이 소설에 나오는 문장처럼 "남자로 태어났지만, 몇 번의 수술 끝에 완벽한 여자의 모습으로 거듭"난 미미 형님도 결국은 "SA급 짝퉁"일 수밖에 없는 모습들은 혼성모방되어 나날이 최첨단으로 늘고 있는 전자제품들 속에서 끌려다니기만 하는 루저의 단면을 잘 드러내고 있다. 아메리카라고 발음해야 하는지 아니면 애메리카라고 발음하는 게 더 옳은 표현인지 알 수 없는 혼란 속에서 성장을 하고 있는 모습. 그리고 성장을 이야기하지만 청소년의 소통과 통행은 금지되어 있다는 모순. 이러한 것들이 잘 어우러져 새로운 성장소설의 한 장을 열고 있어 수상작으로 뽑게 되었다.

신수정(문학평론가)

본심에 올라온 여섯 편의 소설을 다 읽었을 때, 어느 정도 예상을 하기는 했다. 황현진씨의 『죽을 만큼 아프진 않아』에 쏠릴 지대한 관심을. 곧 재개발이 될 용산구 한강로 101번지 주민들의 삶을 배경으로 이태원 짝퉁가방 가게 알바생이자 용화공고 삼학년생인 '태만생'의 일상을 전면에 배치하고 있는 이 소설을 외면하기란 그리 쉬운 일이 아니었다. 군더더기 없이 깔끔하고 적확한 문장, 짧게 분절된 장 구성을 통해 이야기의 강약을 조절하는 능력, 구질구질한 삶의 이면을 헤집어 그 진면목을 포착해내는 성숙한 시선 등, 이 소설은 신인의 작품이라기엔 지나치게 완결된 느낌을 줄 정도로 뛰어난 작품 구성력을 보여주었다. 무엇보다도 이 소설의 최대 강점은 이태원을 배경으로 한 십대 소년의 성장담이 자칫 빠지기 쉬운 어설픈 현실 비판이나 과도한 자기연민을 억제하고 있다는 점이었다. 이태원이 한국사회에서 차지하고 있는 사회적 의미에 눈을 돌린다거나 질풍노도로 일컬어지는 청소년기의 터질 듯한 감성을 배제한 채 그들의 성장을 기계적으로 그리고 있다는 의미가 아니다. 어쩌면 『죽을 만큼 아프진 않아』는 이 두 가지 모두를 적절하게 수행하고 있다고 보는 편이 보다 사실에 부합될 것이다. 부모를 '아메리카'로 이민 보내고 이태원을 중심으로 독자적인 삶을 모색하는 주인공 태만생의 삶은 기실 부모세대의 아메리칸드림에 대한 자생적 대응력을 상징한다고 보아도 좋지 않을까. 물론 그 삶이 진품일 리가 없다. 짝퉁으로서의 삶에 대한 자의식은 이 소설의 톤을 결정하는 중요한 요소 가운데 하나다. 그 결과 『죽을 만큼 아프진 않아』는 감정의 낭비를 자제하고 위트 있는 지성을 선보일 수 있게 되었다. 현실의 모순을 놓지 않으면서도 그것에 소년의 성장 일반에 깃든 애수 어린 아이러니를 부여할 줄 아는 이 능력에 힘입어 우리는 불량한 듯하면서도 따뜻하고, 따뜻하면서도 씩씩한 공고생 태만생을 만날 수 있게 되었다. 아마도 우리는 오랫동안 삶의 진창을 넘어서고자 애쓰는 태만생의 고독한 성장을 잊을 수 없을 것이다.

윤성희(소설가)

황현진씨의 『죽을 만큼 아프진 않아』는 최종심에서 만난 소설 중 인물을 가장 입체적으로 그려냈다. 한두 문장으로 인물의 캐릭터를 설명하는 능력은 탁월해서 읽으면서 몇 번이나 피식, 하고 웃게 되었다. 무엇보다도 상처를 과장하지 않는 것이 내게 큰 믿음을 주었다. 부모님이 이민 가방 안에 들어가 몸을 웅크리고 있는 장면이라든가, 가족사진을 들여다보면서 잊고 있던 기억을 떠올리는 장면은 굉장히 아름다웠다. 특히 사진을 보며 옛 기억을 추억하는 일은 진부하거나 감상적으로 흐르기 쉬운데, 멋지게 그 경계를 넘어서지 않았다. 그것은 사진으로 옛일을 추억하는 것이 아니라, 사진 뒤에 감추어진 서사를 드러내는 방식을 취했기 때문일 것이다. 모든 장면에 이야기가 있다는 것을 독자에게 한시도 잊지 않게 해주었다. 단속반 직원에 의해 아르바이트를 하던 짝퉁가방 가게를 들키게 된 뒤로 이야기가 다소 급박하게 진행된다는 느낌을 받았다. 처음에는 그 부분이 아쉬웠지만, 다시 한번 읽어보니, 내가 만약 이 글을 썼다 하더라도 다른 방식의 결론을 찾기는 어려웠을 것 같다는 생각이 들었다. 결론만 다시 고친다고 해결될 문제가 아닐 것이다. 어쩌면, 이태원에서 아르바이트생활을 한 시간이 너무 짧은 게 이유일 수도 있고(겨우 나흘 만에), 그래서 아르바이트를 하면서 내가 성장하는 모습이 잘 드러나지 않은 게 이유일 수도 있을 것이다. '나'의 첫사랑과 두번째 사랑인 오선과 유진이라는 인물이 다른 인물들에 비해 밋밋하게 그려진 게 이유가 될 수도 있을 것이다. 아무튼, 이런 몇 가지 아쉬운 면이 있다 하더라도, 이 작품을 수상작으로 결정하는 데 큰 영향을 미치지는 못했다. 이 소설의 주인공 용화공고 삼학년 태만생군은 근래에 만난 가장 사랑스러운 캐릭터이기 때문이다. 당선자에게 축하를 보낸다.

한강(소설가)

황현진씨의 『죽을 만큼 아프진 않아』는 탄력 있는 문장들이 매력적인 작품입니다. 탄력과 재치만 느껴지는 것이 아니라, 작가가 공을 들여 다듬으며 보냈을 시간도 함께 느껴지는 문장들입니다. 문장들의 탄성을 따라 인물들도, 이야기도 신선한 리듬으로 튀어오르며 흘러갑니다. 열아홉 살이라는, 성년과 미성년의 경계를 이루는 나이를 통과하는 주인공의 미숙하고 순진한 시선이 일관성 있게 그려지며, 과장 없는 따뜻함이 절제 속에서 은근하게 배어나오고 있다는 점이 신뢰를 주었습니다. 다소 갑작스러운 결말만은 아쉬웠지만, 다음의 소설을 기대해봅니다. 수상을 진심으로 축하드립니다.

황종연(문학평론가)

황현진씨의 『죽을 만큼 아프진 않아』는 반(反)성장소설의 가작(佳作)으로 보아서 무리가 없는 작품이다. 공고 삼학년생인 주인공 태만생은 가난한 부모가 미국으로 '이민'을 떠나면서 구해준 옥탑방에 혼자 기거하며 인근 이태원 '짝퉁' 매장에서 아르바이트를 시작한다. 그의 독립생활과 이태원 취업은 금지된

성과 향락의 세계로 그를 진입시키지만 '이민'을 떠난 것처럼 보인 부모가 어쩌면 자살했을지도 모르듯이 그의 성장은 사회적으로 부유하는 삶으로 귀결될 가망이 높다. 하지만 이 소설의 매력은 반성장이라는 이젠 흔한 그 주제에 있지 않다. 그것은 일차적으로 태만생의 화법, 곤궁한 환경에서 살고 있는 십대의 개그풍의 발랄한 말씨를 직설적으로 전달하는 동시에 태만생의 순진성과 무지함을 아이러니하게 암시하는 화법에 있다. 태만생의 서술이나 그 서술 안에 감싸여진 작중인물들의 말을 들으면 말을 모사하는 저자의 재능이 특출함을 직감하지 않을 수 없다. 또한 작중인물의 성격을 부각시키는 솜씨도 일품이다. 태만생의 부모와 이태원의 개사장을 포함한 인물들은 마이너임에도 이런저런 발언, 제스처, 삽화 등을 통해 접하는 순간 잊기 힘든 인상을 남긴다. 태만생과 그의 친구 및 애인과의 관계가 충분히 발전되지 않아 이야기가 다소 허술하다는 아쉬움은 있으나 하층민 사회의 그늘 속에서, 도덕적으로 혼란된 환경 속에서 성장의 진통을 겪고 있는 십대들의 한 풍속도로도 손색이 없다.

문장이 쌓이는 소리, 이야기가 굴러가는 소리

윤성희

당선을 알리는 전화를 받았을 때 그녀가 처음으로 한 말은 '꺅'이었다. 내가 직접 들은 것이 아니니 정확히 표현하자면 '그녀가 처음으로 한 말은 '꺅'이었다고 한다'라고 써야겠지만, 여기 쓰일 그녀의 이야기는 나에 의해 각색될 테니 굳이 수정할 필요는 없을 것이다. 아무튼, 그녀가 소리를 질렀다는 것은 확실하다. 통화를 마친 편집장이 어깨를 으쓱하고는 내게 말했다. "꺅! 하고 소리지르던데요." 그 말을 듣는 순간, 맞은편에서 술을 홀짝이던 내 머릿속에는, 어릴 적 보았던 만화의 한 장면이 스쳐 지나갔다. 머리를 하나로 올려묶은 소녀가 박수를 치며 뛰어오르는 모습. 폴짝, 이란 단어가 저절로 생각날 정도로 두 다리는 허공 높이 떠 있다. 니은자 모양으로 구부러진 채. 그런 소녀들은 명랑만화에 자주 등장했다. 만화책으로 한글공부를 했던 나는 말풍선 속에 들어가는 의성어들을 좋아했다. 꺅, 이라는 단어도 그중 하나였다. 지금도 그 단어만 떠올리면 두 손을 마주 모아야만 할 것 같다. 어렸을 때 나는 오랫동안 말풍선 속에서만 힘을 발휘하는 단어들을 생각하곤 했다. 좋아하는 가수의 콘서트에 가서도 소리 한번 지르지 못하는 성격 때문인지 나는 으악, 어이쿠, 아이고, 같은 말들이 이 세상에 실제로 존재한다는 게 늘 신기했다. 그랬으니 그녀가 내지른 꺅! 이란 말은 내겐 좀 비현실적으로 들렸다.

낯선 번호로 전화가 오던 그 순간, 그녀는 친구들과 술을 마시고 있었다. 문예창작과의 수업이란 늘 그렇듯이 교실에 앉아 있는 시간보다 학교 앞 술집에 앉아 있는 시간이 더 길었다. 소설을 배우겠다고 상경한 지난 이 년 동안, 안주는 늘 비슷했고, 그래서 술에 취해 집에 돌아가는 길이면 안주처럼 내 소설도 그렇게 지루한 건 아닌지 하는 자괴감이 들곤 했다. 그녀는 건배를 하면서 종종 휴대폰을 보았다. 제발 모르는 번호로 전화가 오길. 그렇게 중얼거리던 그 순간 정말 기적처럼 낯선 번호가 찍혔다. 010으로 시작하는 번호였다. 그 전화는 택배기사일 수도 있고, 휴대폰이 바뀐 친구일 수도 있고, 오랫동안 연락이 끊어졌던 동창일 수도 있었지만…… 그녀는 왠지 그 전화가 짐작과는 다른(아니 어쩌면 두 달 동안 상상해온) 전화일 것이라는 예감이 들었다. 휴대폰을 들고 굳이 밖으로 나간 것은 그래서였을 것이다. 정확히 일 분 후. 같이 술을 마신 친구들은 가게 유리창을 통해 폴짝폴짝 날뛰는 그녀의 뒷모습을 보게 된다. 누군가 왜 저래, 하고 중얼거린다. 한 친구가 밖으로 나온다. 또 한 친구가 밖으로 나오고 이내 술자리에 앉아 있던 친구들이 우르르 밖으로 나온다. 그리고 십 분 후. 그들은 어깨동무를 하고 다 같이 폴짝폴짝 뛴다. 다 같이 춤을 춘다. 대학가에서 오랫동안 술집을 해왔던 주인은 이런 광경이 하나도 낯설지가 않지만, 길 가던 사람들 몇은 그들을 쳐다보며 고개를 흔들었을 것이다.

그녀의 작품이 당선될 것이라고 예상을 한 사람은 뜻밖에도 그녀의 어머니였다. 전날 밤, 어머니의 꿈속에서 그녀는 춤을 추었다. 양수가 터지고 나서야 아이가 세상 밖으로 나오기 직전이라는 것을 알아차린 어머니였지만 딸을 위해서 두 번이나 근사한 꿈을 꾸어주었다. 태몽과 당선몽. 뱃속에 있었을 때 그녀는 너무나 얌전한 아이였고 그래서 어머니는 그게 진통인지 복통인지 헷갈렸다. "똥이 마려." 어머니가 말했다. 그러자 외할머니가 임신한 딸의 등짝을 때리며 말했다. "애가 나오는 거야." 외할머니는 얼른 부뚜막으로 달려가 가마솥에 물을 데웠다. 사랑방의 온돌 바닥이 발을 디딜 수 없을 정도로 달구어졌을 때 그녀는 태어났다. 첫 손녀딸을 안은 채 외할머니는 밖에서 서성이던 외할아버지에게 소리쳤다. "얼른 황서방에게 전화해요." 장인의 전화를 받았을 때 그녀의 아버지는 술을 마시던 중이었다. 딸이 태어났다는 소식이 기쁘긴 했지만 그렇다고 술이 깨지는 않았다. 하지만 아이가 태어나기도 전부터 지어놓은 이름만은 생생하게 떠올랐다. 전화를 끊은 아버지는 얼른 동사무소로 달려갔다. 현진. 아버지의 이름 밑에 딸의 이름이 새겨졌다. 그후로 팔년 동안 아버지는 딸의 이름을 수없이 부르면서도 자신이 무엇을 잘못했는지를 알아차리지 못했다. 초등학교 입학통지서가 오고 나서야 아버지는 딸의 주민등록번호 뒷자리가 1로 시작된다는 것을 알게 되었다. 겨우겨우 필름을 돌려보니 사내아이로 출생신고를 했던 기억이 희미하게 났다. "모든 게 술 때문이야." 아버지는 가족들에게 말했다.

호적 정정을 위해 여덟 살의 그녀는 사진을 찍는다. 옷을 홀랑 벗고서. "더 늦게 알았으면 어쩔 뻔했니?" 그녀의 어머니는 지금도 종종 농담을 한다. 법원에 가서 그 사진을 한번 찾아보자고. 그래도 나름 누드사진 아니냐고.

담임선생님은 수업을 시작하기 전에 소설 한 대목씩을 읽어주곤 했다. 선생님은 아이들이 문학을 사랑하기를 바랐지만, 선생님이 읽어주는 대목은 초등학교 오학년 아이들이 이해하기에는 다소 어려웠다. 그래서 귀를 쫑긋하며 듣는 아이들은 많지 않았다. 하지만 그녀는 선생님이 읽어주는 그 글들이 늘 좋았다. 소설가 지망생이었던 선생님은 단번에 문학소녀인 그녀를 알아보았다. 그녀는 시를 썼다. 선생님은 시를 읽어주었다. 그리고 둘은 마주앉아 이야기를 했다. 그후로, 그녀의 꿈은 단 한 번도 변하지 않았다. 그것은 바로 '작가'였다. 이십 년이 지났지만 아직 그녀의 책상서랍에는 선생님과 주고받았던 수많은 편지들이 들어 있다. 그녀는 편지에 고독이니, 우울이니, 존재니…… 따위의 단어들을 적기 시작했다. 그러면 선생님은 친구에게 말하듯 답장을 해주었다. 스무 살의 나이차를 넘어선 어떤 우정이 그 편지에 깃들어 있다. 누군가에게 속마음을 적은 편지를 보내기 시작하면서, 머릿속에 떠오르는 막연한 생각들을 글로 옮겨적기 시작하면서, 그녀는 '나는~'이라고 시작하는 문장을 생각해낸다. 그것은 어쩌면 모든 문청들의 통과의례 같은 것. 그렇게 그녀는 중학생이 된다.

윤리선생님은 학생들에게 자성일기를 써오라고 한다. 어떤 아이는 어머니에게 거짓말을 한 일을, 어떤 아이는 친구를 미워했던 일을 적는다. 하지만 그녀는 이런 문장으로 글을 시작한다. '나는 고독을 갈구한다.' 그녀는 이내 교장실로 불려간다. "아무래도 너는 병원에 가야 할 것 같구나." 교장선생님은 말한다. 그녀는 종종 외가의 사랑방을 생각한다. 방바닥이 새까맣게 타버린 아랫목에 대해. 다시 돌아갈 수만 있다면. 중학생인 그녀는 어린 시절로 돌아갔다가 타임머신을 타고 곧장 고등학생으로 점프를 했으면 좋겠다고 생각한다. 중학생인 그녀를 위로해준 것은 오직 학교 앞 분식집의 '순대떡볶이' 뿐이었다.

여자의 일생, 하이테크 펜, 골뱅이통조림—고등학생이 된 그녀가 훔쳐본 것들.

문예창작과에 입학을 한 그녀는 시를 썼다. 만약 소설을 전공했더라면, 그녀는 친구들과 몰려다니던 고등학생 시절에 대해 글을 썼을까? 모파상의 '여자의 일생'과 학교 앞 문방구의 '이천원짜리 하이테크 펜'과 구멍가게 한구석의 '골뱅이통조림'은 얼마나 매력적인 소재인가. 인터뷰어가 얼마나 그런 이야기를 좋아하는지 그녀는 잊은 채 내게 그때의 일들을 고백했다. 누가 들을까봐 목소리를 낮춰가며. 그녀의 이야기를 들으면서 나는 야간자율학습시간에 도망쳐 가게에서 골뱅이통조림을 훔치는 여고생들에 관한 소설을 한 편 구상해보았다. 몇 개의 첫 문장을 생각하다가 이내 고개를 저었다. 그러고는 그녀에게 말했다.
"나중에 자전소설에 쓰면 좋겠는걸요."

아쉽게도(어쩌면 다행스럽게도) 그녀는 어설픈 도둑이었다.

어머니는 도시락을 두 개씩 싸주었다. 하지만 야간자율학습시간이 되기도 전에 도시락 두 개는 금방 비워졌다. 중학생 때 담임선생님은 백일장에 나가 상을 타온 그녀에게 혹시 베낀 거 아니니, 하고 의심을 했다. 그런 상처를 받고도 '순대떡볶이' 먹는 것을 멈추지 않던 그녀 아닌가! "골뱅이는 좀 배부르지 않을까?" 늘 몰려다니던 친구 중 한 명이 말했다. 그러자 또다른 친구가 맞장구를 쳤다. "익혀 나온 거니까 그냥 먹을 수도 있고." 그래서 그녀와 친구들은 가게로 갔다. 이들이 잊은 것이 있다면 골뱅이통조림은 어디에도 감출 수가 없다는 거였다. 납작한 것들이 감추기 좋다는 사실을 모르는 초짜들. 당연히 가게 주인에게 들켰고, 주머니에 들어 있던 백원짜리까지 털어서 카운터에 올려놓았고, 그리고 잘못했다고 수백 번을 빌었다. 그후로, 가게 앞을 지날 때마다 그녀와 친구들은 얼굴이 화끈거렸다. 그럴 때마다 우정은 깊어졌다. 우정이 깊어지자, 농담도 잦아지고, 장난도 심해지고, 그리고 용기도 더 많이 생겼다. 볼펜 정도라면 괜찮지 않을까? 그건 주머니에도, 소매에도, 바지 뒤춤에도, 어디에도 감추기 좋으니까. 그녀와 친구들에게 필요한 것은 이천원짜리 하이테크 펜이 아니었다. 그건 지우개이거나, 포스트잇이거나, 클립이어도 상관이 없었다. 그들은 곧 고3이 될 것이고, 더이상 몰려다닐 수만은 없을 것이고, 그리고 언젠가는 흩어질 거니까.

"학생 이리 와봐." 문방구 주인아저씨가 그녀의 친구를 부른다. 아직 그녀는 아무것도 주머니에 넣지도 못했는데. 친구의 주머니에서 이천원짜리 하이테크 펜이 나온다. 그들은 한순간 지난 일 년 동안 문방구 주인아저씨가 잃어버린 모든 물건을 훔친 상습범이 된다. "이십만원." 그게 그들이 여태 훔쳐간 물건 값이라고 한다. 그녀는 주인아저씨가 들고 있는 이천원짜리 하이테크 펜을 바라본다. 백 개. 차라리 백 개를 훔쳐보기라도 해봤으면. 그녀는 어머니에게 전화를 건다. "아무것도 묻지 말고 이십만원만 주세요."

정말로 그녀의 어머니는 아무것도 묻지 않았다.

그리고,

십여 년이 지난 뒤.

"그애는 잘 지내니?" 어머니가 뜬금없이 물었다.

"누구?"

"이십만원 빌려간 친구. 사고 쳐서 수술하려던 거 아니었어?"

그녀의 소설에는 이런 장면이 있다. 미국 이민을 가기로 결심한 부모님에게 '나'(참고로 이름은 태만생이고, 용화공고 삼학년이다)는 커다란 캐리어를 사드린다. 그 가방을 선물받은 어머니가 제일 먼저 한 일은 그 안에 자기 자신을 넣어보는 것. 그리고 말한다. "만생아, 너도 들어와봐. 여기서 너랑 나랑 둘이 살아도 되겠다." 곧이어 아버지가 캐리어 안에 몸을 넣는다. '나'는 서로 이마를 맞댄 채 캐리어에 몸을 웅크리고 있는 부모님을 내려다보다가 이내 휴대폰으로 그 모습을 찍는다. 그녀의 소설에서 가장 아름다운 장면이다. 이런 장면을 만들 줄 아는 작가라면 믿어도 좋지 않을까, 하고 나는 생각했다. 나는 만생이의 어머니 모습에 그녀의 어머니 모습을 겹쳐 그려본다.

문예창작과에 입학한 그녀는 졸업하기 전에 '등단'이라는 것을 하게 될 줄 알았다. 그것이 얼마나 무모한 생각이었는지를 깨닫는 데는 그리 긴 시간이 필요하지 않았다. 시인이 되지 못한 그녀는 대학원 졸업 논문이나 잘 쓰자고 스스로를 격려했다. 막상 논문을 쓰려다보니 산문을 어떻게 써야 할지 막막해졌고, 그래서 그녀는 소설창작수업을 신청하게 되었다. 학부 때도 듣지 않았던 과목. 처음으로 소설이라는 것을 써본 그녀는 태어나서 처음으로 무엇인가 노동을 하고 있다는 기쁨을 맛본다. 한 글자 한 글자 쌓이는 기쁨. 벽돌처럼 차곡차곡. 단어가 쌓이고, 문장이 쌓이고, 문단이 쌓인다. 그렇게 며칠이 지나자 소설이 한 편 완성되었다. 빈 강의실에 앉아서 하루에 열 줄씩 소설을 쓰던 시절. 그때 그녀는 지난 세월 자신이 무엇을 놓치고 있었는지를 알게 되었다. 내가 나 스스로를 낭비하고 있었구나!

2010년 12월. 어떤 신문사에서도 전화가 오지 않는다.
흥! 그깟 신춘문예. 그녀는 애써 담담한 척한다.

서울에 올라왔던 첫해. 그녀의 가방에는 지하철 노선도가 들어 있었다. 지하철을 타고 가다가 이름이 재미있는 동네가 나오면 무작정 내렸다. 그리고 그 동네를 돌아다녔다. 그렇게 만난 동네. 이태원. 크리스마스가 지나고, 신춘문예에 떨어졌다는 확신이 들자, 갑자기 그녀의 머릿속에 이태원 골목길의 풍경이 스쳐 지나갔다. 그리고 거짓말처럼 이태원에서 삐끼를 하는 어느 고등학생의 모습이 반짝하고 떠올랐다. 그렇게 해서 그녀를 웃고 울린 '만생'이라는 아이가 태어나게 되었다. 집으로 돌아와 그녀는 달력에 동그라미를 쳤다. 2월 28일. 두 달이면 하루에 15매씩 써도 900매를 완성할 수 있는 시간이었다. 그날 완성한 원고의 매수를 다이어리에 적는 기쁨이 얼마나 컸던지 설날이 오는 것도 싫을 지경이었다. 원고지가 200매를 넘어가면서, 용화공고 삼학년에 다니는 태만생군은 그녀의 뜻과 상관없이 움직이기 시작했다. 그전까지는 가만히 있던 아이. 그녀가 이태원에서 아르바이트를 하라면 했고, 부모님을 미국에 보내라면 보냈다. 그런데…… 어느 순간 그녀는 자신의 곁에 서 있는 만생이를 보게 되었다. 만생이가 그녀에게 말을 걸었고, 그녀는 처음에 생각했던 것보다 꽤 많은 이야기가 그 아이에게 숨겨져 있다는 것을 알게 되었다. 단편을 쓸 때는 미처 경험해보지 못한 일이었다.

원고를 출판사에 보낸 뒤, 그녀는 만생에게 말했다. 미안해. 널 이렇게 외로운 아이로 만들어서. 그리고 이런 약속을 했다.

내가 고쳐줄게.

널 더 근사한 아이로 만들어줄게.

좀더 따뜻한 아이로 만들어줄게.

태만생군은 그 약속을 잊지 않는다. 심사위원들의 눈에 들도록 최대한 문장 안에서 꿈틀거린다. 나 여기 살아 있어요! 그리하여, 등단한 지 십일 년 만에 겨우 장편 한 권을 낸 어느 소설가의 눈에 만생이네 가족사진이 그려진다. 그 소설가는 나도 이렇게 써봤으면! 하고 내심 부러운 마음이 들기도 했지만, 창피한 생각이 들어서 아무에게도 말하지는 않는다. 만생이가 앨범을 보는 장면은 너무나 아름다웠다고. 울컥, 하는 마음도 들었다고. 그녀에게도 고백하지 않는다.

꺅! 하고 소리를 지른 지 일주일이 지났다. 지하철 노선도를 가방에 넣고 다니던 그녀는 이제 세계지도를 눈앞에 그려본다.

배낭을 멘 자신의 모습도 그려본다. 유럽의 어느 나라. 카페에 앉아 사랑하는 사람들에게 보낼 엽서를 쓰리라. 새벽기차를 타고 낯선 역에 내려 어리둥절하리라. 한국말이 들리지 않는 거리를 걸으면서 머릿속으로 수없이 첫 문장을 썼다가 지웠다가를 반복하리라. 그리고 여행에서 돌아와 다시 차곡차곡 문장을 쌓기 시작할 것이다.

으흐흐흐, 하고 그녀는 자주 웃었다. 인터뷰를 하고 돌아와서도 환청처럼 그 웃음소리가 들렸다. 나는 혼자 〈무한도전〉을 보다가 그녀의 웃음소리를 흉내내 웃어보기도 했다. '흐'가 세 번 반복되는 웃음. 어떨 때는 '흐'가 네 번 반복되기도 했는데, 그럴 때면 나는 내 이야기가 재미있구나 하면서 좀 으쓱해지곤 했다. 그녀와 이야기를 나누면서 나는 오랫동안 잊고 있었던 외가의 사랑방을 떠올렸다. 외갓집의 사랑방은 일 년 내내 불을 땠다. 복중에도 예외는 아니었다. 커다란 가마솥에는 소의 여물이 끓고 있었고, 나와 사촌들은 동그랗게 둘러앉아 무서운 이야기를 하며 밤을 보냈다. 엉덩이가 익는 것 같아 우리는 자주 몸을 들썩였다. 나는 점점 자랐고 사랑방은 점점 작아졌다. 내가 최초로 훔친 물건은 '오리온 밀크 캬라멜'이었다. 그녀와 달리 나는 들키지 않았다. 물건을 훔쳤다는 죄책감은 들지 않았지만, 그걸 혼자 먹었다는 죄책감은 들었다.

소설이 잘 써지지 않는 날이면 그녀는 처음 소설(이라는 것)을 완성했던 그날을 떠올린다. 문장들이 굴러가는 소리. 이야기가 굴러가는 소리. 솔직히 고백하자면, 나는 두번째 책을 내고서야 그 소리들을 겨우 들었다. 그후에야 비로소 글을 쓰는 게 재미있어졌다. 하지만 그녀는 처음부터 그 소리를 들었다. 만약 그때, 그녀가 내 곁에 있었다면, 나는 박수를 쳐주었을 것이다. 그건 아무에게나 오는 경험이 아니라고. 그러니 스스로를 격려해줘도 된다고. 첫번째 장편을 쓰면서 그녀는 주인공이 문장 밖으로 걸어나오는 것을 보았다. 만약 그때, 그녀가 내 곁에 있었다면, 나는 술을 한잔 사주었을 것이다.

문학동네 장편소설
죽을 만큼 아프진 않아

1판 1쇄 | 2011년 9월 7일
1판 5쇄 | 2012년 5월 7일

지은이 황현진
펴낸이 강병선
책임편집 박지영 | 편집 조연주 | 디자인 엄혜리 유현아
마케팅 신정민 서유경 정소영 강병주 | 온라인 마케팅 이상혁 장선아
제작 안정숙 서동관 김애진 | 제작처 영신사

펴낸곳 (주)문학동네
출판등록 1993년 10월 22일 제406-2003-000045호
주소 413-756 경기도 파주시 문발동 파주출판도시 513-8
전자우편 editor@munhak.com | 대표전화 031)955-8888 | 팩스 031)955-8855
문의전화 031) 955-8890(마케팅) 031) 955-8864(편집)
문학동네카페 http://cafe.naver.com/mhdn

ISBN 978-89-546-1599-0 03810

* 이 도서의 국립중앙도서관 출판시도서목록(CIP)은 e-CIP 홈페이지(http://www.nl.go.kr/ecip)에서 이용하실 수 있습니다.(CIP제어번호: CIP2011003577)

www.munhak.com